八閩文庫

八閩文庫

要籍選刊

65

全閩明詩傳

四

[清]郭柏蒼　楊浚　纂

陳叔侗　點校

海峽出版發行集團
THE STRAITS PUBLISHING & DISTRIBUTING GROUP
福建人民出版社

全閩明詩傳　卷四十一　萬曆朝十二

侯官　郭柏蒼
　　　楊　浚　錄

黄克晦

字孔昭，惠安人。萬曆中布衣。有黄孔昭詩選。入祀烏石山高賢祠。

沈嘉則云：「孔昭多深沉之思，本之雄渾，發以春容，情以景生，語必自鑄，字不虚設，氣完神定，大雅之才。」朱秉器云：「孔昭詩，意常獨造，雖以古人爲宗，而不蹈襲片語。」何思默云：「孔昭詩，如入幽林長薄，其樹木皆世所有，而鬱然蓊翳，只覺老蒼。歷下、琅琊但稱盧、謝，未能或先也。」

静志居詩話：孔昭少爲畫工，壯歲以詩名。其金陵游稿則張仲立刊之，西山唱和篇則李于美定之，金臺詩則林登卿鐫之。登卿稱其「古風天籟自鳴，近體森然紀律。青溪社集諸公，允當推爲祭酒」。

柳湄詩傳：克晦學畫於永春顔廷榘，顔曰：「子工畫不能使畫重。工詩，則畫重矣。」乃於廷榘家學詩三年。游燕，客於晉江黄尚書克纘邸中，克纘見其蕭寺題壁，曰：「此名士也。」遂與定交。著有北平稿、楚遊集、匡廬唱和集。四明沈嘉則、魏郡謝茂秦，皆以布衣能詩，與克晦定交。評者謂其畫在倪迂、沈周之間。惠安志載：克晦與周處士朴同祀烏石山。烏石山高賢祠，萬曆二十六年鹽運同知屠本畯與郡人徐熥倡建，祀閩中唐至明萬曆間善聲詩者六十餘人。諸書不載所祀何人。蒼撰烏石山志時，據國初魏憲鈔本得八十八人，克晦在焉，而不載周朴。據惠安志，應增周朴。附記於此。既有周朴，則必有韓偓矣。又聞高賢祠所祀多名流。屠本畯亦與其列。惟度所錄恐不足信。互詳三十二卷徐熥傳中，及烏石山志祠廟中。克晦墓在惠安縣崇武南門外。

感時

繁霜彫草木，谿谷正悽惻。玄冥慘不舒，改歲固云逼。萬物各有因，盛衰迭今昔。寧見武安門，猶納魏其客。

江行

江風來自北，弭櫂江水南。白浪聒不息，游氣昏空潭。曠野何蒼蒼，引步隨幽探。鹿鳴求其牡，豐草非所甘。江燕啄不食，念雛聲諵諵。物性固如此，游子何以堪。慨彼江中水，衝波無定端。古人忍飢渴，旨矣非空談。

夢游武當山懷鄖陽江使君

祝融奠朱方，五嶽有定目。胡不以蓡山，竝列而爲六。夜夢登其巔，游氣承我足。千峰歷嶮巇，如車走平陸。上爲帝者居，星辰纏其麓。崢嶸羽人宫，參差徧巖谷。中有不死人，終歲茹草木。授我鳥跡書，奇文不可讀。鷄鳴忽焉寤，惋嘆淚相續。

送何仁仲鴻臚

乍列鵷班黼座前，懷山歸櫂忽悠然。蘼蕪曉過湘妃廟，葭菼春迷宋玉田。白雪新聲供奉曲，悲風古調别離篇。重來何處徧相憶，問我朱陵訪道年。

探春行

東風吹春不入郭，夜傍東郊原上落。東郊何樹最先知，靈谷寒梅開一萼。朝來並轡出都城，山寺蕭蕭竹柏青。雪消松徑古苔色，日出冰池流水聲。座上法曹不愛酒，參軍對飲獨數斗。酒酣騎馬探春行，村父迎春遮馬首。春風莫入貧人家，城中自古事豪奢。中山王孫多第宅，水邊石際皆名花。貧家東阡與西陌，但覺栽桑與種麥。

初夏與李斗野使君登密印院浮屠

寶塔凌空上，清尊伴使君。溪流城外合，山色鳥邊分。半嶺含斜日，千家在白雲。鶴聲與人語，下界可曾聞。

奉和林使君贈别之作

舟中分袂處，相對更相憐。雲帶無邊路，江銜欲盡天。鼓笳生獨夜，雨雪入殘年。千古悲離别，非余只獨然。

芀𣃁峰

絶頂在氤氲，攀躋興不群。地吞滄海盡，天入島夷分。帆影飛秋雨，潮頭駕瞑雲。孫登閑自嘯，下界可能聞。

南寺和林襄毅公溪聲閣韻

雙屐南山寺，蕭蕭落葉聞。人行將盡雨，僧待欲歸雲。竹吹鶯傳語，峰嵐豹變文。從幼衣上佩，幽谷有蘭薰。

雲霄洞晚眺

古渡潮初晚，登舟日已曛。山頭多暮雨，水色半春雲。背郭人家少，過江客路分。因思滄海上，誰伴白鷗群。

桃溪夜泊

清霜夜落武陵溪，水上蒼煙十丈齊。野爨冷燒紅葉火，村舂寒接五更鷄。不眠枕上思前事，所過山中有舊題。起問昨宵沽酒處，人家只在小橋西。

中秋夜九日山

高亭秋氣夜蕭蕭，下界人家鼓角遥。何處山光如九日，一年月色在今宵。風吹桂露沾衣溼，潮送溪雲繞樹摇。潦倒不知東嶺白，金鷄聲下錦溪橋。

江博士宅夜集

抽簪長對白鷗閑，留客中宵未閉關。案上殘經多自註，夢中彩筆不曾還。青天雨過生孤月，滄海雲深暗五山。更約名園巖石畔，攜余臨水聽潺湲。

除夕道廊閒步

寒色蒼蒼落日斜，空庭獨立數歸鴉。石人此際方無淚，羽客今宵亦有家。已判離愁消柏葉，誰堪詩句頌椒花。明朝攬鏡休驚訝，未入新年鬢已華。

經惠陽傷亂

東粤重來倍黯然，荒郊古堡暗蒼煙。山中故老無歸業，水上新民未種田。江燕春深巢樹腹，野狐日落吠谿邊。東風那管亂離事，草色藤花似往年。

張儀部舊在翰林，左遷劍州別駕，有事温陵，邀予遊清源

仙巖長覆落花塵，苔逕蒙茸百草茵。雲盡千峰爭對客，林深獨鶴暗窺人。青山不負燃藜

杖，滄海何孤躍劍津。明發諸天還有約，莫辭簪弁映綸巾。

夜集李世禎蘭芳亭

對酒常逃醉後禪，當歌猶是飲中仙。狂來險語爭千古，老去降心畏少年。燈外天河低入樹，簷間露竹暗浮煙。相看已盡清宵樂，惟問車公何處邊。

夜宿陳爾昭竹谿山館

迴磴斷橋山日西，高風葉赤飛滿蹊。一家村巷到始覺，千樹花源行轉迷。野夫欺虎度林黑，沙鳥避人穿竹低。欲移衾枕抱雲宿，月白天鷄空裏啼。

病中風雨寄歐楨伯博士

薊門衰鬢颯驚秋，風雨蕭蕭獨倚樓。四海新知名下老，頻年多病客中愁。雲連北極迷宮樹，水發西湖出御溝。京國逢君懽不淺，可憐經月不同遊。

詹中丞汝欽約遊秦山，至已先登，因和其詩

破曉天鷄隔翠微，五松絶壁倚巍巍。雷霆鬭峽雙龍走，日月爭池一鳥飛。碣上苔花留篆影，封中雲氣變秋衣。三臺顔色依然好，爲我西山駐落暉。

初發都門呈劉比部思儼志别

知君未厭廣陵琴，何物偏驚獨客心。九陌寒聲傳朔雁，千門月色散秋砧。仙人舊館雲霄迥，太姥空山薜荔深。乍發都門還極目，長堤葉落古河陰。

鼓山寺後

靈峰入暝更嶙峋，寺外輕航泊古津。五岳乍歸天外客，雙林還坐月中人。泉聲隨梵飄秋壑，露氣凝雲覆水蘋。明發山中更滄海，風高從拂白綸巾。

八月初三夜月

纖月西樓已可望，雁聲斷處一痕霜。微分露葉光猶淡，初上風簾氣自涼。羌笛漫教悲舊

曲，蛾眉空與妬新妝。只將今夕娟娟影，預卜中秋一夜長。

李中主讀書臺旁有龍池。龍至水騰湧，謂之洗潭。下有墨池。

自築書臺讀五車，錦屏千疊護殘霞。何年雲雨池中物，終古河山客裏家。松下巖泉猶帶墨，風前木筆漫生花。夕陽無限遲回意，空對高僧問法華。

同焦叔度宿清涼寺

高樓夜伴山中宿，清磬寥寥百草芬。巢鳥近人飛始覺，巖僧隔竹語相聞。坐深四嶺渾無月，衣冷蒼松半是雲。故里不堪歸夢遶，何時衾枕更隨君。

暮至餘干用劉隨州韻

楊葉青青柳葉齊，烟村渺渺楚江西。湖邊芳草連天綠，馬上春禽盡日啼。渡水暝雲千片落，到城新月一痕低。遊人元自耽風景，翻向黃昏憶故谿。

送顏範卿後，馬上值雨作

天涯雙鬢易成絲，何處淒涼可淚垂。花下一樽相送後，雨中匹馬獨歸時。逐臣離恨迷芳草，滯客愁心挂柳枝。明發西山風日好，道房禪榻與誰期。

西城晚眺

薄暮登城暑氣微，風含睥睨欲沾衣。青山滿目慚高隱，白髮盈頭愛落暉。水帶平蕪雙鳥下，雲連遠寺一僧歸。深杯未覺黄昏盡，漁火遥生垂釣磯。

題畫三首

江樹何霏微，遥山蒼翠裏。秋風吹裳衣，人影橋下水。

欲遡大江流，泊舟楊柳岸。潮上柳風吹，渡江天未旦。

江草引行路，水風吹渡橋。故人家咫尺，門外是春潮。

樵歌贈盧子明

採薪入深林，唱歌出幽谷。樵歌非無辭，辭古不可讀。

後出塞送陳季立防秋 按，陳第字季立。

朔風邊月薊門秋，畫角嗚嗚百尺樓。自著戎衣頻上策，三年不起別家愁。

出塞行四首送郭建初歸戚都護幕中 按，郭造卿字建初。

鏁甲搖華鐵戟寒，弢弓插羽上雕鞍。班超自有封侯骨，世世寧論是史官。

風拂胡沙雪作塵，樓頭吹角月華明。夜分莫作還鄉夢，塞上悲歌半越人。

當時都護靜倭奴，將校功高錦繞軀。今日軍中思一戰，年年馬市款單于。

薊門白日寒煙開，記室翩翩草檄才。衛霍空教尊貴甚，當年投筆有誰來。

少年行

調笑胡姬夜不歸，日高春酒不停揮。下樓忽聽中山獵，白馬煙中一點飛。

苦竹渡邊苦竹枝，常思嶺下常思誰。奴自不信誰得會，江風江雨自應知。按，苦竹、常思，閩二嶺名。

經居鄭范增故里

風雨過居鄛，野水流活活。亞父故時居，蒼莽煙中闊。項氏起江東，力過萬人絶。幕下雖無人，君豈負三傑。鴻門會且歸，玉斗碎如雪。天授人何爲，徒勞三示玦。茫茫天地間，王霸幾衰歇。何事往來人，爲君重嗚咽。

登鼓山絶頂懷林公濟

天路蒼蒼色，風泉溅溅聲。未驚人境絶，已覺客懷清。轉石生江海，分林隔雨晴。故人期不至，雙眼落秋城。

輓俞都督

駟馬悲鳴日，非熊卜獵年。陰符藏鬼谷，玄甲築祈連。痛哭餘孤憤，艱危息兩肩。惟應麟閣下，遺像儼生前。

欸乃曲

按，此二曲可作福州竹枝詞。

五虎山如五虎蹲，盡對無諸舊國門。無諸去後山空在，秋草蕭蕭日又昏。

微茫星月下江鄉，三十六灣江水長。夜半舟人相借問，好風日出到洪塘。按，東三十六灣，西三十六灣，福州入城水道也。

金山寺

久客從多病，金山始再登。過橋波瀰瀰，拂石坐棱棱。獨樹巢雙鶴，千峰老一僧。再來還幾日，爲爾問傳燈。

安國賢

字藎卿，福州左衛閩縣人。萬曆中蔭襲指揮使，有轂音、白雪等集。

柳湄詩傳：國賢居福州郡治之平山草堂，中闢聞鐘館。曹能始安藎卿開社平山草堂詩：「城迴僻似村，山迥築爲圃。」萬曆庚申，國賢與徐興公、曹能始、鄭汝交、鄭孟麐在平遠結社。

春郊少年行

珊瑚縷豹勒，明珠結猩纓。龍騎五花文，蹀躞遊春城。朝入七貴門，暮飫五侯鯖。南威鼓趙瑟，孟娵操秦箏。雕籠卷鸚鵡，金丸彈流鶯。翩翩事遊俠，焉知身後名。

關山月

萬里關山月，寒光燭我牀。良人苦行役，去去天一方。昔別春草緑，茲當秋葉黄。含情理刀尺，寄遠裁衣裳。端愁玉門路，迢遞無由將。臨風再三歎，永夜心飛揚。

幽居

自得幽棲處，偏稀長者車。烟蘿三畝宅，水竹數家居。倚檻時調鶴，臨池日種魚。本無奇可問，誰到草玄廬。

絓月蘭若同僧夜話

按，在福州郡治烏石山神光寺後。

平生愛空寂，常過雨花臺。雲樹當牕出，山風入竹來。燈明無盡火，爐宿不寒灰。静坐聞名理，青蓮舌上開。

訂張叔弢、徐興公、陳惟秦、陳叔度藤山看梅

報道梅花發，春光有幾時。應知爛漫早，莫使樂遊遲。酒向山中貰，驢從雪後騎。浮生無定跡，先訂歲寒期。

贈謝在杭司理

清朝威望縉雲官，天下無人不識韓。藝苑摛文成鸑鷟，墨池飛草盡龍鸞。鄴中大雅推曹植，江左高名説謝安。千古詞林宗絶匠，願將旗鼓佐登壇。

送徐興公之金陵

江干草色別魂銷，才子南征訪六朝。河上酒人青雀舫，樓頭歌妓紫鸞簫。月明古渡尋桃葉，煙鎖臺城問柳條。莫忘秣陵佳麗地，故園松菊待逍遥。

送劉誰譽北上

千金寶劍五花騮，豪氣稜稜向帝州。金印待懸新上將，丹書元襲舊封侯。天邊騎射傳猿臂，塞上聲名説虎頭。別後思君勞遠夢，薊門寒雪潞河舟。

殘　梅

花落花開又一年，半林殘雪半江煙。枝頭留得兩三點，猶待東風伴舞筵。

鄭邦祥

字孟麐，初名紱，日新孫，閩縣人。萬曆間副舉人。有玉蟬庵集。

柳湄詩傳：邦祥弱冠，博極群書。通志稱其「著述甚富，詩尤沉博絶麗，凡三中副榜。與曹學佺、謝肇淛、徐𤊹樹幟騷壇。」按，邦祥初名紱，娶謝氏。在杭，其妻兄也，早貴顯，反馬之日，請聯句。邦祥年甫十八，豆登既行，一人就主賓前操筆伸紙，不踰晷刻，所成至八十韻，觀者傳爲盛事。遂與能始、在杭、興公周相賡唱。初鍾伯敬督閩學，昌言於衆曰：「吾入閩，他無可喜，惟必將鄭某抑置劣等，且痛抶之，亦足以豪矣。」適在杭爲粵藩，遂往依之，卒年未及四十。曹能始採其詩入十二代詩選。按，原刻有王宇序。今所傳玉蟬庵散編七卷，乃其曾孫蕉溪於再罹回祿之餘，刊存其什百千萬之一也。

宿烏兜公館次能始壁間韻

山高泉易清，壤瘠木鮮直。所受每相因，物性成通塞。予生渺知識，頗藉經史力。豈以頑拙姿，而爭鷄鶩食。六月走風塵，如驥初就勒。炎威正薰灼，修途猶未極。飲秣思長林，回首閩山北。

經豐城故縣，是雷令掘得寶劍處

入地龍精發狂吼，夜夜白雲寒觸斗。一時磨洗出人間，千載英靈發雷叟。自今縣改人事非，孤郵遺跡空斜暉。磯頭風雨夜深作，神物猶疑飛却歸。

登妙峰按，在侯官縣溪西。

風送鐘聲何處聞，短筇殘酒日微曛。寒松繞徑不知處，僧在隔峰眠白雲。

宿白雲洞按，在閩縣鼓山。

松風吹露溼枯藤，暫借繩牀共老僧。夜半上方諸品淨，數聲清磬一龕燈。

黄九洛招同曹能始、彭興祖、喻叔虞、吴去塵、吴汝鳴集濯纓亭

倦客憚風塵，乘閑覺寺親。松聲涼過雨，泉色澹於人。疊石各含趣，徵歌競取新。宵深不覺酩，舞態自横陳。

秋夜同能始過在杭署中小集

天涯同此夕，何異在家林。稍展他宵夢，應寬別地心。風波三月後，悲喜一燈深。坐覺空香近，涼生桂樹陰。

能始招游虞山廟

有虞昔巡幸，古廟鬱陰森。松色蒼於石，泉聲奏若琴。壁衣塵宿桁，簷網噪歸禽。帝女含情淚，風淒竹樹林。

送陳永奉之南昌

津亭日落雁聲寒，遊子辭家正歲殘。蠡澤晚潮當閣見，西山晴雪隔城看，山村沽酒梅花醉，野戍聞霜木葉乾。千里畏途應不患，知君曾識路行難。

輓徐惟和先生

白楊風起淚闌干，天上俄傳下玉棺。廿載江湖多結客，千秋詞賦獨登壇。書藏墓石龍文冷，苔長松門鶴夢寒。一曲招魂人已遠，幔亭霜月夜漫漫。

題吴元化磊老山房

按，在鼇峰坊山麓，與徐興公隔屋。

磊老何年住此峰，茅房遥傍翠芙蓉。丹泉穿竹寒供茗，藥竈支藤巧對松。篆按鳥文臨石鼓，燈燃魚盌聽秋鐘。閉門疏就毛經考，不管階前蘚跡封。按，吴元化著有毛詩鳥獸草木魚蟲考。

遊昇山寺同興公、在杭作

孤峰何處遠飛來，曾爲先朝護講臺。十畝古基成草莽，百年殘篆化莓苔。山僧食施烏頻下，羽客丹成鶴未回。探遍危岑笻竹短，半山斜日暝鐘催。

同陳叔度遊九漈，初宿吴山按，在興化。

尋山偏得及新晴，旅宿初經第一程。蠟屐都忘爲客懶，出門便覺此身輕。江聲遥夜長依枕，野夢深宵不入城。人語漸喧燈火亂，津夫渡口報潮生。

咏衰柳

垂條養葉半含顰，玉露銷餘委麴塵。枝嘯寒鴟荒院月，陌嘶驕馬故江春。橋邊離别思公子，臺畔芳菲怨美人。獨有風流張令宅，年年嬌態總如新。

舟發盱江逢李玄同至按，李同字玄同。

孤舟獨上對愁眠，回首江樓隔暮煙。爲客離心仍昨日，故園歸夢似經年。二姑山色浮雲外，八桂郵程落照邊。欲寄鄉思轉迢遞，憑君傳語益淒然。

春日同李子述、陳軒伯、高景倩集興公汗竹巢

山徑春陰閣宿雲，寒牕留客竟朝昕。新知方喜無期合，別袂翻愁遠道分。節候雨餘催穀種，風光花老墜苔紋。行吟莫厭西隅日，還續蘭膏竹下焚。

送陳叔度之燕

干戈滿目雪漫天，萬里分攜意黯然。京國未聞休戰伐，青徐非復舊風烟。愁看去路逢殘臘，遥計歸程動隔年。開徧梅花香信斷，一枝誰爲隴頭傳。

王叔魯

字少文，閩縣人。萬曆中庠生。卒年二十。有石火篇。

竹窓雜録：友人王叔魯幼有異質，喜爲詩，清逸雅澹，類其爲人。年僅二十卒，未有室也。叔魯工制義，詩不甚多，死後稾盡散逸。偶見其數聯可誦，如「冷雲沉遠樹，落月暗孤城」，「離群半行雁，別淚一聲猿」，「月散寒林影，鐘傳上界聲」，「寒色疏簾入，秋聲遠樹來」；七言如「雁挾晚雲歸別浦，風吹殘月過蘆花」，「半偈演成微月上，殘鐘敲定老僧歸」，翩翩唐響也。蘭摧玉折，悲夫。

柳湄詩傳：集中諸作者，如林澄短折，出於非命，因東郊有鴛鴦塚乃存其詩；王維琬、張于壘、王

叔魯皆早亡，詩則各具風調。叔魯美秀而文，兼能書畫，與徐熥兄弟交最深，卒於萬曆二十一年，徐熥爲誄以哀之。

送徐興公入吳

風急片帆飛，山山夕照微。未揮雙淚別，先問幾時歸。明月關河隔，清宵夢寐違。縱懷陟岵感，還欲戀春暉。

送王孔振入蜀

送客出郊原，迢迢指蜀門。離懷半行雁，別淚一作「恨」。一聲猿。白雪銅梁曙，青山劍閣昏。長途惟自愛，分手更何言。

康當世

字孟擔，莆田人。萬曆中諸生。

送屠田叔轉運擢辰州守按，本畯入閩，遍交名士，倡建高賢祠。

雙旌遥度楚天西，汀樹風生五馬嘶。郢子山川多古蹟，郢人池館待新題。秋高雁影連衡嶽，日暮蠻煙散武溪。見説褰帷形勝裏，能無對酒念幽棲。

汀上阻風對酒感賦

萬里征途尚淼漫，客愁無賴一投竿。雲沉瘴海連帆黑，霜染江楓滿樹丹。怪鳥號風林雨霽，巨魚吹浪夕陽殘。鼓鼙不淺憂時淚，强半青山醉裏看。

夏日睡起

山牕無處不藤蘿，欲賦閒居奈懶何。不信昨宵春已去，起看池上落花多。

高　景

字景倩，侯官人。萬曆中諸生。有本山齋詩。

閩中錄云：景倩，世家子，絶意仕進，年六十餘尚夜讀不倦，其詩神閑趣雋。按，景所居爲松雲館。卒於崇禎十年。

送王永畏之海澄

將盡閩南地，遥瞻海色低。蜃吹樓閣上，馬向驛亭嘶。水飯同蠻俗，鄉音似鴃啼。歸來是何日，芳草已萋萋。

溪源宮按，在侯官洪塘過江。

晴日過江試杖藜，蹋殘松徑復花蹊。樵因山險呼群入，鳥爲林深着意啼。石齒淙淙新漲漱，廟門寂寂白雲齊。旗峰百里秋風勝，都在寒泉落木西。

過王百谷草堂

經卷香爐寂靜過，白毫高閣瞰清波。三千界裏逢迎少，十二時中禮拜多。青草池塘秋雨潤，朱闌楊柳曉煙和。客來不問塵寰事，生計知君付薜蘿。

徐興公齋中菊種春暮始花，詩以詠之

朔雪寒雲總未知，猶餘香氣在東籬。誰云秋候辭三徑，還許春風折一枝。瘦骨不殊霜落後，繁花如待燕歸時。莫因欲盡生離恨，對爾寧須隔歲期。

送陳叔度之肇慶按，叔度，鴻字。

莫謂長途去不堪，炎方風土昔曾諳。馬頭片月尋孤店，鴿眼殘星採舊潭。嶺外墨雲濃近桂，石中香氣老吹楠。夜光漫道投人暗，自古明珠産粤南。

寄杭州守孫子長按，子長，昌裔字。

帝從吴市採民謡，新賜驛驂馬色驕。出守一麾先入越，到官三日正看潮。褰帷寶石山當面，綰綬黄金帶在腰。花月夾堤湖上宴，何人不道阿龍超。

中秋陳京兆招集烏石别業觀塔燈按，陳京兆，即陳一元。

層層磴道出巖隈，月色歌聲共一臺。大地似從滄海湧，千花疑傍火城開。銜杯欲墜風前葉，拂石寧嫌雨後苔。何事當筵爭授簡，詩成還數大夫才。

林光宇

字子真，閩縣人。萬曆中布衣。有迫起篇。

徐氏筆精：賦詩不祥，人以爲讖，驗之良然。予友林子真，少年有雋才。萬曆甲辰暮春晦日，諸同社集王永啓塔影園作送春詩，子真云：「花爲離愁魂易斷，柳當别淚眼難開。」衆詫爲工，不久逝矣。蒼按，光宇遊九龍，主王若家，邀入三山，遍交諸名士。光宇卒，有詩一卷，曹學佺刻而傳之。

鴻門宴

翳雲埋空日色黄，一龍一蛇間相將。指天有約君莫舞，後入者臣先者王。此日鴻門判生死，戰場咫尺華筵裏。漢王若失我爲擒，寶玦無光玉劍起。覆卮壯士怒酒醺，芒碭山北愁歸雲。一雙玉斗正飛屑，漢王間道馳至軍。

徐氏筆精云：謝皋羽鴻門宴一篇可泣鬼神，楊用修極稱之。又有楊廉夫、韓仲邨繼作，稍不及也。余友林子真復擬一篇，奇峭可喜，不減廉夫、仲邨也。

五月五日作

懷沙當五日，灑淚哭孤臣。原死徒爲楚，吾生欲避秦。時危甘壑澤，俗薄厭風塵。無限陸沉意，因之更愴神。

送蔡南京北上

秋風匹馬出都城，仗劍遥過古北平。冰合黄河魚避影，月明淮浦雁歸聲。客魂已逐寒碪斷，離緒長隨夜柝生。此去異鄉知己少，驛樓臨發不勝情。

晚晴訪徐惟和兄弟

萬竹叢中路欲迷，柴門深處訪幽棲。雨消巖壑風初起，煙斂村莊日漸低。吴下烟花雙眼白，冶城壇坫二難齊。高齋客散琴書静，獨有清泉伴鳥啼。

張于壘

字凱甫，燮子，見上。龍溪人。萬曆中神童。

柳湄詩傳：于壘，萬曆甲午舉人張燮之子，七歲能賦詩，年十四隨燮入福州，與徐𤊹輩即席分韻，擊鉢立成。游武夷、吴越、三楚，年二十二而没。郡人爲立幼清祠。燮著詩文數百卷，皆散佚。其子以神童短折。文章憎命，信矣。

廬山看雲

溪上一片雲，分作千林雨。惟聞溪流聲，不見溪流處。

水簾洞 按，在武夷山。

沿澗覓丹邱，峰巒饒飽取。散屐步石門，古洞臨靜渚。清音只一偶，松篁振其緒。忽訝晴日中，翻作半山雨。雪霰何自來，霏霏滌炎暑。已乃化爲煙，孤飛無處所。疑碎萬斛珠，巧向簾前注。此理竟何如，中有不容語。樵者徐報言，飛瀑空中吐。水源高且遠，忽遇巖傾處。千仞瀉層巖，泠泠清洞府。向東復向西，乍仰時乍俯。分合不自持，倩風爲之主。蒼遊武夷，不解水簾之妙。陟洞巔，果如于畺所言，可謂先得我心矣。似喜遊人來，蹁躚而欲舞。須臾急雨過，風狂泉必怒。變幻轉多姿，聲光增幾許。雨脚不敢混，清濁故殊侶。咸歸幽寂中，宜與靜者伍。余也識其真，倚檻徒延佇。安得淩白雲，隨泉共輕舉。

換骨巖 按，在武夷山

吾聞幔亭半，常有至人臨。十里詣巖麓，巍然千丈岑。鑿磴皆依壁，聞濤多在林。徑斷接丹梯，白雲時見侵。梯盡出天地，縹緲若可尋。度險涉小橋，石室凌層陰。俯仰渾廣廈，壯麗宏且深。迴視人間世，萬彙生古今。舉首天門開，依依廣樂音。忽逢一老翁，紺珠飾其襟。囊中一丸藥，神采不可任。語余莫换骨，先换塵凡心。心當换爲雲，寥廓自浮湛。武夷一山，行脚僧及遊方道士不知凡幾。疊詩雖寓言，然亦足見其誕滅有因。

重泛武夷，遂窮九曲之勝

洞庭猶未格，往返此間行。雲影浮常碧，波光淺亦清。有峰皆異態，一石或雙名。倚棹逢松籟，蕭蕭鼓吹聲。

七曲登百花村，六曲城高巖，四曲更衣臺宿焉

到處停蘭檝，諸峰稱屐開。大都環水石，少許結樓臺。月倚丹梯迴，鳥穿銀漢迴。片雲玉柱上，鶴馭遠悠哉。

遊事將終，歸抵萬年宫小酌

處處窮靈異，良遊豈偶然。歌深人不識，别去夢猶懸。雨後忽生月，巖頭輕着煙。攜歸霞幾片，總入采精篇。

登鐵板嶂吴若蓉山房

宛轉丹梯屐齒輕，徑紆亭寂石池平。長橋浮却溪深淺，瘦竹通來鳥送迎。筍蕨和雲堪作供，峰巒挹檻盡知名。因風隔岫樵蘇唱，爲續空中鷄犬聲。

虎嘯巖巔按，在武夷山。

重重絶磴接丹梯，斷續中間一望齊。小院依巖開向背，亂峰如浪湧高低。此語極得登高之趣。風前竹舞醒還夢，林杪禽聲笑亦啼。藺足漫尋下山路，僧寮即在片雲西。

徐興公欲卜居武夷詩以贈之

六六之間有夙因，幔亭遲爾結爲鄰。五千言就非常道，十二仙班降後身。在澗在阿隨去住，一瓢一粒佐清真。莫忘此日尋源興，孤負桃花片片春。

全閩明詩傳　卷四十二　萬曆朝十三

侯官　郭柏蒼
　　　楊　浚　録

莊際昌

初名夢岳，字景説，希范父，永春縣人，晉江縣籍。萬曆己未會試第一，廷試第一。天啓初授修撰，充經筵。五年分校禮闈，以忤權璫削籍。崇禎初起原官，歷諭德、庶子、侍讀，卒年五十二，贈詹事。

柳湄詩傳：際昌曾祖用賓以下皆居晉江縣，至際昌始爲永春縣人。用賓夢惠安張解元岳來謁，而際昌生，故初名夢岳。因制策誤字罰停。天啓初授修撰。編修陳子壯忤璫削籍，命甫下，偵者盈門，際昌獨馳慰勞。後撰誥敕，璫有私請，悉拒之，璫遂矯旨奪職。崇禎初璫誅，乃復官。爲詩泚筆立就。嘗遊武夷，歷五嶺，家居不問户外事，獨好德於鄉。卒，子貢生希范扶櫬歸。希范有孝行。

和薛耀粤中見寄

按，薛耀，福清人，萬曆四十四年進士，廣德知府。

海氣長年暖，山花隔歲新。一杯春日酒，千里異鄉人。吏治閑多稱，民情習易親。知君能閱歷，不厭寄書頻。

同薛弢仲宿船底，次晨登石竹山宿焉按：薛耀，字弢仲。

山如數馬脱銜奔，水作遊龍不見源。一逕宿雲開夕磬，千林秋竹碎朝暾。人生日日無非夢，舉世沄沄何足論。且借仙樓共高臥，酒香燈影伴吟魂。

幔亭峰望九曲諸勝

蹴地峰巒一徑登，白雲穿盡見禪燈。此間不少神仙宅，竹杖芒鞋苦未能。

邵捷春

字肇復，唐邵楚萇後，侯官人。萬曆四十七年進士。授行人，累官吏部稽勳司郎中、四川右參政、浙江按察使，坐貶。起四川副使，下獄，仰藥死。福王時復官，贈兵部右侍郎。有劍津集。

柳湄詩傳：捷春居郡治九仙山之鼇峰坊，其園亭稱治園，人又呼爲邵園，即今鼇峰書院地也。捷春崇禎七年以浙江按察使大計，坐貶歸，與陳泰始、倪柯古名范、曾用晦、鄭汝交、高景倩、曹能始、徐興公、楊南仲名德周，古田令，後爲高唐守。唱和。捷春仰藥京師獄中，眷屬投池死。按，生於十二月二十七日。所著劍津集十卷，不傳。兹於徐氏鼇峰集鈔録七首。文之存者，僅閩南唐雅一序耳。

徐興公生辰同陳惟秦、柴吉民、倪柯古

花甲重過又五秋，壽星長映火星流。百城日擁藏書軸，三豆初膺養老羞。何氏宅邊逢赤鯉，函關雲際見青牛。一從卜舍分鼇足，賀客誰先我上頭。

周章甫乞養還家，同徐興公出郭訪之

祿養曾看就絳幃，李官寧復畏人譏。吴山岵屺瞻應遠，閩海門閭倚獨歸。避俗却宜稱□素，知音還許扣荊扉。回思郡裏焦身日，一枕邯鄲當佩韋。

曹能始捐貲爲興公成宛羽樓

新成傑構更嵬如，不用他山别築居。園拓東西分易地，樓題宛羽合藏書。好風入枕鐘聲近，斜月當牕荔影疏。莫把鼇峰都占斷，津門瓜圃舊吾廬。據此，則津門樓以外舊皆瓜圃。頻借縹緗不諱痴，百城還下董生帷。領孫看月時張目，對客談詩日解頤。紅雨低從山下落，綠筠高向霧中移。草堂獨我相過易，投贈何辭錄事貲。

乙亥正月三日能始、興公過予園池

初春風雨兩經宵，兀坐幽齋不自聊。今日喜晴人忽集，一時同調客堪招。新泉蟹眼浮茶鼎，纖月蛾眉入酒瓢。未必能朝仍此景，去年雷發筍抽條。

送别徐興公重遊建溪

憐君獨買建溪舟，雨後乘風泝上流。僧舍重題今日詠，酒爐偏憶昔年遊。龍湖山畔看雙井，雲谷庵中羨一邱。不特大夫能下榻，邑人爭自識南州。

長鋏多年不出山，猶攜少子客途間。詩篇唱和思偏長，杖屨追隨步未艱。適越陸生貧豈患，游梁司馬倦知還。五千道德言先就，尹喜休驚早度關。

施兆昂

字顒昆，作岐子，福清人。萬曆四十七年進士。官翰林編修。有半隱廬稾。

柳湄詩傳：兆昂，牛田人。學問淹博，工詩賦，精書畫，寸縑尺楮，人爭寶之。以居對福廬、靈巖，故二山名勝多其手闢。通志稱其有館課、西江集、天尺樓稿。

從觀察饒映翁老師集滕王閣

章江之水遶城綠，高閣斜開章江曲。帝子歌塵杳不飛，王孫芳草空在目。畫棟朱簾秋色多，追陪騶從重經過。金尊醉倚青蘿月，寶瑟閑調綠綺歌。歌殘雲散藕衣冷，月上青蘿玉漏永。西山爽氣夕更佳，北斗金華望中迴。主人吐納盡芳蘭，咳唾千秋迫子安。倚檻忽然一舒嘯，滿空落葉江水寒。

王臺驛懷古按，在南平縣。

越王巡幸處，臺館尚留名。霸氣消滄海，良遊寂寞笙。露横新驛路，煙冷舊歌聲。不盡興亡意，風塵白髮生。

虔州道中

苦霧薄黄茅，沾衣溼欲流。人烟江右地，山氣嶺南秋。匹馬林箐外，空囊隴水頭。平生棲静意，今日更悠悠。

贈饒赤忠將軍，饒以書生成武進士，分部贛州

鈴柝不聞聲，秋空劍氣横。漢壇新大將，魯國舊諸生。白鳳長楊賦，青驄細柳營。東南紓廟畫，半壁有金城。

丁未春日有豫章之行，留别家弟造仲按，名兆成，松潘遊擊。

風塵作客動經年，貧賤辭家倍黯然。不覺秋霜生鏡裏，那堪細雨别尊前。山迴南國迷征雁，路指西江聽斷鵑。莫道無依又無伴，囊琴匣劍伴迍邅。

南昌懷古

南昌城郭帶章流，萬壑蒼煙黯戍樓。吴楚霸圖荒草暮，衡廬山色大江秋。仙人鶴去洪崖古，帝子魂迷畫閣愁。孤客欲眠眠不得，漁歌又起蓼花洲。

武陽驛又别因璞

去歲送君函關道，寒雨蕭蕭上春草。今君送我大江西，雪暗千山猿夜啼。年年不盡離别

緒，車輪何事催人去。願作秋風一雁行，與君並入海雲翔。

新淦城下夜泊，夢得「岸上疏楓江上落，醉中殘淚夢中流」之句，因足成之

孤城風雨萬家秋，千里關河一葉舟。岸上疏楓江上落，醉中殘淚夢中流。異鄉有客誰青眼，畏路無媒易白頭。欲向東皋眠未得，問津此日意悠悠。

秋望

南北東西夢裏身，秋江秋望最傷神。十年湖海無知己，莫向長沮更問津。

黄鳴俊

字啓甸，一字跨千，廷宣曾孫，莆田人。萬曆四十七年進士。授諸暨知縣，陞禮部主事。崇禎三年河南副考官，轉員外，出爲浙江提學參議，遷參政，擢右僉都御史、巡撫浙江，致仕。起兵部侍郎，晉兵部尚書，東閣大學士。有静觀軒詩集。

蘭陔詩話：鼎革後，公黄冠歸里，結五君會，侘傺悲歌，聞者傷之。

過三衢憶樞輔朱未孩

日落江雲黑，三餘霿隸間。陰濛方下界，赤氣尚千山。灑恨成鮫淚，留魂守豹關。九京如未逝，青史有光顔。

過任邱

易水蕭蕭古壯輿，而今歷落半丘墟。巢林春燕猶尋主，泣月歸鴻漫憶居。怪見旌旗迷載道，不聞砧杵出殘廬。相逢單父無奇策，猶乞鷁租一紙書。

朱繼祚

字立望，一字胤岡，鳴陽孫，見上。莆田人。萬曆四十七年進士。改庶吉士，授編修，歷中允、諭德、庶子、少詹事，遷禮部右侍郎，晉南京禮部尚書，東閣大學士，死於難。國朝乾隆四十一年賜謚「忠節」。

蘭陔詩話：「相國舉兵應魯王，攻取興化城。及師潰，見執，臨刑賦絶命辭云：『嗟予生兮不辰，逢慘禍兮攖身。乾坤崩潰兮陸海爲塵，日星掩曜兮萬象沉淪。人誰無死兮鴻毛泰岳，惟其所處兮殤延彭促。旦夕畢命兮去將安之，夫妻子母兮不得相依。上告蒼天兮鑒此微詞，雖無齏粉兮甘之如飴。千秋萬古兮誰其予知，與化俱徂兮於戲噫嘻。』從容就義，視死如歸。乃里中野人有『悲懼流涕』之誣，蟾蜍擲糞，自其口出，又何傷哉。」蒼按，繼祚有和余賡之犴卜十二首，自註云：「獄中讀舊銓部余賡之犴卜詩，感而且愧，哀不自持。嗟夫，周德未衰，天道豈應頓改；斯文欲喪，人類宜所同撑。釜鬵之溉有懷，鼎鑊之甘自若。天不可問，心實難欺。公欲卜之於天，予但引以自卜云。」據此，則繼祚之志已抵死不變。集中有別妻妾兒女諸作，臨難悲哀，人情之常，何用多辯。莆田黃尚書鳴俊與胤岡同邑，鼎革後以黃冠歸里。其挽閣輔朱胤岡詩曰：「嚴霜並轡怒撚髭，贏得先歸始解頤。馬角未生紓虎口，羊腸已步尚雉罹。乾坤同繫纍臣夢，日月孤行正氣持。自捧楚招聲淚集，湘江一勺是吾師。」「西風徹骨趣長安，心照沙邊徑寸丹。顛沛關頭雙白首，悲離方外一黃冠。怒車自分抛螳臂，採藥相從服馬肝。國步艱難醫不廢，艾蕭榮處泣芝蘭。」證以二詩，則悠悠之口，可不辯自明。

病假詠懷

白髮蕭疏可若何，驚心世事日蹉跎。曾無良藥堪醫國，賸有長愁自養痾。到處鯨鯢翻血海，伊誰組練指天戈。聖朝永卜靈長祚，制勝還祈廟算多。

扈從劍州 按，此亦扈從魯王之作。

層閣嶙峋跨市朝，衆山頫首欲相招。玉繩低接明河近，金牓高臨碧落遥。縹緲溪光浮紫禁，參差煙樹護璇霄。簷間牛斗排連近，龍劍精鋩未寂寥。

弔毘陵陳鹿翁睿謨老師

千秋落落一夷門，灑涕空懷國士恩。世上寧堪吾道盡，眼前何僅此身存。自憐後死賒抔土，莫贖先生起九京。憑弔几筵神鬼斷，哀吟楚些繼招魂。

和余賡之卜犴按，賡之名颺，莆田人。

野霧連天掩日華，郊原何日淨風沙。濟川遠涉懷空切，填海欲平望已賒。帶血杜鵑撩客淚，尋巢燕子入誰家。天傾星隕疇能補，煉石今無古女媧。選九。

西北舊聞士氣豪，昆陽捷羽望中勞。汲深須待尋修綆，割短何庸贈寶刀。救趙未能先破釜，强秦又復賦同袍。死綏敵愾無堅脆，生敗全憑一將操。選十。

陳汝修

字長吉，鳳鳴子，見上。汝存兄，見下。閩縣人。萬曆中布衣。

通志稱：汝修詩學李賀，而不墜其鬼癖。

感懷

涇渭本同源，何以判清濁。涇水魚尋丈，渭川不盈握。聖人涵萬類，高言去雕琢。道心順本然，隨遇得所樂。嗟彼察察人，終身長齷齪。龜不挾風雨，曳尾而長年。鳩不知戊己，七子何蹁躚。造物無盈虧，達者觀其全。鹿裘行帶繞，中懷嘗坦然。

今日良宴會

人生行樂易，行樂需友生。誰不飲斗酒，酒中有性情。高懷避塵俗，肝膽爲君傾。我歌玉壺缺，君舞繡茵横。丹霞射疏牖，條風動飛甍。耳熱思古人，舉酌萬感并。非蘭不芳馥，匪石詎堅貞。人世只沄沄，寧與造物爭。對君我心寫，百醉不辭醒。

曝書

少年負壯志，讀誦輕五車。老來抉玄理，不欲啜其華。蹉跎今白首，開卷空咨嗟。神爽日以遡，世氛日以譁。遺忘過八九，繆戾常交加。臨文心想澀，徵事歲月賒。殘燈讀牛毛，古人毋乃夸。似我懶且拙，苟免身無瑕。一篇酒德頌，醉看木樨花。

滄　江

滄江秋晚衆木幽，白雲停空江水流。人生豈得長稱意，美酒難滿千斛舟。濯纓人去波文靜，中夜不眠酒復醒。隔浦女兒唱竹枝，驚起沙鷗水中影。

過黄公薦山齋

屋角挂新月，起坐神轉清。山空萬木下，江遠雁過聲。棐几消長夜，匏尊稱野情。吁嗟今不樂，白髪鏡中生。

夜至孫子長山齋

按，子長山齋名石梁書屋，在福州郡治烏石山。有「孫子長讀書處」石刻。

氣清夜月靜，宿鳥或驚呼。葉地履聲亂，霜林燭影孤。叢巖懸墜石，野水漫平蕪。梅信今年早，憑君借一區。

白雲洞按，在福州城東石鼓山。

澗轉人疑墜，草深徑忽遮。危峰挂星漢，古洞宿龍蛇。積露蒸初日，枯藤漫野花。空攜一尊酒，相對煮芹芽。

集鄭叔御後園

玉宇空明天已霜，檀欒修竹浸方塘。笛聲度水山光落，帆影臨牕夜氣荒。十斛香醪醺老眼，幾枝殘菊過重陽。梅花破萼君休靳，更向籬門一舉觴。

題陳元凱畫按，陳勳字元凱。

萬壑晴嵐撲草廬，挂冠歸去食鱸魚。大江帆影潮生後，古寺鐘聲月落初。倚檻客吟謝朓句，過橋僧送遠公書。箇中風景誰能道，想到南牕閣筆餘。

康元龍之寧夏寄賦

大纛高懸挂落暉，元戎置酒看分圍。書生醉後疏狂甚，笑脫青袍試鐵衣。

陳汝存

字太沖，鳳鳴子，汝修弟，俱見上。閩縣人。萬曆中布衣。有陳氏遺編。

送洪大之維揚

冶風起天末，八月氣已清。晨興駕言邁，送我良友生。白露凋百草，寒蜩深樹鳴。飛飛獨鳥没，漠漠浮雲平。執手意不歡，當歌曲未成。丈夫四方志，詎懷兒女情。進酒勿復道，驅車且遠行。

西湖泛月

落日湖光好，高歌扣小舷。月明沙際岸，雲淨水中天。隔浦有漁笛，疏林無夕烟。姮娥如不妬，直到斗牛前。

郊行

郭外晴嵐柳外煙，小橋斜徑緑芊芊。桔槔雨過陂塘活，門巷春深花柳妍。的的翠條含遠樹，飛飛白鳥下平田。村童野老行相語，布穀聲中二月天。

陳　鴻

字叔度，一字軒伯，籥孫，見上。侯官人。萬曆間布衣，卒年七十三。有秋室篇。

書影：陳鴻家貧，無人物色之。能始石倉園在洪塘，中有淼閣，集諸同人爲詩。叔度有「一山在水次，終日有泉聲」之句，能始嘆賞，爲之延譽。因即以石倉爲居停，名其詩曰秋室篇。取李長吉「秋室之中無俗聲」也。丙戌之變，能始殉節，叔度年七十二，不能自存，以貧病死。無子，不能葬。戊子予入閩，時客以其詩來。予悲其蒿露，謂客曰：「予任其葬，子任其詩。」因助以金，浼諸生徐存永督其事，與莆田布衣趙十五名璧合葬於小西湖之側。予爲書碑曰「明詩人陳叔度、趙十五合墓」。道光間，蒼與劉生永松、林子瀍，遍訪大夢山，已遺其處。按，鴻生於萬曆十二年八月十四日。曹能始天啓甲子桂林集有叔度五旬初度，爲八月望前一夜。客刻叔度集，予爲之序，傳之閩中，莫不知閩有陳叔度矣。十五不多爲詩，無傳者。

三月晦日集交蔭軒送春

西飛恨殺羲輪疾，九十東風將盡日。門前芳草青已殘，地上落花紅更密。欲問誰家賣酒旗，尚留頃刻春歸遲。五更風雨倍惆悵，啼鳥呼晴猶不知。

新　秋

蟬聲昨日催秋至，漸覺單衣卷涼吹。閑吟最愛夕陽天，水轉澄鮮山轉媚。幾處桐陰清露垂，蕭然物候翻相宜。不知宋玉何爲者，畏見西風摇落時。

夾竹嶺

長途不可涉，况歷萬峰巔。倦鳥已投樹，行人猶在煙。夕陽沉嶺路，寒澗落山田。縱少離家恨，憑高自愴然。

聽泉閣

風露臨虚閣，應涵秋氣清。一山在水次，終日有泉聲。響並僧鐘落，寒兼客枕生。中宵滿欄月，都作玉琴鳴。

魏憲詩持云：此石倉水閣也。石倉愛其頸聯，摘以題柱。爲築室其旁，日相唱和。作吾鄉風雅中佳話。

十月晦日過徐興公齋頭夜談

一陽明日近，十月此宵殘。雨意辜梅信，風聲戛竹竿。坐長燈墜焰，吟苦硯生寒。祇恐窮年迫，憂心集百端。

過曹能始石倉園

徑繞寒流轉鬱紆，夾隄山色望中殊。草堂似卜東西瀼，畫舫如過裏外湖。鶯喚曲欄春臥穩，鶴窺深户夜吟孤。問奇日載花間酒，莫謂投閑一事無。

寒食客中感作

作客近清明，一抔誰省墓。何如春草生，得上墳前路。

秋夜曲

悔卻與歡期，空房香燼時。那能如寶鴨，冷暖腸中知。

湧泉廢寺

蕭寺荒涼感廢興，斷碑磨滅覆垂藤。秋風古殿經樵火，夜雨空廊見鬼燈。舊種松杉巢野鶴，別營茅屋住巖僧。無人更布黄金地，滿目殘灰冷不勝。

題田家壁

十畝五畝園，三株五株樹。荷鉏日暮歸，犬吠門前路。

寶劍篇

千金鑄寶劍，何異古純鈎。蛟龍泣深夜，星斗摇清秋。曾問燕市人，復近秦關遊。爲人心不平，本自無恩仇。燈前起看屢開匣，拂拭風生何颯颯。寒隨雷雨化延津，光射天門照閶闔。舉世無人欲贈誰，平生與爾爲相知。近聞西北烽烟起，三尺能當百萬師。

燒香詞

玉爐桂火微不煖，雲母屏開月華滿。永夜銀牀怨合歡，羅襪起踏秋室寒。珠簾半捲桐陰綠，卻恨明璫聲斷續。心事悠悠寶鴨知，涼風繡帶輕相吹。

九日懷徐興公

遠別又重陽，依依劍水長。客魂銷此日，秋色過他鄉。野店寒多雨，山城夜欲霜。一尊花下酒，誰對菊花黃。

玄鍾園中同安藎卿

園圃何時曠，依稀隔市譁。數聲新霽鳥，百種過春花。散步風徐至，閑吟徑轉斜。朝朝留客饌，近海有魚蝦。

奉呈大師相葉公按，即葉臺山。

勳業巍然並契夔，先皇在日惜丰儀。綸扉應是重開地，門館還如未貴時。舊積御筵憂國疏，新傳樂府謁陵詩。即今戎馬邊城斷，處處春風草木知。

趙珣

字枝斯，初名之璧，又名璧，字十五，莆田人。萬曆中布衣。

柳湄詩傳：莆田明時二畫師：宋珏好作春初樹木，筆墨極簡，而生意蓬勃。趙之璧工翎毛蘆葦，撇撇數筆，便躍躍欲動，鄭蘭陔稱其山水在摩詰、雲林間。明末客死三山。周布政亮工書碑，與陳鴻合葬小西湖大夢山。詳上陳鴻傳中。

元夕曹能始招集河上居，予適晚至

纔離湖船夜色殘，良朋佳夕會應難。任燒瓦鼎茶聲沸，待潑燈花墨水寒。山月到牕開白社，河橋移柳入朱欄。主人得句書先就，仍切憂時似謝安。

曹子章直社西峰小隱

按，子章，學佺子，名白，晚字子復。西峰即今西峰里也。

方池孤木徑重重，西接山堂伴老松。雲靄既能留小隱，畫圖聊爲補奇峰。月遲燈後添人語，詩就樽前歇寺鐘。漫道連宵酬勝景，春風入社意從容。

題松山圖

曾隨麋鹿入深山，學得仙人物外閑。獨有看松機未息，漫傳風露一枝寒。

商梅

初名家梅，字孟和，閩縣人。萬曆間諸生。有那庵詩選、黍珠樓詩稿。

邵武謝兆申萬曆三十三年曾刻商梅黍珠樓詩稿，序云：「予既識孟和也，以詩；及讀其寤真記也，按：寤真記邑人陳薦夫爲之序。則以仙；乃今朝夕横論也，則又以人人哉。孟和，吾見若温矣，無德貌矣；見若槁矣，無盈志矣；見若理矣，無棼緒矣；見若澹矣，無靡嗜矣。與之居，殆不可親；去之，似亦不可疏。比予叩焉，則朝言之不既夕，夕言之不既朝，而後知其有異授焉。夢者之非真也，覺者之非夢也，不夢不覺者之非夢夢覺覺也。孟和蓋瞭焉，而迺父不知其瞭也，已而後知其瞭也，則子父交證焉。以仙爲命，以詩爲毛矣。」蒼按，商梅詩初刻於馮爾賡者，乃那庵集，後刻於謝耳伯者，乃黍珠樓也。

柳湄詩傳：商梅本福清籍，按：梅入省會，居城中。由嶺南歸，徙鄉居，顔曰玄曠山房。少有才調，父令竟陵，往任所，因與鍾伯敬訂交。伯敬成進士，從之入燕，其詩遂變爲幽閒蕭寂。馬仲良榷滸墅，偕之吴門，目笑手語，無往非詩。馮爾賡備兵太倉，好其詩而刻之，共得四十卷。較諸蔡復一淫於邪説，雕肝琢腎，盡棄其學而學者稍間矣。梅落拓金陵，妾楊烟死，葬雨花臺側。曹能始詩：「姬人一水隔，獨寢意何堪。」注：「時孟和有吴姬在囷闕。」所云吴姬，殆即楊烟。久之，幽憂卒於婁江逆旅。馮爾賡爲歸其喪。馮公以嗜痂而全友誼，亦難得矣。

江　村

舟從一村過，疏柳望成圍。江色迎門冷，鄰家接岸稀。歲時如不作，鷄犬亦相依。有酒堪沽否，攜壺叩草扉。

龍窟寺

寺半與林齊，林藏野徑躋。斜陽從鳥亂，古樹出江低。鐘過巖頭響，煙看石畔棲。坐來閑不覺，歸路失前蹊。

吴伯霖招遊韋氏郊園同方孟旋、張紹和、鍾伯敬

郊遊春自好，况復在林園。日影重千樹，煙光輕一村。石泉清起坐，雲鳥樂飛翻。若使愆期約，落花何可言。

雨後過白溝河

忽見垂楊裏，長河清客心。日行殘雨上，煙與衆峰沉。暑氣已藏水，秋聲先到林。征車聽不息，來往樹深深。

舟晚

雨與舟俱止，殘霞先到林。洗村煙不出，倒水樹皆清。暑氣没青草，餘暉帶暮禽。更愁高柳底，漠漠易成陰。

夜發揚子津

不繫在中流，更殘坐更幽。江聲先到雨，暝色欲存秋。邱壑一牕隱，烟雲兩岸週。忽聽人共語，是處已瓜洲。

明月臺

片石幽光内，清虚似月來。鐘聲隔風露，峰影接莓苔。江上雲常過，林間花自開。閒情依夕照，木末尚徘徊。

白鶴嶺望海按，在福寧州。

峻嶺踏雲行，雲從衣帶生。衆峰齊赴海，亂水已浮城。帆掛天邊影，泉流石上聲。何曾成羽翼，但覺此身輕。

逢　友

當暑難爲客，今朝喜見君。交情疏密感，別事後先聞。入徑欹桐雨，開牕來竹雲。故人寥落甚，草草豈堪分。

渡漳河

不覺朝從鄴下過，更於薄暮渡漳河。頻詢故跡情難滅，爲記遺文事轉多。枯柳覆村疏有路，寒雲隔水去無波。溅溅俱是千秋恨，銅雀風流可奈何。

宿石竹山按，在福清縣

來茲本是舊家山，乘興登遊不忍還。石洞春多隨草長，松門晝靜有雲關。滿林竹翠行應溼，夾路藤花坐更閑。一夜纔同猿鳥宿，此身便愧在人間。

靈巖寺按，在福清縣。

轉入靈巖積翠明，郭廬游罷復春晴。滿山花草禽聲逸，一逕松雲客思清。澗底泉甘遲茗色，階前日永度經聲。斯鄉梵宇皆清絕，黄蘗何時更一行。

施沛然、林子邱登雨花臺，過弔小姬楊烟墓，同賦

一邱臺畔草如烟，已過落花事惘然。去歲催妝今酹酒，數聲啼鳥晚風前。

鄭　錡

字元藻，莆田人。萬曆中國子監生。

蘇聖孚云：元藻有才思，客死金陵，其詩人罕知之。如宿漁梁詩，絶似晚唐人手筆。懷歸詩「愁心似衰柳，摇落不禁秋」，與黄知稼「離愁似春草，觸處便能生」同工。

柳湄詩傳：錡，王臣高祖也。王臣字慎人，一字蘭陔。莆田拔貢生。爲蜀中州判，累遷蘭州府，卒年四十餘，所著莆風清籟集，選唐宋至國朝凡一千九百餘人，於莆陽文獻搜討無遺，係以論詩話。惜年壽不永。附記於此。

秋日懷歸

飄泊他鄉住，思家欲白頭。愁心似衰柳，摇落不禁秋。

宿漁梁

三年羈蔣阜，今夜宿漁梁。蛩語茅簷月，烏啼板屋霜。風塵雙短鬢，湖海一空囊。鄉路知將近，歡令客思長。

林弘衍

字得山，又字守易，材子，見上。之蕃父，見下。閩縣人。萬曆間援忠諫蔭，官户部主事，浙江按察司副使，備兵温台。

柳湄詩傳：弘衍以世家子備兵温台，甲申後被執入獄。事平，常居僧寺，性好施僧，所書福州北門玄沙寺扁額，至今具在。曾與徐𤊹同修雪峰寺志。墓在侯官北門崎上牛眠山，與其父都御史材墓相近。

到雪峰

千山擁護古叢林，長者賢王昔布金。十畝平池秋月淡，一龕枯木曉煙深。妝成雙表西洋塔，啼破三春蜀道禽。忍負中興親屬累，竹笻芒履遠追尋。

清涼世界自翛然，不見炎荒杪夏天。雪積危峰銷象骨，香留孤榻噴龍涎。雲堂久閉希聞梵，酒禁常開恐礙禪。石卵何時都剗盡，與師還結再生緣。按，俗傳「興鼓山，敗雪峰」，以禪師留讖曰：「松鬚拂地，石卵開花，寺當再興。」

謝兆申

字耳伯，邵武人。萬曆中布衣。有謝耳伯集。

靜志居詩話：晉江黄監丞明立序耳伯集，稱其「喜交異人，購異書，摭異聞，自墳典丘索、經緯流略、稗官瑣語，靡不甄錄。交遊既廣，橐中裝半以佽佛，半以市書，有三十乘留僧舍，已散佚。」予嘗入閩，購其手錄張伯雨詩，與世所傳者迥别。惜乎三十乘悉蕩爲烟塵矣。耳伯詩非不鋭意法古，奈其詞鬱而不舒。蓋耳伯逾嶺遊吴，首以詩文請業於劉子威，未免問道於盲，宜其所就止此。學者擇師，誠不可不慎爾。

柳湄詩傳：他書稱兆申以諸生入北太學，每出必載書數乘。其文不可句讀。周櫟園閩小紀云「於文不解謝耳伯」，誠哉。兆申遊吴越、江楚，死於麻城。建寧李春熙弔謝耳伯詩：「丹氣金鐃歲久湮，擁書萬卷更何人。奇文散逸知多少，留與名山泣鬼神。」

别意

我行且登舟，子莫徒離憂。眷眷戀我側，去去難久留。歎息成參辰，愁思不可抽。大夫在四海，譬彼水浮舟。聚散無定期，感子敘綢繆。

藍靖卿

字用恭，閩縣人。萬曆中庠生。

長門怨

少小深宫侍至尊，舞衣歌扇夜承恩。一朝花老春光去，樑燕歸來伴閉門。

湘妃怨

一望茫茫湘水沉，湘妃幽怨楚雲深。可憐千古思君淚，猶有餘斑在竹林。

李同

字玄同，萬曆末福州中衛人。蔭襲千户。

柳湄詩傳：同居閩縣南臺梅塢山。曹能始送李玄同詩云：「梅塢宅邊隱，出門時爲貧。不知塵世内，何處買閑身。」素好奇書，有文武才略。每遇佳山水，輒忘歸，酣飲賦詩，獨自娱樂。兵火後，集散失。

秋杪湖上

牙檣錦纜大隄西，黄葉蕭蕭菊滿畦。雙屐橋煙三竺迴，半簾山雨兩峰齊。曲終叫月猿初歇，夢到驚霜鴉亂啼。野趣終身消不盡，寧嫌秉燭醉如泥。

半幅瀟湘景可憐，晚風幻出一湖煙。月痕掩映山涵水，露氣凄清秋在船。買笑客來楊柳外，按歌船泊蓼花邊。酕醄竹葉桃笙卧，搔首今宵欲問天。

寒食次陳日觀韻

朝朝醉枕野雲眠，寒食清明思惘然。萬里家山疏雨外，一肩行李野棠前。人生代代無窮已，古塚年年皆可憐。我是天涯飄泊者，前林何事更啼鵑。

陳衎

字磐生，濬父，見下。閩縣人。萬曆末諸生。有玄冰集、大江草堂集。

感舊集：陳秀才衎，字磐生。自其父以上五世，皆有集傳閩中。蒼按，自民部、參知、光祿，以至長吉、太沖兄弟，五世顯貴，皆有詩名，集行於世。磐生篤學好古，箕裘紹業。少受學於董應舉，長與徐熥、徐㶿相切磨爲詩文，老於場屋。好談邊事及將相大略，窮老氣盡，不少衰止。子濬，亦有才名。

柳湄詩傳：衎所居近水，名槎園，後移居郡治丁戊山，即傅汝舟宅。崇禎三年與曹能始、安蓋卿、陳季良、蔡羹承、張起孚、林道孝結社聯吟，自撰墓志。見大江草堂文集中。著大江草堂詩文、槎上老舌等書四十餘卷。明代福州世有著作者，推王、陳、徐、許。王者，侯官王褒之後及懷安王佐後人。陳即衎家，六代皆有集。徐則棉及二子熥、㶿，㶿子延壽，孫存永。許則豸及琰、友、遇、均、鼎也。

聽泉閣早起

山曉天氣肅，衆星望已空。殘雨戀宿雲，猶在寒巖東。物象紛勞役，明晦互有窮。瑽琤石上泉，日夜流無終。

水西村舍止宿

連山西北徑，茅屋帶魚莊。雁去一林月，僧歸半壑霜。短檠高掛壁，破硯薄支牀。今歲多禾黍，家家新釀香。

蕪湖旅邸

孤枕倚溪潯，谿聲與苦吟。乍晴人語早，荒店旅寒深。僕馬千山路，煙霜一夜碪。主翁相慰勞，隔嶺是蕪陰。

秦淮午日同吴康虞、鍾伯敬、林茂之

他鄉節序共招攜，畫舫輕浮柳岸低。香氣依人芳草渡，歌聲隔水夕陽堤。與波上下燈光

亂，隨月傾欹人影迷。却厭繁華更解纜，別尋風景竹橋西。

北高峰頂

湖上風華氣轉鮮，高峰遥映大江懸。諸山游遍皆殘雪，絶頂行來已暮煙。凋草不凋於臘後，巖花欲發在春前。紆迴州渚波光遠，新月如鈎落客船。

東林正則 按，林正則名端，善繪事。

探得茶芽不忍烹，遲君相對聽新鶯。半林斜日半林雨，昨夜池頭春水生。

陸國熤

字無榮，羅源人。萬曆末諸生。

重遊盤谷巖

山仍前度色，鬢比昔年皤。一鳥雲中下，微雲天外高。已知名是幻，誰謂死難逃。飲盡樓頭酒，陶然隨所遭。

洪士玉

字汝如，閩縣人。萬曆末布衣。

柳湄詩傳：屠隆入閩，寓福州郡治烏石山半嶺園。陳一元有過洪汝含半嶺園詩。蒼修烏石山志，載屠隆寓半嶺園，不知其爲洪汝含園亭。汝含或即士玉。附記於此。

遊合掌巖

爲吾與山語，有客滯孤蹤。自説常行路，偶來漫聽鐘。寒雲將抱石，斜月必過松。欲共論今夕，明朝又送筇。

乘月過翁公千所寓，因有別離之感

杖頭新月忽生光，影落前峰繼夕陽。因憶故人棲野寺，復隨流水過山房。花飛喜見荷將碧，草歇驚聞菊已黄。轉眼家園梅又白，不知何處駕孤航。

李世熊

字元仲，以字行，一字媿庵，寧化人。天啓中廩生。有寒支集入通志隱逸傳。

靜志居詩話：元仲鏤錯見長，澄濾不足。昔人謂陸士衡胸中書太多，能痛割舍乃佳，元仲亦犯此病。句若幽棲云「浮雲揮袖起，明月入懷多」，病中作云「懷人惟故鬼，作客在家鄉」，則灑然可誦已。

柳湄詩傳：世熊，天啓元年鄉試幾掄元，以考官與主司不合，黜之。至國朝順治初，唐王入閩，何楷、曹學佺、黃道周薦舉，授翰林博士，不赴。其時世熊年已四十八，計其生年，當在萬曆二十八、九年。諸書以爲崇禎間貢生，誤矣。著狗馬志、錢神志、史感、物感、本行錄、經正錄。鼎革後又字但月。郡邑趣應歲貢，以廢疾辭。祝髮入山，名寒知，卒年八十五。所著書多藏閩、浙僧櫥中。

和陶歸園田

士方不遇時，意氣常怏怏。野鶴在鷄棲，能無雲際想。羽毛正離披，九霄安得往。君看園中蔬，靜聽膏雨長。人生何不爲，心定志自廣。衡門且棲遲，因風適蒼莽。

和陶飲酒

避焚於水涘，避溺於山隅。此計未必然，憂患實多途。前爲榮貴引，後有貧賤驅。所以達者心，止足不求餘。仲蔚今何歸，吾欲從之居。

幽棲

不道幽棲是，其如懶若何。浮雲揮袖起，明月入懷多。安危無將相，邸報説兵戈。南鄰有好酒，屠狗幸相過。

病中九日次王毅庵韻

但得忘憂草，無求避厄方。懷人惟故鬼，作客在家鄉。松夭蒲矜老，蘭鋤鮑擅香。茫茫千載夢，不許寸心長。

次銅山先生箴焦易韻兼擬其體

按，銅山先生即石齋先生也。

衣狗隨翻覆，飄搖掩日華。愁如春後草，才似摘稀瓜。師馬知長道，驅魚避遠沙。區區事一室，幾字笑塗鴉。

山齋

不知誰是主，信步探山扉。徑仄花偏礙，風高鳥落遲。眠雲慵作雨，臥樹倒生枝。此地誰堪伴，柴桑一卷詩。

非俗亦非梵，書齋隱世間。苔完知客少。樹放似心閑。茗熟遴泉沁，詩成得友還。伊人薄秋水，隨意上春山。

憶陳氏山莊

憶爾山居好，因人更憶山。勾雲遮路斷，綠樹到溪環。雪意醒林夢，泉聲惱石間。客來黃釀熟，鋤筍僕初還。

水亭夜酌

雜興香兼酒，莊言寓與卮。病水疏泉活，暝山待月醫。秋聲初報樹，漢影恰平池。鼻觀參荷性。微茫曉露知。

九　日

老我身如樹，霜前葉已無。世農多道氣，善病習方書。心事羈籠鳥，生涯涸轍魚。去天何處近，搔首立荒墟。

病懷

薄雲片片過溪樓，門掩殘燈照獨愁。南海寄書求益智，北堂無地種忘憂。藤枝刺月風簾細，竹篠流光露葉稠。白草黄沙千萬里，看人屠狗盡封侯。

南都

豪華六代水烟蒼，陳跡低徊思渺茫。垂柳白門鴉宿穩，野花烏巷燕飛忙。莫愁湖澹疑開鏡，孫楚樓空罷舉觴。猶有當年遺恨在，後庭玉樹唱清商。

美女峰

峰在上杭二十里之南，拔地千尺，狀如覆鐘，周無附麗。五六差池，二九偃蹇，如尹邢相審，縮頂不前。諸夫人離立却觀也。所見惟江郎三石，介倨類此。

寒倚青霄玉數枝，偏蹦却立望來遲。雲衣霞佩風將謔，黛笑嵐啼雨可期，翠袖蕭條依草木，褰裳清淺睇蓬池。前山幸爾爲騎驛，致語江郎婚媾宜。

友人移居

倦羽卑飛西復東，暮春汩汩燕泥中。重歸杜宅花新浣，再過陶門柳更風。南面生涯餘萬卷，北牕事業僕三公。草亭一笑乾坤老，何用占雲歎鬱葱。

答賴惟中。山居兩載，狐兔連裾，生人之理枯矣。惟中見懷三詩，音旨騷涼，颯集風雨，使吴兒木腸，翻然震懀，踵韻發聲，增其咷嘯。夫虞草翩風，玄禽翔角，氣相攖感，能寂嘿乎

野哭初聞千萬家，珷梁泥落樹無花。孫曹限塹終持蚌，劉項分溝總逐蝸。到處璧鴻姍燕雀，幾時大陸靜龍蛇。埋憂何地思天上，不信星河可泛槎。

瑶華誰爲寄靈修，嶽斷淮枯江倒流。青史到頭虚畫閣，紅塵瘞面賤封侯。未能免俗聊濡沫，萬不如人但識羞。鱗翼幾時還海岱，老生懶負此泉丘。

舉　箸

閲帝京景物略

當代兩都賦不傳，成化間有高麗使臣索本朝兩都賦，無有。時桑民懌在燕，心耻之，作兩都賦，竟不甚傳。攬奇重展帝京篇。體裁殊别張平子，幽雋全規酈道元。貧眼朵頤因見少，白頭寤歎似遊仙。心傷景物殊今昔，碧樹春來灑血鵑。

玉河東注莽無休，推送興亡迅不留。艮嶽烟雲纏毳帳，金臺人物謝荒邱。夢華空録東京蹟，侍輦猶傳西苑遊。天順初，嘗三引李賢、王翺等遊西苑，有賜遊西苑記。陸海黄塵翻未極，奈何重怨景陽樓。

寒知堂

瞥眼烟雲拂棟生，青山披户訂幽盟。情荒槐蟻皆連戚，衰至鯷魚解弄兵。遂有馬軒驕二室，肯將羊肆易三旌。世間盡是棲苕者，誰信枯條拄廈傾。

聞南曲

紅杏秋枝靚可憐，坐中驚見李龜年。江南風景今全别，不似乾元與上元。

顧曲曾依舊令狐，棲遲零落事屠酤。中朝供奉紛如市，肯撲檀槽詬坐無。

全閩明詩傳　卷四十三　萬曆朝十四

侯官　郭柏蒼　楊浚　錄

林古度

字茂之，一字那子，福清人，春元子。見上。萬曆中布衣。卒年八十七。有乳山、藏雲館諸集。他書作「天啓中布衣」誤。

漁洋詩話：林茂之詩，「客來」云云，入白門云云，芳草云云，雪夜云云，同喻宣仲鷲峰寺聽秋鶯云云，潯陽别曹汝載云云，又「依然一茅屋，宛在千竹林。」「春雪消溪岸，江潮上水門。」「雲樹見楚色，詩篇聞越吟。」「黄鳥暫啼去，清風時下來。」右皆與曹能始、吴非熊唱和時作，刻意六朝，未染楚派者也。

居易錄：茂之年八十餘，數自金陵過訪，每集諸名流文宴紅橋、平山堂之間。予親爲撰杖。甲辰除夕，以詩屬予删定，不減數千首，皆曹能始、鍾伯敬、譚友夏諸前輩所丹黄。予爲存其風華近六朝者，删其甲子後詩殆盡。愚山見之曰：「吾與林翁久遊處，非君選不知其本色乃如是。君之功林翁，大矣。」

池北偶談：茂之居金陵，年八十餘，貧甚。冬夜眠敗絮中，其詩有「恰如孤鶴入蘆花」之句。方爾止寄詩云：「積雪初晴鳥曬毛，閑攜幼女出林皋。家人莫怪兒衣薄，八十五翁猶緼袍。」

池北偶談：辛丑、壬寅間，予在江南，嘗與林茂之先生遊。林攜其萬曆甲辰以後六十年所作，屬予論定。因爲披揀，得百五六十首，皆清新婉縟，有六朝初唐之風。施愚山過廣陵，讀之驚曰：「世幾不知此老少年面目矣，子真茂之知己也。」乙巳，予見之金陵，時兩目已失明，垂涕而別。亡何而卒。」

王士禎林茂之詩選序：勝國萬曆中，海內太平，文治熙洽。士大夫官中朝者，率皆優閒無事，退朝罷直，輒飲酒賦詩爲樂。金陵號爲南京，山川清麗，衣冠翕集，尤以風流文采相尚。布衣工文之士，多萃止焉。閩人曹學佺能始官南京大理評事，尤好山水，每春秋佳日，與諸名士登臨賦詩。詩多清綺婉縟，有陰何、鮑謝之遺韻，至今金陵人猶能誦之。林翁古度，亦閩人也。少賦撾鼓行，爲東海屠隆所知。其父初文孝廉，嘗獻書闕下不報，歸而卜居金陵。翁及其兄君遷皆好爲詩歌，又出交當代名士，聲譽日起。而翁尤與曹氏相友善，故其詩清綺婉縟，亦復似之。萬曆己酉、壬子間，楚人鍾惺伯敬、譚元春友夏，先後游金陵。翁一見悦之，相與方舟泝大江，過雲夢，憩景陵者累月。於是其詩一變而爲楚音。又三四十年，天下大亂，事勢陵谷。永嘉南渡，石頭不守，曩時風流文采之盛，不復可蹤跡，而諸公亦零落老死無復存者矣，顧翁獨亡恙。舊家華林園側，有亭榭池館之美，胥化爲車庫馬厩。別卜數椽真珠橋南，陋巷堀門，蓬蒿蒙翳，彈琴讀書不輟，有所感激，尚時發之於詩。海內士大夫慕其名而幸其不死，過金陵者必停舟車訪焉。翁既貧窶，無復少壯時意氣，朝炊冬褐，不能不仰四方交遊之力。顧世之士大夫多非雅教，或陽浮慕之而已，卒不能有所緩急，由是窮益日甚。順治中士禎佐揚州，數過金陵，與翁登雨花臺，泛秦淮、青谿，游靈谷、吉祥諸寺，翁輒爲指點陳蹟，夙昔與諸名宿賦詩高會之處，潸焉出涕，余亦悵惘久之。康熙甲辰，自攜其萬曆甲辰以後六十年之詩來廣陵，屬余删定。酒酣，喟然曰：「吾束髮交遊，今年八十五，屈指平生師友，凋喪盡矣。卷中諸君亦皆化異物，每開卷見其姓字，輒作數日惡。此數巨軸，雖更兵燹僅存，然庋閣飽鼠蠹者垂二十年矣，後世誰相知定吾文者？千秋之事，今以付子。」余受，卒業，而復於翁曰：「翁少時能物色白雲先生陳昂於市肆織屨之中，翁即老且貧，然四方知翁者衆，小子度何能重翁哉？」既辭不獲，乃爲披揀而精擇之，僅存百數十篇。蓋嘗論之，翁少與曹氏游，發三山，來建康，上匡廬，觀瀑布，遊陽羨，探善卷、玉女之奇，其詩清華省淨，具江左之體。逮壬子以還，一變而爲幽隱鉤棘之詞，如明妃遠嫁後，無復漢宮豐容靚飾、顧影裵回、光照殿中之態。今所錄篇什，率皆辛亥以前之作。而世之浮慕翁者，或未必盡知之也。宣城施閏章愚山過揚州，得是本讀之，歎翁真面目今日始出，因錄副本以去。既而施官臨江，余官京師，翁遂以丙午下世，三歲不克葬。每念平生杯酒之語，耿耿於心，愧無以報翁地下。己酉奉使淮南，檢此本適在篋衍，謀爲雕布。所以瞑翁目者，或在此也。乃爲敘述之，俾讀翁詩者有考焉。

前序作於康熙庚戌，中間序述翁平生交遊洎詩格之變備矣。序成，欲刻未果。日月不居，今歲庚寅，倏已四十年往，而余亦耄及之。因謀之廣陵故人，而程君哲聖跂與其弟鳴友聲遂力任之，不兩月而葳事。嗟乎，友道之亡也久矣。翻雲覆雨，比比而是。使人欲廣絶交之論，乃二程子能成余挂劍之義於四十八年之後，高誼不可泯也。翁卒，其子貧不克葬，故户部侍郎櫟園周公葬之鍾山。皆古人之誼，庸併書之。余兄弟詩二首，亦附見於後。王士禄西樵：「多壽林那子，風塵道漫尊。暮年雙眼暗，兒日一錢存。死闕黔婁謚，生悲杜甫魂。桐棺還地上，何處故人恩。」王士禛阮亭：「萬古鍾山下，今成有道阡。龍蟠高士宅，貍首故人憐。老尚歌朱鳥，魂應拜杜鵑。何時磨鏡具，一問秣陵船。」

梅耦長集：林茂之夏無蚊幬，愚山少參自湖西制紵帳貽之。恐其貧不能守，屬予與仲調、阮懷題詩其上，俾無售者。詩曰：「隆萬詩人林茂之，江關垂老益支離。從今睡穩蘆花被，孤鶴寧教白鳥欺。」以茂之曾有「無被夜寒牽破絮，渾如孤鶴入蘆花」之句故云。

施愚山集：林茂之窮老金陵，冬夜詩云：「老來貧困實堪嗟，寒氣偏歸我一家。無被夜眠牽破絮，渾如孤鶴入蘆花。」夏又無帷帳，或遺之，則舉之以易米。予謂「暑無幮，病於寒無氊，君能守之，當爲作計」。處士笑曰：「願守之以虎。」客皆絶倒。予在豫章爲寄紵帳，書絶句其上，屬同志者各題一幅，不問知爲林先生物，即物之墨守可也。詩曰：「北牕高臥豈知貧，料理偏愁白髮人。紵帳親題林處士，草堂長伴百年身。」

閩詩傳：「詩人袁孟逸死，無子，夫婦寄棺於法水寺之側，上雨旁風，暴露者十年。林若撫草疏告哀，莫有應者。閩人林古度寓法水寺，吊而悲之，取一摺扇，畫兩棺貯敗室中，極荒涼慘淡之狀，而題詩其上曰：「兩柩荒荒牆翣存，雨淋日炙傍頹垣。君平善卜自不料，伯道無兒誰與言。倘仗詩篇埋白骨，猶憑風雨閱黄昏。何時墓上真行殯，千古山松共姓袁。」以扇授僧牧庵，俾爲募葬。新安程月樵見而慨然出錢以治窀穸，乃得葬於袁氏祖山，而古度題其碣。」

柳湄詩傳：古度父章，初名春元；母婭，字美君；妹玉衡，字似荊，皆能詩。梅耦長詩「隆萬詩人林茂之」。按，古度生於萬曆九年，卒於康熙五年，壽八十有七。他書多以古度爲天啓、崇禎時人。按徐祚永閩遊詩話：「林古度，萬曆詩人也，後僑寓金陵乳山。年八十，常紉一萬曆錢於衣帶間，吴野人賦一錢行贈之。」爲人慷慨重然諾，篤於老友，洞達經史，以布衣狎主騷壇，樂稱人善，後進歸之。曹能始、徐興公外，不可多得。父子皆詩人，惜其遇皆窮。萬曆七年回閩，改遷祖墳，又議巡寨，以衛一鄉。八年與其子祖直回返金陵。祖直死，遂無子。

芳　草

春風催百卉，草色遍相侵。到處没馬足，有時驚客心。遠連空漢上，寒漾碧波潯。獨有明妃塚，青青恨至今。

和徐興公春日閒居

入門山色幾千里，近寺時聞一片鐘。長愛烟霞消傲骨，每愁風雨悞耕農。簾低屢礙銜泥燕，房蜜爭歸拾蕊蜂。眼底俗塵俱不到，相過惟有客情濃。

湧泉廢寺

何代黄金建講臺，不堪全盛獨興哀。斷橋仆澗埋芳草，廢礎成砂没古苔。過客暫依殘院宿，住僧多是别峰來。湧泉空自稱靈水，不向當年滅燼灰。

客　至

客來自何處，爲言南山頭。昨夜片時雨，新添春澗流。

入白門

白門迢遞夕陽間，千里閩天一日還。依舊客情無别事，逢人都問武夷山。

同喻宣仲鷲峰寺聽秋鶯

物候遷移愴客魂，啼鶯何意戀山邨。不因落葉林間滿，猶道啼春在寺門。

潯陽別曹汝載

扁舟客思共閑餘，分手那堪即到初。明月中秋九江水，愁人無暇作鄉書。

登　岱

人生妙登臨，五嶽稱爲最。岱則首厥名，居東峙安泰。凡山必有林，秦松與孔檜。日月爲蔽虧，河海以中外。落落具威儀，諸靈悉來會。人民既祚生，邦國實攸賴。怵惕事遊觀，巖泉紛映帶。暄涼備四氣，何物更重大。吁嗟天地功，于焉見涵蓋。

吉祥寺老梅歌

古寺老梅作人語，自謂孤根植中土。皇朝雨露受恩深，歲歲花開供佛祖。春來觀賞遍人人，衣冠文酒何相親。豈知一旦風光換，花下風吹牛馬塵。香氣腥羶色污染，花容羞辱難舒展。勿言草木遂無知，清姿肯入兵兒眼。老梅老梅休怨嗟，鐵幹冰心守素華。當如西域紅榴樹，終老逢時徙漢家。

過友夏園偶寓

幽深欣所往，况是爾居停。花密不分色，山寒惟作青。艷陽難靜理，好友易忘形。幾日來同此，柴扉莫自扃。

泛舟青溪與友夏言别

新晴期早戒，共泛出華林。宿雨浴山翠，一溪間柳陰。屢煙橋欲失，乍月水疑深。好泊留儂處，聊遲行者心。

十七夜月

望後聊相待，千林尚未殘。不知當夜永，只覺近江寒。客與光俱澹，情隨步屢寬。最憐歸卧後，猶在翠微端。

明甫、永啓同宿焦山

江盡一山出，海門相對之。來乘風日好，坐弄水雲奇。寺險臨無地，洲長似有基。因懷焦處士，今昔不同時。

孤危分兩岸，島嶼絶中流。瘞鶴銘重建，徵人詔已休。往來如峽渡，吟嘯亦巖樓。却望金山影，微茫隔上游。

玉女潭

一片深潭水，千秋有遠名。入林貪爽絶，坐石覺寒生。玉女遊應樂，龍神臥亦清。時疑涼雨動，山外自然情。

秦淮秋泛

水汎清人意，秋光最可憐。已逢邀客酒，詎惜買舟錢。雲薄山仍月，風長樹不煙。去來何處所，只在蓼花邊。

江行即事

江上棹經旬，晴暉日映人。山痕青到晚，樹色暖如春。客意遲俱嬾，鷗情靜自馴。安流隨去去，買醉喚舟鄰。

新月

片月何輕薄，初生不是殘。天容俱入淡，江氣乍添寒。影在人家遠，光隨客棹單。那堪一吟望，已復落雲端。

到九江同喻宣仲、曹能始、陸赤侯鶴聞湖散步

到逢皆舊好，閒步亦深情。嶽色高含霧，江光冷過城。無期往返易，每日嘯歌清。漠漠銜寒雁，愁聞時一聲。

看月同能始作

空庭無草樹，更覺月明多。滿砌疑冰結，微雲似雁過。人閑偏後睡，思發一高歌。攬袂延深夜，寒光奈若何。

重過真州潘穉恭江華閣

江閣寒逾迥，蕭蕭歲暮天。如何只一水，重到亦三年，待雪期同看，聽潮夜未眠。望中無

不好，畏見是離船。

挽陳白雲按，陳昂字白雲。

一從逢委巷，多難後行藏。語或哭兼笑，情如顛且狂。自雖埋姓字，何忍滅文章。白下成抔土，壺山空故鄉。亦復隨人逝，平生未忍言。兵戈身幸免，天地意斯存。五字一心苦，三巴萬里奔。傳名與葬骨，偏不是兒孫。

喜顧子方至白下

忽復駐車馬，開門驚是君。漫言今日事，猶惜去秋文。淮水水邊夏，梁溪溪上雲。相看命杯酒，預恐手重分。

同郭聖僕過鷄鳴寺訪宋比玉按，郭天中字聖僕，宋珏字比玉，皆莆田人。

一山都在寺，落日間霜林。與客行幽徑，非君那遠尋。推牎成曠色，繞屋盡寒陰。幾度煩期約，今朝遂此心。

古城早行

催行訪泊定河邊，才覺收村又發船。霜易作寒先在水，月能爲曉不由天。歸情黯淡三千里，往事悲涼十八年。展轉聽他醒與夢，勞歌清吹但淒然。

東下舟中作

中流一望氣蒼涼，東下千帆背夕陽。沙遠樹疏都若影，天低月近漸成光。須臾江縣分吴楚，歷亂秋鴻起陣行。歸去定知籬畔菊，待人猶照數枝霜。

同王永啓、胡彭舉、吴聖初、兄子邱，秦淮汎舟夜雨按，子邱，古度兄君遷字。

雨入梅時易積陰，溟濛景色夜森沉。山疑在郭因嵐重，船礙過橋爲漲深。妓席忽聞鶯乍度，人家都喜酒相尋。誰知一片秦淮水，能遺風流自古今。

歸舟回望浮渡

蒼翠招我來，蒼翠送我去。幾日蒼翠中，不知置身處。

重過時純章山草堂

秋風瑟瑟秣陵間，載筆看君射策還。白璧青錢總無據，月明依舊照章山。

曹大參舟中詠盆菊按，大參曹能始也。

數枝無意自欹斜，影入清江映白沙。最愛夕陽船泊處，欲教寒色倚蘆花。

新柳篇

東風吹動楊柳時，初縈霧縷結烟絲。沿河間陌方茁樹，離雪辭霜始放枝。枝頭樹底看仍舊，淑氣纔融春乍透。濃淡輕黄尚未匀，參差淺碧猶難驟。輕黄淺碧露郊墟，借草分蒲嫩有餘。裊裊亭亭嬌且怯，纖梢短綫非一葉。王恭張緒漫爭論，旅舍邊營正愴魂。可堪繫馬章臺畔，漸許藏烏向白門。白門紫塞那堪比，透暖凝寒異生死。楚澤拂應齊，漢宫眠未起。舞出腰肢鬬並柔，畫來眉黛纖能擬。此時菀彼欲成行，此時攀折待條長。翠樓忽使佳人悔，驛路將令遊子傷。曳雨摇煙日猶冷，艷李穠桃色俱醒。玉關羌笛動遥聲，灞水隋堤弄微影。聲聲影影總愁人，輭媚飄揚詎可陳。渤海高叢爭擬貴，金城重見易傷神。多少鬢顔銷歇盡，曾如楊柳故還新。

新燕篇

新燕至，語呢喃。連翩辭海上，迢遞到江南。去秋相别年應兩，今歲重逢月又三。三月晴光啼百鳥，爭群逐隊齊飛繞。若似雙棲畫棟春，誰知並甃珠簾曉。珠簾翠幕屢疑猜，畫棟雕梁認幾回。寂莫舊巢仍自覓，殷勤遠道爲誰來。來尋故壘添新苦，多少新人更舊主。數數聲輕楊柳風，低低翅溼梨花雨。花邊柳外舞差池，掠水銜泥無暇時。忽向歌臺拂輕絃，乍臨妝閣礙浮絲。一朝復一日，朝出暮還入。繫縷事猶存，司分期又及。王謝豪華久已非，至今古巷問烏衣。莫教侶失情空斷，待得雛成秋共歸。

鄧孝威詩觀云：二詩，林那子和曹能始作。時與曹未言交也，因見和篇而異之。則始以忘年，終成白首，交情所自始矣。二首是四子風調，情致環生，無臃腫堆塞之病。

重至白門，諸同社過訪夜集

不意君歸一歲餘，重來事事欲從初。秦淮選勝仍遷宅，閩嶺傳情幾致書。有骨封侯看鄧襲，無名隱士媿林間。且當清晝緑陰裏，尊酒相過樂自如。

送匡雲上人還廬山

十載參方罷，一朝思故山。應知塵世苦，未若片雲閒。白鹿古精舍，青松時閉關。空思舊遊處，不得逐君還。

同諸子觀潘稺圭家藏書畫次曹能始韻

相過情不淺，好古意何深。况有圖書樂，能勝絲竹音。光華陳白璧，珍重比南金。雲樹見楚色，詩篇聞越吟。神應遊上世，客似坐寒林。竟日不能去，因之敦素心。

立春日過萬松庵

萬松通曲嶺，殘雪覆寒池。今日已春色，深山猶未知。

蜀僧索書寄曹能始大參因題

自憐經歲臥巖扉，每欲題詩懶復違。今偶寄將非驛使，峨嵋山上一僧歸。

同郭聖僕訪潘訒叔，觀宋元人筆跡，值通上人至，約過鄰園王孫

嘗聞潘岳賦閒居，坐對名香古法書。野客琴尊真款洽，山僧巾拂益蕭疏。日晴晝永消花竹，適意遊心類鳥魚。欲罷更尋林水去，殘春風景問何如。

遊石竹

浪遊幾載歎年華，爲愛名山取徑斜。幻出樓臺閒日月，飛來洞壑老烟霞。凌空石磴三千丈，匝地瑶林百萬花。漫向華胥尋好夢，此身疑已到仙家。按，山有九仙，求夢者奇驗。

獻花巖

清思度危嶺，披寒空際行。花巖一在望，天闕兩峰晴。霧薄野初見，風悲壑盡鳴。正憐松逕好，已是别山情。

秦淮新漲

秦淮新漲發，幾處暗通源。春雪消溪岸，江潮上水門。鍾山青欲滴，笛步影空翻。最是

河干柳，依依愴客魂。

過孔雀庵訪輝上人

早歲聞初地，凌朝試遠尋，依然一茅宇，宛在千竹林。芳草定時積，清池雨後深。封君論古跡，寂寞起幽心。

春夜同陸不淄、尤時純、子邱兄賦新月

新月出東林，清光猶未深。依人一片影，孤客萬里心。夜淺留餘態，春寒助苦吟。梅花更幽絶，寂寂弄輕陰。

寒食芋江發舟同吴非熊、曹汝載、能始

江上春晴春未闌，天涯今日食方寒。仍催節序愁邊度，空使鶯花客裏看。山碧欲隨帆帶盡，煙光惟有燒吹殘。孤身處處皆如寄，千里風波任渺漫。

茶洋驛沸雪橋

亂山深處是茶洋，古驛斜臨度石梁。日去漸消亭竹影，泉來微帶澗花香。寒流沸白皆成雪，新葉凝丹不爲霜。獨有鶯啼似留客，恐教行邁失春光。

遊武夷萬年宫

葱鬱龍宫入望深，萬年奇勝足登臨。寒溪九曲環山響，古樹千章覆殿陰。玉女生愁峰月冷，大王含氣石雲沉。武夷姓字應長在，漢代仙靈不可尋。

閏重九日同梅子馬、曹能始、胡彭舉、吴非熊、洪仲韋登燕子磯

前月登高事已闌，閏餘成節復成歡。雲天遠度鴻音切，磯石空留燕影寒。黄菊更乘秋露采，丹楓宜對夕陽看。登高何事翻臨水，爲惜流光似急湍。

牛首寺

落日到山上，佳辰得寺遊。嶺歧過塔影，松末度江流。臺暢月逾朗，磴懸雲乍浮。深期

禪舍宿，不是暫淹留。

移居

卜築在城市，幽僻如山村。既邇鍾阜麓，言傍華林園。曰地今始遷，于跡古尚存。叢木覆幽徑，清池映衡門。時有素心人，爲予來高軒。豈必事丘壑，乃能去塵喧。

甲辰除夜

風雨今宵盡，龍蛇兩歲分。長貧知有劍，當厄愧無文。燭影明餘照，梅花冷素芬。自憐幽思遠，禮法莫相聞。

題胡可復淮上居

青溪水上青山浮，青溪閣外連青樓。主人愛此溪上住，開閣正對青山頭。山色朝青暮還紫，我來時汎青溪水。兩岸花風夾棹香，青樓畫閣歌聲起。樓臺落影流轉空，我家數里溪之東。相尋不似山陰夜，來往人行明鏡中。

普德寺前松嶺坐月

向晚出山寺，還登山上頭。嶺雲歸乍淨，松月坐生幽。客思澹如水，僧言空似秋。下方鐘磬發，清宿正堪投。

夜登盧龍觀後山坐月同吴非熊、曹能始

高觀連山起，同登最上頭。松間明月影，照入大江流。仙磬隔城寺，人家出市樓。夜深涼露重，衣袂不勝秋。

候潮歌

港寒風起月落西，船鼓咽霜啼曙鷄。水痕未上沙岸淺，渡口候潮人已齊。舟師束手各相顧，客子欲行促舟去。前船笑語聲乍喧，傳道潮頭到瓜步。未過瓜步望瓜洲，滿漲難行空復愁。誰云風便候潮急，還待潮平趁順流。

同吴非熊散步湖上

旅跡經年歎久羈，强隨閒步越城西。烟開曉色無人到，樹入春光有鳥啼。孤塔直當天外見，兩峰高在雪中迷。應知幾日重來處，水滿湖頭花滿堤。

西湖竹枝詞

十里荷花九里松，往來無處覓行蹤。才看大佛門前過，又向西陵橋上逢。
平湖如鏡兩峰青，天竺山中乞夢靈。今夜莫歸城裏去，與君同宿夢兒亭。

過宿鷲峰禪房與興公言别

對此空林客，依然故國人。孤燈延靜夜，一雨送殘春。分榻何曾寐，聞鐘易及辰。獨愁芳草色，幾日促征輪。

新秋日同喻叔虞重尋牛首怡公不值

秋雲着山猶未深，涼雨度空晴復陰。寺門古樹落數葉，客子晚來聞鐘音。山僧舊識不相遇，竹房草色留人住。却憶當年明月時，天闕峰頭坐天曙。

秋日同尤時純登清涼臺

松門曲徑接層臺，望裹秋光客思開。落日漸隨低樹没，青山欲渡大江來。清涼象地無殘暑，寂寞龍宫幾刼灰。不用登高感時序，與君閑眺自徘徊。

永興寺曹能始民部招同方駕部、彭民部、汪仲嘉、胡彭舉、滕太常

門徑隱杉楓，山深寺復空。遊從今日始，興得幾人同。秋色遠林際，夕陽餘磬中。長干引歸路，遥見塔燈紅。

廬山五老峰守心大師遣徒龍寄石耳菜、白蓮實，喜述

廬岳有高僧，耆舊負明德。昔登五老峰，同遊三泉側。許結清淨緣，至今各相憶。昨遣徒弟子，浮杯入京國。寄我山中書，遺我山中食。蓮實幾花房，石耳千年植。械封道路遠，尚帶雲霞色。獲此勝瓊英，對書如語嘿。神悦心獨慚，禪棲異塵域。不知寒江雪，山中深幾尺。

清涼臺同諸子看雪

遠思應無盡，遊情殊未闌。況復三度雪，共此一朝看。但愛山中白，不知臺上寒。友朋各蕭散，隨意下林端。

歲暮坐雪

一年期又盡，寂寂坐空林。試問城中雪，誰家門外深。客情看古樹，詩思入寒禽。莫道春光近，春愁吏不禁。

雨後無畏過時純堂中訂遊石門

客定頗閒暇，日長唯嘯歌。鄉心雲外盡，春色雨中過。堂靜燕來好，林陰花落多。還期石門寺，遥在碧巖阿。

過唐宜之澗上

迢遞尋山館，依然在澗阿。春風方自好，人日此相過。流水到門響，梅花繞屋多。翛然物外者，不值意如何。

題陳元愷民部畫山水

陳君自名流，官閒少職務。含毫弄雲烟，寄意展緗素。微尚在古昔，乃成畫中趣。朝朝日暮山，歲歲春前樹。遠水聲寂寞，深村徑回互。不逢溪上人，誰識巖邊路。披圖靜相對，戀戀安能去。我亦卧遊者，因之閉庭户。

待曹能始不至

故人云枉駕，清曉即相聞。似隔驟時雨，空看停處雲。閑花如有意，啼鳥若爲群。且莫扃蓬户，鄰春未夕曛。

梅子庾、曹能始約遊金陵寺訪月潭法師，雨阻，賦此柬之

十載金陵住，金陵寺未知。林僧初有約，山雨復過期。草濕城西路，泉深户外池。題詩問玄度，惆悵欲何之。

雨後鄧汝靜招同梅子庾、王青蓮集鷄鳴寺憑虚閣

古寺臨城迥復幽，深林夏日共閒遊。長天宿雨千家霽，虚閣陰雲五月秋。鍾阜山連陵樹出，秦淮水繞帝宫流。莫言信美非吾土，一醉何知有客愁。

薄　寒

林氣乍蕭瑟，輕寒到竹房。餘秋無幾日，昨夜有微霜。作客衣未授，思歸道且長。一江南北裏，便覺異流光。

曹能始大參以書入廣陵，訂遊巴蜀

千里題書到海涯，郎官今調快親知。交情不隔雲泥望，遊興還堅日午期。欲帶寒花看玉壘，定逢春雪上峨嵋。登臨數載多同賞，巴蜀山川況更奇。

同商孟和珠河散步，因過梅子庾小酌

寂寂步河干，平橋一倚闌。幾行新柳色，都入暝煙看。春月送佳影，水風生薄寒。還言覓杯酌，欲盡故人歡。

嘉善寺

古寺壑中好，到來真是禪。松聲流夜雨，草色積春煙。鐘仆無鳴日，碑殘不見年。却因荒寂意，與客更留連。

固鎮曉行，雨霽懷舊

鷄鳴茅店雨聲疏，行侶相催霽色初。作客夢魂過白下，向人山色近青徐。禰衡自笑懷無刺，馮諼誰容出有車。往昔傷心經此地，風烟回首十年餘。

夏日將從永啓之梁溪，吴聖初、明薦諸子出别弘濟寺，登燕子磯解纜

金陵名勝足盤桓，到處登臨興未闌。水寺半緣高壁起，雲峰都入大江看。客情衹向三吴近，酒氣難消六月寒。至晚磯頭忘解纜，轉因離别縱游觀。

吴鼎宿邀遊石亭埠

荆溪來十日，始作石亭遊。小艇杳然去，南山山盡頭。古梅看往代，曲澗聽新秋。不待主人意，依依客自留。

送陳荆生還泉州，予之九江

言別非一朝，頗歷時與歲。歲寒始成別，從前苦留滯。凛凛江上風，吹人冷衣袂。温陵子歸家，潯陽我客計。歸情勝客情，臨歧一揮涕。

落　花

一散芳叢去不還，夕陽春水意俱閒。重尋香韻知何處，半在青苔碧草間。

毘陵道中夢友夏

毘陵驛路棹邊催，迢遞梁溪去復回。一片涼風吹綠樹，幾行疏雨報黄梅。吴歙重聽經年後，楚客相思入夢來。信是同遊能不遠，何如山館北牕開。

聞簫

清簫夜夜苦吹頻，况是同舟聽最真。莫道月明堪弄此，空江恐有獨愁人。

將過友夏南湖，和別伯敬。伯敬當還朝，予歸白下

豈是遊殘客思遷，他方同好並堪憐。深交自不論疏密，夙諾應須踐後先。山館暫辭林際路，湖鄉初放雪中船。亦知此度非遥別，愁我還吴爾向燕。

同永啓尋西天寺後山最深僻經號國墓

一逕初無人，岡嶺任前步。夕陽隨我衣，暝氣生群樹。凌高有遠觀，折曲多回互。異賞邱中邱，斜惑路傍路。忽聞鷄犬聲，知有人烟住。試問隱者廬，云守功臣墓。山精日夜行，翁仲林莕仆。寒暑錯歲時，東西辨來去。池荷澹風香，井梧濯煙露。幽渺恣窮探，翻出尋常處。

九江重見曹能始，逢吴明遠、郭衛邦，值中秋開宴，同賦短歌

碧天不雲復不霧，百歲中秋最難遇。月明常是照離人，今夕離人月中聚。人情節物易蹉跎，密好清樽促妙歌。歡娱莫動天涯思，幾度天涯此會多。

方潤

字具蒙，閩縣人。萬曆末諸生。入通志隱逸傳。

柳湄詩傳：潤好義重氣，讀古書，遊名山。明季時事日非，與林垐、林之蕃、李時成、韓錫輩往來僧寺。嘗刊鐵函經、晞髮集以見志。唐王敗，隱居授徒終其身。林垐没於義兵，潤爲之傳，葬之福州井樓門外。崇禎丁丑進士鉛山胡夢泰經死延平，適溪漲，棺柩漂至芋原。潤與楊觀爲具棺衾，改葬鼓山積翠巖，爲霖立碣其上。詳竹間十日話。林之蕃壽方具蒙詩：「河湄結草便爲廬，聞説焦先百歲餘。竹榻夜燈同影宿，山園春菜任兒鋤。意中朋友窮愁好，世上公侯禮數疏。腹笥便便千萬卷，總無一字應時書。」又云：「但使心腸同鐵石，何妨霜雪滿頭顱。問天傲睨登名嶽，賣藥踟躇過舊都。」潤後人稱潤九十餘歲。

李明六、林孔碩、吴子方宿永覚禪院按，子方名楷，閩縣人，祝髮稱冒僧。

淺水不膠舟，名山十日留。無營方勝地，有夢必滄洲。海上淒淒月，天涯寂寂秋。百年心骨熱，一共入重丘。

韓　錫

又名廷錫，字晉之，侯官人。萬曆末諸生。有榕庵集。作「崇禎間諸生」者誤。

余甸韓晉之傳：韓廷錫，字晉之，侯官人。幼聰慧，九歲背誦六經，略無舛誤。與鄉里群兒處，不妄言笑。未弱冠，舉止如老成人。家素貧，菽水不給，而臨財無苟得；膏火不具，而開卷必衣巾。當萬曆季年，補博士弟子員。時習經者類皆鹵莽滅裂，晉之必研究終始，於無疑中尋出有疑，有疑中看出無疑，條理通貫，暢乎自得，往往前無古人云。又嘗以字學壞於鍾王，故悉力於大小篆，終身不作行草。即真書，亦不得已於應試時爲之。此外雖朋友往來短札，無非大小篆。執親之喪，哀痛迫切，苫塊饘粥三年，未嘗見齒。或親戚情話，不能斷絶，則衰麻隨身，親攜草墊，在處據地以坐，識者以爲今世之王偉元、徐仲車也。余少時偶見其所讀漢書二十六册，手註與史記異同詳略之處，細加評隲，皆作蠅頭斯、籀朱書，日久吐鉛，斑駮陸離，可愛可寶。今歷五十年餘矣，不知此書傳流何所，時往來於余心焉。先生特立獨行，終身蓬蓽，學不狥世，世亦罕稱之。余爲略書其大概之可傳者如此，猶恨不使鄉先賢蔡九峰、黃勉齋諸公見此後賢也。

柳湄詩傳：廷錫築室福州郡治烏石山北三榕樹中，名曰榕庵，諸書皆作「二榕樹」。林蕙望榕庵詩：「半世儒冠頭已白，三株榕樹葉猶青。」與邑諸生林蕙讀書其間二十年，足跡不入城市。董侍郎應舉在太虛亭讀書，時時與往來。應舉出山，錫猶以書札篤責行誼。嘗與閩縣李時成、鄧景卿、鄧壽朋，侯官齊莊輩結社鄰霄，皆一時名宿。陳兆藩、林蕙，其殿也。鍾惺督閩學，獨慕錫與齊莊。錫手自編其集曰榕庵集。錫隸書。崇禎末卒。林蕙順治己亥哭晉之子覲侯詩云「六歲喪所天」，又云「而翁吾師友，訣別廿餘年」，是晉之卒，當在崇禎中。子覲侯，字中子，能詩，早卒。林蕙哭韓覲侯詩：「豪氣薄雲霄，風雅何翩翩。公卿視巵酒，肝膽如珠懸。壇坫樹中原，一叱旄頭搴。雄才忌露穎，促賦玉樓箋。」其人品可知。按，晉之卒，蕙作詩憶之。詩曰：「耿介矢平生，皜潔若處子。結庵烏石隈，百丈榕陰裏。讀書鄙章句，經史領奧旨。述作陶謝風，元音追正始。遊心及篆文，妙得六書理。笑口雖日開，嚴峻流能砥。羞顧鋤下金，厭曳侯門履。當涂求識面，掉頭掩雙耳。白眼傲風塵，閉户乾坤邇。鍾公江漢來，相士獨與爾。空博身後名，磊落青衫死。予也奉教深，廿載連牀几。知音既邈然，揮絃難下指。回首疇昔懽，拔劍中宵起。」語語皆實錄。蒼曾見李員外所藏榕庵圖，乃錫死後，林蕙以晉之詩卷囑林端作水墨畫並圖錫像於後。其像白皙而微鬍，精神耿耿。陳衎題跋曰：「韓晉之與林孟采爲至交。韓純懿、林□□，皆學爲聖賢者也。晉之不祿，天下歎之，豈徒吾輩抱痛哉？孟采收其小篆所與往還詩篇並楚詞一紙成卷，林正則端圖其讀書榕庵以足之。孟采又繼以晉之小像，繾眷悲戀無有窮已。死後交情，於斯可見。予得交晉之最早，其能嘿嘿乎？爲作像贊，贊曰：吾行天下，至孝篤學，獨有韓生。生今往矣，而吾且老，使天下之士有如生者，安從見之；使天下之士無如生者，吾道衰矣。嗚呼。崇禎丙子大呆陳衎。」

書別

別意滿天地，淒淒日將夕。江平煙欲歸，四顧何澹莫。偃臥不成寐，起行且焉適。兀兀中夜興，坐對寒山石。回憶分手時，頫首乃不懌。胡爲今宵月，偏向沙洲白。

渥洼產神駒

渥洼產神駒，血汗暈赭素。啼碧貝齒齊，眼鑿方瞳露。滅没若升螭，超逸如奔兔。委身歸明主，萬里移時度。望視五達衢，恥受庸工顧。伏櫪志未伸，時作鞭捶懼。伯樂終不逢，驕嘶日欲暮。

南山有貞松

南山有貞松，亭亭百許尺。幹古龍鱗聚，枝垂虯體逆。蔦蘿縈蔓之，蕩却無朝夕。煙雨隨風成，霜露經年迫。胡爲尋斧柯，頃刻隨顛擲。拖折爲雜薪，舁致王孫宅。爨下欲自明，嘆息何不懌。而使梁棟資，長歌懷匠石。

怨歌

沉吟却憶嫁郎時，郎心儂意深相知。並立並行並肩坐，郎前儂後相追隨。郎曾誓儂牛女節，生當同衾死同穴。儂感郎恩深似海，持郎泣下凝成血。時移事易不可常，新人晏笑升君堂。憔悴舊人君不問，下帷長歎歸空房。無端風薄郎前竹，一片幽牕半明燭。夢魂不定附魄興，獨立無言倚枯木。

寒食

寒食將錢出荒野，灑酒奠錢拜墓下。問君所拜是何人，即是去年來拜者。去年今日亦曾悲，今日去年人不知。人生一老不復少，不如强飲持金卮。

半山院靜坐懷李明六按，明六，時成字。

據石坐山色，歌聲滿竹林。手中持雅酌，膝上撫鳴琴。獨鳥起高樹，孤雲生遠岑。悠然餘逸興，分以寄同心。

同李明六、葉端卿訪青林上人庵，值雨因留宿

林公營靜業，素性好烟霞。問道尋茅徑，談經轉鹿車。山幽生暮雨，泉沸試新茶。欲作通宵聚，蒲團共結跏。青林詳林蕙傳。

讀書城北寺

讀書城北寺，寺古碧蘿深。據榻白雲入，開牕丹嶂侵。秋潭長坐月，幽夜靜觀心。和尚如備覩，芒鞋時見尋。

甲子孟春二日早抵白沙，風遠天高，霽色可愛，一峰崪起如畫，漁者曰：瀛山也，韓子遊焉。

曉霽一峰出，江光沙際分。扶筇登古石，倚樹看歸雲。果落聞能遠，梅殘花尚殷。欲尋深塢去，傍水問漁翁。

秋日同馬石良、黄子皋、王昺之、周子立、鄭哲夫遊小武當山

古寺隱疏林，沿溪聊共尋。鐘聲半水盡，樹色一峰深。鳥起客初到，人歸雲已沉。月明沙嶼闊，箕踞靜談心。

仲冬山居

寥落山居僻，冬餘霜氣侵。西風經短巘，黄葉滿空林。寒色入煙重，雨聲和雪深。北牕聽不足，高臥枕瑶琴。

季冬一日同王有巢、林用始、林孟采道山尋梅

共作道山遊，探梅最上頭。斷林凝白遠，傍樹宿煙收。影入深松瘦，香生古石幽。日斜還把臂，吟賞不能休。

雪峰夜坐

繩牀高臥看暝色，片片輕煙度翠微。池邊竹動鳥初宿，石上月明僧獨歸。聲沉碧嶂孤猿

宿，香滿空廊桂子肥。前峰一半雪未盡，白氣遠來偏映衣。

秋　懷

秋光寂寂菊花開，斷續天邊雁影回。北嶺晴嵐浮古禾，東山返照落蒼苔。少年結客芙蓉劍，薄暮懷人琥珀醅。消盡雄心羞短髮，摳衣長嘯獨登臺。

李明六東禪小築初成，招予樂之按，東禪寺在福州城東。

新成小築傍山陬，草没禪宫古路幽。繞屋松低空翠落，隔城荷吐遠香浮。曲池短榭偏宜月，片石高齋可坐秋。竹外煙生茶已熟，半牀鐘磬夜悠悠。

半山院紀事

眠起聽新鶯，久坐清陰下。極目蒼茫間，遠色連平野。樹密月色凝，亭敞輕風度。香氣滿空中，辛夷華欲吐。

客中坐雨

半天烟雨和微風，旅客孤牕思未窮。一曲雅琴三嘆息，飛花落葉滿城東。

全閩明詩傳　卷四十四　泰昌朝　天啓朝一

侯官　郭柏蒼
　　　楊　浚　録

鄭應槐

字植三，莆田人。泰昌元年恩貢生。德化訓導。

送王尊五調官按，王家彦字尊五。

四方重醇吏，質樸似家居。瀫水官初補，兵曹職又除。十年纏簿領，一棹泛琴書。軍賦誅求甚，知君任毀譽。

唐顯悦

字子安，一字梅臣，大章子，洞惓兄見下，仙遊人。天啓二年進士。知諸暨縣，改湖州教授，轉國子助教，遷南京户部主事，歷兵部員外，出知襄陽府，陞蒼梧參議，改廣東海北副使。唐王建號，以爲右通政，陞兵部左侍郎。有息園集。

蘭陔詩話：梅臣鼎革後逃入海島，改姓名曰陶無逸。晚祝髮，自稱逸衲，大磐苦節，良足稱也。其詩譚友夏、徐闇公序之。蒼按，顯悦弟洞惓，子仁永，孫之冕，皆能詩。

再過界山

山勢欲插空，傍午見朝日。況是冬月深，衆壑氣增凓。陰巖紫煙生，絶澗飛溜出。嗟此孑遺民，瘡痍誰與恤。皚雪似明蟾，晚照逃亡室。

秋　吟

幽情旅況自相求，豈必言愁我始愁。越石吹笳難卻敵，仲宣作賦畏登樓。雲迷溪口楓容老，笛響關山雁翮遒。白髮每驚時候換，井梧摇落故園秋。

宋玉塚

千載猶憐宋玉才，襄王雲雨夢初回。鄢南古柏年年樹，不待秋風生客哀。

鷺江雜感

北邙回首即天涯，寒食東風吹落花。不見兒曹燒陌紙，月明惟聽樹啼鴉。

黃道周

字幼玄，一字螭若，一字石齋，漳州鎮海衛人。天啓二年進士，改庶吉士，授編修。崇禎三年浙江正考官，歷中允，以言事鐫級，俄落職。尋起官，以諭德掌司經局，再遷少詹事，協理府事，與經筵講。十年，分校禮闈，隨謫江西布政司都事，逮至京，廷杖，下詔獄，遣戍。福藩稱制，進禮部尚書，南京既下，猶督師出婺源。師潰，執繫故尚膳監，不屈，丙戌二月死於市。有大滌函書、浩然咏。

靜志居詩話：詞臣無言責，居無咎無譽之地，需次待遷而已。迨石齋先生入翰苑，與上虞同年倪文貞公俱自任天下之重，崇正去邪，盡忠補過，引裾折檻，九死不回。先生詩所云「親從霹靂推車過，又得滂沱自在春」，蓋實錄也。及退而講學於杭大滌洞天，於閩則蓬萊峽，少長咸集，遐邇俱來，監史主賓，琴瑟鐘磬，庶幾濂洛之遺風焉。先生璣象之學，辭義深奥，後生或昧其指歸。蒼按，石齋先生家廟，石砌璣象於院中。觀者莫明其理，而牛馬不敢踐。或云，石齋字畫，辨真贋者亦以牛馬試之。

島居續錄：先儒黃子道周，字幼平，漳浦人。天啓二年進士。福王南渡，以少宰召，晉秩尚書。明神宗萬曆十三年乙酉二月九日丑時生於銅山之深井，國朝順治三年丙戌三月五日完節於金陵之曹街，年六十二。國朝乾隆四十一年賜謚「忠端」，道光五年從祀文廟。

已别諸老，而彭達生欲送予維揚，辭之不得

此酒不可勸，此楫不可擊。大風吹赭圻，一夜化𩥇石。從行六七人，各已掃去跡。病鳥無勁枝，毒雲無健翼。區區碧血心，恐非世所識。季布重新交，魏舒喜疇昔。才與道難兼，名常與命敵。麋鹿好群仙，故爲豺虎得。况已負矢奔，跛足何顧惜。青天圍曠野，亦知省矰弋。剗却衡與華，即爲平界尺。擲斧割危巒，吾何愛腰脊。生平禮孤影，一旦破絶壁。大鳥夾青蠅，要未謝弔客。感君骨肉交，凝睇乃脈脈。

西曹秋思辛巳與葉潤山、董漢橋作。

率野應知兕虎尊，蟄蟲徑不悟朝昏。紫苔任蝕腰中劍，白浪頻翻馬上盆。百戰墜肌猶有骨，片言折脅但銷魂。宫縚允矣吾夫子，莫説香柔舌自存。選一

明月人當漁火看，一行淡碧也翻瀾。觀生已識有生累，閲物方知忘物難。是處未應題絶筆，此翁何苦據征鞍。秋冬射獵真無藝，乞得鹿皮製小冠。選二

蒼茫聽葦自中流，恰有危帆共飽秋。百鳥難排千目網，孤身合住幾層樓。世能無事吾何

事，人共言愁我始愁。辨得乾坤成骨血，此生安敢道如漚。選六

不捐薇蕨已成貪，況有私交過魯男。長天照影絲絲入，明主誅心事事堪。便禦狐狼風不競，可逢魍魎戰還酣。分襟回去四千里，南北東西結小庵。選七

甲申十月十日同諸友至周年翁八曲山居

掌崖吞吐百花原，領略諸峰此獨尊。夾道宛然通帝闕，扶橋時一過孤村。數聲啼鳥迷歸路，無數遊人不到門。況有乳泉堪洗耳，不愁芳草滯王孫。

旅客空招猿鳥愁，道人不憶此重遊。書從數閱方知妙，山自三過始覺幽。遺蜕丹翁長啓齒，離經石子坐摇頭。滄桑世界沙塵外，莫説麟鸞十二洲。

就逮至水口，揮手謝同人

買屩一出門，灑血已萬里。六月踐青霜，千秋沸楚水。誓墓苦已遲，懷湘無乃始。大海欲枯乾，孤棹將安理。臣罪如傾河，當於何者起。親朋但道古，飲泣便不是。危途心所經，艱貞久自矢。幸不當二人，切勿語妻子。

山居

一髮繫苕何足驚，世間畫棟未堅城。秋風不折獨摇草，自理藥畦種杜蘅。送鴻揮手暫徘徊，山鳥向人掌上來。不是此身輕作餌，入群久不事相猜。築塹縛籬事已曾，尚留織屩斂精能。十年手爪經三脱，不及天台嶺上僧。

王家彦

字開美，一字尊五，莆田人。天啓二年進士。授開化知縣，改蘭溪，擢刑科給事中，陞户科都給事中，起吏科都給事中，遷大理少卿，陞太僕寺卿，晉户部右侍郎，改兵部，加太子少保，協理戎政，死於難。贈太子太保、兵部尚書，謚「忠端」，改謚「忠毅」。有王忠端集。

蘭陔詩話：公之死，昭忠録諸書皆云：「守德勝門，城陷，自投城下死。」惟甲申傳信録云：「寇偪，王公坐安定門，嘆曰：『我總督團營，今日城破，萬死難贖，且義不可污賊刃。』遂自縊於城樓。未幾礮發，城樓覆壓。後出其屍於瓦礫中，其甥楊某負而殮之。」按，蔣公德璟志公墓云：「初守阜城門，久之移安定門。」張公肯堂請卹疏云：「公三月初一日守安定門，至十九日，賊從别門入，公望闕叩頭，遂自縊死。」是傳信録之言爲有據。惟收公屍者爲義士鄭而泉，名淦，教諭開之父，侯官高兆記其事甚悉，非楊甥也。

城頭秋感

漠漠寒雲起暮笳，烟塵猶未退戎車。璧門明月臨青海，朔野霜風捲白沙。幕府夜闌蛩復切，嚴城秋老菊無花。可憐關塞淒涼甚，荒塚纍纍數萬家。

鐵笛齊吹漢月秋，壯夫有志竟悠悠。淒涼關塞寒風集，杳渺河山積雪留。匹馬曾過青草塚，大軍昔駐皋蘭州。平生最厭推衛霍，百戰無封亦便休。

蔣德璟

字八公，一字申葆，又字若椰，光彦子，晉江人。萬曆三十七年舉人，天啓二年進士。改庶吉士，授編修。歷侍講、諭德，崇禎六年應天副考官，轉庶子，掌司經局，累官太子少保、禮部尚書、文淵閣大學士。有敬日草。

靜志居詩話：八公敏於掌故、典禮、治歷，條奏詳明。使其黼黻太平，亦稱賢相，惜乎未究其才。或傳公呑金而死，尚俟考實。

九曲泛舟

梯山不用車，撑船不用榜。山高灘與高，丹青匪一樣。左顧慮右拋，前瞻疑後障。驚呼石某字，恠指峰何向。壁巇横爪天，石斧斜穿浪。刺空鳥尾紅，窠巖鷹羽亢。茶壓北苑香，藥傾五嶽釀。虹板高莫登，鋻船挂無恙。一曲一峨嵋，九灘九雲夢。移棹各窈眩，近村漸夷曠。神工含孕深，聊可容睡相。念昔彭祖來，無諸遠未王。山以二子名，閩天實開創。皇姥魏王子，控鶴豈皆妄。玉函果何爲，無乃神仙葬。十三瑞世奇，十六洞天抗。何時鶴來歸，重結曾孫帳。

經廬山苦雨

寒霏似逗客，雨色忽烘晴。風恬魚龍靜，天空鸛鶴鳴。香貪石耳軟，凍逼雪柑清。寄與匡君道，肯虛攬勝行。

過汾陽故宅示夷使

此地應歸郭令公，唐家社稷賴公功。聲名到處蠻夷服，想見當年國士風。

寄劉須彌閩安伯

柱史威名冠斗杓，薇藩棨戟擁星軺。攜來貴筑青驄騎，坐受無諸碧海潮。千里荔榕開色氣，百城煙井聽風謡。君家自有忠宣譜，劍履今看上紫霄。

至廣州聞黎捷誌喜

重開幕府試雕戈，七哨功成獻凱歌。借問凌煙誰第一，漢家劍履賜蕭何。

陳肇曾

字昌箕，一作「基」。一字豸石，聯芳曾孫，見上。長樂人。天啓元年舉人。延平、建寧教諭。後登進士副榜，爲漳平教諭，陞禮部司務。有濯纓堂集。

柳湄詩傳：肇曾少負異才，操尚介潔，垂老猶困公車，詩集甚富。遨遊白下，晉江傅司馬爲霖官松江，送肇曾之白下詩：「老去文章餘兩鬢，天涯身世等孤舟。」

王恥古黄門捐俸貽贈賦答

問我饑來何所之，多君遺贈副虚期。驚心最是日斜路，失意偏當花落時。舊夢不堪隨馬足，新妝空説避蛾眉。寒氈如水長無事，閉户高眠却自宜。

出都再續感懷

誰能此日障狂瀾，欲濟如同急水灘。對客放言聊作譃，背人收淚未曾乾。春風惜别非因柳，香草聞名不是蘭。多少樓臺空悵望，共誰烟雨寺中看。

沈雲升中丞長公東生言乃翁殉難始末志感

倉卒無全計，相從地下遊。焉知秦世界，空著晉春秋。人自歸同穴，山爲觸不周。他年遺史筆，感慨溯風流。

送惟度表弟之永安按，魏憲字惟度。

經年分手别，歸自古章安。未見還家久，何曾作客難。侵晨移棹遠，入夜搗砧寒。此去秋山媚，栟櫚最好看。按，永安有栟櫚山。

魏惟度因余刻詩柬傅石漪别駕二律次和志感

五十年前席上賓，生來絶口不言貧。千秋著述爭雄長，四海交遊失比鄰。結夏不堪還作客，經冬猶是未歸人。天涯骨肉相逢日，會合如同過劍津。誰從失路問征夫，空説松江巨口鱸。遥指瓮城江上棹，還尋甓社澤中珠。耽吟不輟連篇和，索醉何須折簡呼。小社招邀池館静，坐看一幅輞川圖。

己亥之役舟抵梁谿，阻江不得北發，逐隊返棹，聊述所聞，爰以志慨

孤月淒涼上柳稊，樓船簫鼓寂長堤。姓名空變藏梅市，歌吹誰聞過竹西。十載星霜寒雁唳，二陵風雨夜烏啼。不勝今古傷心事，欲寫新詩半失題。

梁谿訪黄心甫不得，因北兵經過

十年未得寄詩瓢，世事渾如夢鹿蕉。千古文章祗自誤，半生貧賤向誰驕。自知介子身將隱，還恐豐公舌更饒。滿目干戈阻良晤，敢從山下問夫椒。

贈杜于皇按，于皇名濬。

猶言邗上别，何以慰飄蓬。史籍留秦火，騷經補楚風。高蹤甘隱豹，薄技恥雕蟲。如許乾坤大，依然一畝宫。

何其漁

字樵仲，建寧人。天啓中布衣。

梅口待渡

野曠微風起白蘋，郕居三里若比鄰。江干風冷千山暮，立盡殘陽無渡人。

玉女峰

山花插鬢自朝昏，隱約天然粉黛存。寒月時來作明鏡，露華長滿洗頭盆。

幔亭峰

隱隱虹橋隔綵霞，空餘猿鶴怨年華。回看桑海須臾事，試問曾孫有幾家。

登舟入九曲

笑入松門鶴氅迎，山靈好客更多情。西風一路松花雨，纔上仙舟便放晴。

林一柱

字元功，莆田人。天啓五年進士。授陳州知州，舉户部員外郎，出知常州府，改吉安，陞廣東僉事，歷山西按察使、布政使，擢右僉都御史、巡撫南贛。

蘭陔詩話：公在南贛，削平嶺南八排諸寇。聞京師陷，北向慟哭，率師勤王，以勞卒。

挽孝烈蟾英妹氏

彤管標聲號最賢，早知純孝格重玄。霜刀血濺三更露，玉腕香浮五夜煙。幾度籲呼通斗極，一時含笑下黄泉。後來女史如椽筆，好綴芳稱冠簡編。

黄景昉

字太穉，一字東厓，晉江人。天啓五年進士，改庶吉士，授編修。崇禎三年湖廣正考官，歷中允、諭德、庶子，陞少詹事，以詹事掌翰林院。尋以禮部尚書入直東閣，加太子少保、户部尚書，進文淵閣大學士。有甌安館詩集。

靜志居詩話：相君務去陳言，專尚新警，其近體尤雕繪。如侍楚王宴云：「隆準衣冠高帝後，夥頤宫闕大江濱。」登太和絶頂云：「天野星躔包兩戒，國朝嶽瀆視三公。」南臺燕集云：「仙家閬苑琉璃浦，禹貢揚州篠簜田。」贈友云：「少從魯國稱男子，家近茅山得異人。」壽樊叟云：「公餘穲子燒松液，酒半材官舞蔗竿。」集北郭草堂云：「誰邀玉珮神仙客，自唱清歌菩薩蠻。」答友云：「枚叔賦遊梁上苑，伏生書重漢西京。」寄友云：「以吾一日長乎爾，如此三星粲者何。」要不作沿襲語。蒼按，如清華園詩末結到小雨，李孝伯別業次聯切入花隱，皆着意熨貼。

未央瓦

客來移甓漢時宮，丞相經營想像中。武庫不隨蛇劍火，鄴城空貴雀臺銅。猶餘龍虎真人氣，未蝕螽蟲累代功。敢向玉池輕點染，更無雄句似歌風。

何太常悌邀步南郊覩圜邱享殿齋宮諸制恭述

皇矣穹窿廣，君哉製作殊。改絃歆世廟，分祀別留都。日練金支秀，春回華蓋趨。竹宮靈放燾，羽客韻虛無。繭栗三犧用，瓜華百末敷。篆煙飀鬱崛，罳影入珊瑚。富媼壇仍峻，高皇座稍隅。殿詢公玉帶，庭接鬼臾區。憶昔陪清蹕，於兹饗大雩。烏銜齋饌素，沙點布袍烏。重許窺閶闔，須知辨瀍瀘。帝真雲漢主，天轉斗牛樞。禁地人雍肅，祠官汝敏膚。秩從夷典禮，倫始契司徒。誰獻河東賦，空吹冀北竽。戚干容肆雅，卿景合賡虞。

曹娥廟

上虞古縣大如斗，春風繡簇堤前柳。煙斷千年無復知，不見男兒傳不朽。纖纖幼女貌如花，雙燕墮鬟貼新鴉。玉顏遲向波心死，當年嫁與阿誰家。波心婉轉那可訴，血污蛟龍不敢怒。由來河伯畏貞誠，從此行人早晚渡。只憐五月錢江水，白馬朱衣碧空起。二江隔岸東西流，丈二將軍一女子。我來重問山陰墅，日暮倩指墓碑所。中郎題字右軍書，不話風流話淒楚。風流淒楚終成塵，古瓦參差剡水濱。湘君孝女洛神賦，香霧瀟瀟共愁人。

清華園小雨

溪塘小漲溪流曲，石脚苔衣連夜綠。手弄荷珠不送人，戲剝新房彈屬玉。侯家朱閣玉雙飛，酒客傍歌緩緩歸。錯看沙痕愁雨冷，由來山路溼人衣。

題李孝伯花隱別業

巷僻車窮處，誰期宛委通。入門驚竹翠，隨地見花紅。白璧邗關使，青樽綺里翁。酒行觴政肅，知未損家風。

經李淮撫廢園

逢人猶說舊淮揚，故苑遥鄰帝闕旁。有水臨門深閉閣，何年乘月更登牀。大臣引過羞田竇，執法持平美漢唐。莫遽婆娑悲老樹，豆萁終頃未全荒。

立秋日同傅子訒、王何稱、林爲磐、郭闇生穿蓮東湖

曲水傍城好放顛，荷香十里葉田田。爲驚鳥夢停歌扇，故拂花鬚落酒船。詩思清如秋乍起，湖光雅與客相憐。紅裙白紵尋常唱，我愛峰頭玉井蓮。

武林宿昭慶寺

宋家宫殿佛爲壇，廊下波斯十字欄。薄暮青絲邀客醉，重湖白紵映人寒。暑逢再閏凉非遠，歸及中途夢未安。仍被信來催轡發，許多幽壑不曾看。

邢州詢李于鱗先生遺跡

先朝西署盛風流，白雪縱横不待秋。三輔年年驅五馬，只今人説李邢州。

城隍廟市

黄金百如意，但向燕市趨。燕市何所有，燕市何所無。大寮青琅玕，中使錦氍毹。呵聲填道路，競過波斯胡。波斯坐上頭，呼使碧眼奴。木客來秦地，鮫人出海隅。兼復善拂拭，手爪自然殊。十榻十氍毹，問君何所需。買琴得蛇跗，買劍得鹿盧。雙玉謂之瑴，五瑴謂之區。釵頭金鳳子，飾以明月珠。仙家高靺鞨，石室富珊瑚。珊瑚何離離，枝葉自相扶。金膏差大國，水晶如小邾。是日政三五，傾城爭此途。如在玉山行，不覺白日晡。好物好售主，大家各歡娱。譬彼燕市中，荆卿遇狗屠。一客獨悴憔，似復是吾徒。探囊無一物，手但捋髭鬚。終日空摩挲，爲彼所揶揄。歸來自怨怒，自悔身爲儒。帝京景物略云：「城隍廟市，月朔、望、念五日，東弼教坊，西逮廟墀廡，列肆三里，圖籍之日，古今彝鼎之日，商周匜鏡之日，秦漢書畫之日，唐宋珠寶象玉、珍錯、綾錦之日，滇、粤、閩、楚、吴、浙集市之日，簇簇行而觀者六，貿遷者三，謁乎廟者一。廟建自永樂初，正統中重修，稱都城隍之神。」

薄暮出潤州城渡江，瞬息抵岸，馳七十里至真州，東方白矣

騎出江城户已燈，江風波浪息奔騰。似聞龍蜃移家去，豈有金焦趁夜登。千樹微蒙瓜步火，六時鐘鼓妙高僧。卻因昏黑瞻王氣，南北車書昔未曾。

張利民

字能因，侯官人。天啓元年舉人，崇禎十三年進士。除桐城縣知縣，擢户科給事中，太常寺少卿。晚披緇入山，自稱田中和尚。有野衲詩略。

靜志居詩話：先生牽絲之日，值張獻忠來攻，危同纍卵，而以忠義激勸將士，執所佩刀殺白鷄，以血灑地曰：「諸公有二心者視彼。」又折矢誓曰：「利民今日藉諸公力堅守，有功不以上聞者，有如此矢。」將士咸感泣。獻忠百計攻之，不克。賴黄得功援師至，城以獲全。宰邑三年，治行推天下第一。當其墨守，無暇作詩，詩多行遯後作，情辭悽戾，惜其未醇。

柳湄詩傳：利民，侯官之新泰洋裏田中人。志選舉作『閩縣』誤。父起信，讀書，早卒，利民僅六歲。母陳氏，有茹柏漫錄詩十五首。與夫同葬侯官文山。董見龍先生爲作墓志。教讀父書。甫齠，母又卒。天啓元年，年二十四，舉於鄉。其師陳學凡命往都下見董見龍，見龍奇之。崇禎十三年成進士，令桐城。以守城功擢給事中。福王立南京，授户科給事中。唐王入閩，復授兵科右給事中，兼刑、工二科，轉禮科左給事中，進都給事中，遷太常寺少卿。鼎革後與侯官崇禎甲戌進士陳燕翼同披緇於雪峰寺。」

過竹崎

憶昔讀書處，溪山半已非。飄零邨店酒，寂寞草橋扉。世變人愁老，江寒鳥倦飛。乘舟風頗惡，歎息寸心違。

鄉居夏日即事

白巾皂帽覆霜顛，俛仰隨人未肯便。翰墨淋漓春澗草，生涯潦倒暮村煙。閑收竹葉燒茶竈，醉折荷筒佐酒筵。有興扶筇過梵寺，一龕燈火共僧眠。

和余賡之按，莆田余颺字賡之。

不受人憐莫與親，誰從畫裏喚真真。門無車馬寧嫌寂，架有圖書未厭貧。聽雨每聞鳩逐婦，驚秋還是雁來賓。溪山榛莽依何處，記取漁竿釣水濱。

山居

噴石穿沙曲曲湲，黄河見説出天關。水經百折方成浪，人不多聞總病頑。皓魄卻隨夜雨去，繁英半逐曉風刪。奔流汩汩愁飄蕩，爭似凝眸對碧山。

獨處幽山翠黛迎，蕭然四壁豈爲名。夢中錦繡三千字，懷裏崤函十五城。坐對寒光梅映雪，行親爽氣鳥窺晴。晉公緑野逍遥日，何事當年玉帶横。

冬日送邵是龍社兄之新安按，邵標春字是龍。

客路蕭蕭一葉霜，危灘激石水聲長。匣中龍劍如雷吼，還道縱横古戰場。

貧女停鍼暗自傷，爲人時作嫁衣裳。英雄失意多如是，漫説元龍上下牀。

半肩行李出新安，冽冽霜威逼歲寒。若過嚴陵應弔古，一絲長繫釣魚竿。

太史當年事事難，國亡惟有此心丹。遺箋斷簡煩搜訪，通鑑前篇已不刊。

陳濬

字開仲，衎子，見上。閩縣人。天啓中諸生。

贈李小有

落魄無知我，空留六十身。行藏皆不偶，名姓孰相親。詩卷藏僧寺，琴囊賣里人。頑然天下士，江上獨傷春。

宋珏

字比玉，自號荔枝仙，莆田人。天啓中國子監生。有遺稿。

錢受之云：比玉長身玉立，神情軒舉，開顔談笑，不立崖岸。爲詩才情爛熳，信腕疾書，亦不留稿。按，珏遺稿刻於金陵。

漁洋詩話：宋比玉善八分，而小詩亦工，嘗記其一題朱白民畫壁云：「來時梅瘦未成花，別去垂楊金作芽。他日相思如見畫，板橋西望是吾家。」

蘭陔詩話：比玉八分、行草，瘦硬通神。畫出入二米、仲圭、子久間。飲酒至數斗，求書畫者多伺其醉，出絹素聽其揮灑，筆墨飛動。人以爲張顛再見，顧癡復生。游金陵、吴越間，與程孟陽、李長蘅爲莫逆交。詩思軒爽流逸，固不在松圓、檀園二老之下。蒼按，松圓老人題珏畫云：「書畫通靈盡可傳，自稱身是荔枝仙。吴船歸葬閩山後，風月閒來已十年。」

柳湄詩傳：珏詩如「故人長短夢，世事去來船」，「月斜琴軫外，花落筆牀邊」，皆靜逸可誦。最著者荔枝辭一篇，然吐詞草率，不足做東坡「前丁後蔡」之諷。善八分書，山水則淡遠，只數筆，而春初草樹勃有生意，洵爲逸品。明練音續集稱珏「工詩畫，善行草，尤長於八分書。初從扇頭見程孟陽荔枝酒歌，行求七載，始識孟陽於邑令陳公座上，以兄事之。因孟陽以交唐、婁、李諸先生，觴詠窮日夜。竟以客死，後歸葬莆陽」。

逢鄭應台

柘浦班荆後，無端又十年。故人長短夢，世事去來船。留滯悲王粲，風流老鄭虔。今宵淮上酒，莫論幾多錢。

初夏答友人見訊

單衣違夏令，早晚尚輕綿。存病難蠲酒，醫愁只勸眠。月斜琴軫外，花落筆牀邊。總可焚香對，新詩亦懶編。

辛未立春日聞黄幼玄上疏

百舌無聲久，俄聞哀鶴鳴。乾坤如乍寤，魑魅合潛驚。藥石千言苦，身家一笑輕。堪憐肉食者，爭説是沽名。

十四日聞幼玄再進疏

疏入遭嚴詰，天顔殊未回。金方求砥礪，鼎豈忌鹽梅。白簡何難繼，丹心豈易灰。莫教明盛世，荃茝起疑猜。

二月朔日聞幼玄被謫

封章三達聽，亦是轉圜時。巽語終求繹，昌言儘可師。傾心應比藿，衛足幸如葵。遷謫何足論，孤忠自古危。

金陵漫興

樓居坐臥見南山，剝啄聲稀白晝閑。江折九迴澄素練，峰堆雙黛結螺鬟。再逢萸菊人猶病，正憶蓴鱸客已還。來往長干驚老大，曾將裘馬逐紅顔。

江行

江月如眉細，江沙若掌平。江舟剛一葉，載得楚腰輕。

身與虚舟侶，心將流水同。載書兼載酒，隨浪復隨風。二詩倣唐人「不喜秦淮水，生憎江上船」，神貌俱肖。

將歸白下留題侯預瞻壁

來時梅瘦未成花，别去垂楊金作芽。他日相思如看畫，板橋西望是吾家。

泊晚城三日懷白下故人

城依碎石岸依沙，行遍城南乏酒家。日暮客愁如白下，蘆花風起似楊花。

和答錢受之

閒將古硯自摩挲，竹院愁逢俗客過。今夜僧牕真似水，塔鈴箇箇説多羅。

枕上雜吟

倦將書卷引閑眠，枕上青山几上煙。午夢似醒醒似夢，濕雲如地水如天。
山前山後響江潮，湖尾湖頭沸晝橈。獨坐空樓閑不過，自燒沉水伴無聊。

泰昌庚申自雲間復至鄮城，風雨連夕，歲又逼除，不得返白下，仲和相留守歲，因畫壁題詩見意

歸心已作箭離弦，苦雨淒風阻去船。且住龔家竹屋裏，紙牕燈火對殘年。

鄢正畿

字德都，一字皇州，永福人。天啓間歲貢生。唐王時授兵科給事中。

竹間十日話：正畿，義士鄢俊曾孫。以歲貢生，唐王入閩，黄石齋先生薦授户部司務，旋擢兵科給事中。數上封事，忤當事意，投劾歸。順治五年，國朝撫有全閩。正畿訣妻子，沐浴正衣冠，自經於家廟。純皇帝褒忠礪節，勝朝殉國之士下及諸生韋布、山樵市隱之流，凡有慷慨捐軀，悉令俎豆其鄉，賜謚者千六百餘人，入祀忠義祠者又二千餘人。正畿獲謚「節愍」。其詩稱紫頂草者，作於崇禎之前；稱萌莖草者，則皆國變後所成也。萌莖草尤慷慨激昂，可與林子野海外遺稿並誦。視李元仲、張能因、林涵

齋三先生，稍覺吐露。然忠臣盡命之詞，字字皆乾坤正氣也。先是甲申鼎革，正畿弟德端，從林師稷倡義，歿於陣；正薊，字德虞，諸生，賦傷懷詩，自沉於月溪；及正畿正命，其弟德銓爲作三愚合傳，削髮爲僧；季弟正亨，棄諸生，老於農。

選石

選石如求友，詎徒作貌觀。所珍惟雋潔，而貴是高寒。偶以煙中竹，和之雪後蘭。蕭蕭風雨裏，相對可忘餐。

秋夜

清光浮曠野，餘響答疏林。有客村仍靜，無雲水自陰。涼風驚夜織，皓月逐秋碪。莫以山居寂，寒蛩處處吟。

送林子野赴任海寧

閩粵地連接，新鋩共試銛。奇懷撐日月，小利豈魚鹽。岸古海塘障，峰高峽石兼。無勞懸萬弩，潮信早時恬。

柬楊維斗

盛聲來衆望，君豈逐時名。濁世陷愈下，高人能自清。奇思留澹志，古處作新盟。風雨蕭蕭夜，十年懷想情。

由白門發舟之廣陵，別林異卿、木仲

握手無多日，長途見淡情。相觀皆有得，所至不求名。遠水來秋夢，飛梧寫別聲。何堪蕭瑟裏，半棹忽孤行。

讀史

讀史千年大眼光，每逢歌泣一浮觴。憎蠅賦罷炎方盛，誅鼠文成夜未央。松柏不寒疇見操，蕙蘭縱萎總留芳。人生根柢歸忠孝，莫溷揶揄傀儡場。

同董叔會登斗嶼文昌閣

按，叔會名養河。

嶙嶙傑閣快同登，俯仰高深得未曾。一水微茫天欲墜，千山摇動石將崩。霜花忽白蜃中市，雲氣如來海外僧。廓矣大觀雖莫盡，山川原委已層層。

新秋同林異卿客金陵，承異卿招飲秦淮，時予於次日買舟之淮陰

莫言萍跡等飄舟，能得清閒即勝遊。拄杖主人仍作客，移篷暑氣已交秋。留將好句分淮水，載去輕風寄茗甌。又道明朝驪唱日，丈夫原不惜離愁。

舟泊林浦同董叔會觀東林墓有感

獅崗嵂屼俯平嵎，萬壑千巒聳遠圖。殘靄荒郊餘穴兔，暮雲斷碣宿飛鼯。簪纓五代人何似，風雨三江景不殊。往事不堪憑悵望，市魚聊共醉新酤。

賀曹能始老師七十壽，時崇禎癸未臘月望日

豈必逃人綰葯房，亭前三石傲風霜。裴公野色年年綠，白老山巔在在香。鳩杖不煩重祝哽，魚頭曾憶抗炎璫。雲璈未歇金箏動，一樹梅花又泛觴。

錢江舟中哭忠烈大司農倪鴻寶先生

大聲烈雹石礔硑，雨蟈煙蠓漫學嗚。留此英靈長不死，戲人騾犢亦貪生。但餘五嶽題名姓，誰向千年譜弟兄。欲採江蘺抒白悃，一杯錢水代芹觥。

送邵是龍倡義之昭武，守杉關

魄礧澆胸髮指冠，儒生仗義扣鐔環。圖名豈爲麒麟閣，扼吭先登虎豹關。得險一夫千敵却，笑人大將小兒孱。如君早有安磐手，定遠何曾獨讓班。

哭京陵

乙酉南都失守，時繈僻處山中，忽聞異變，肝摧心裂，憤懣成疾，不知有人世之樂。伏枕涙言，瀝血於石。

遺來巾幗不勝羞，虎視寰中坐沐猴。國破待誰盟馬革，官多空註爛羊頭。乾坤一線英雄涙，南北二京草莽丘。莫道僻隅能偃臥，每當深夜炯雙眸。

既敗纔云感慨深，當年萬口一齊喑。換來冠帶金銀氣，賣去朝廷狗彘心。四面江淮奔濁浪，二陵風雨閉幽岑。人生何事堪歌哭，淚血沾裳不忍吟。
自古鸞梟不並翔，艾榮蘭死總堪傷。奸雄戰壘高門户，朋黨誤君過漢唐。一瞬銅駝驚野棘，萬群鐵騎傲邊荒。書生深愧微無力，孤憤難禁數斷腸。

全閩明詩傳　卷四十五　天啓朝二

侯官　郭柏蒼　楊浚　錄

陳天定

字祝皇，一字鏡庵，龍溪人。天啓五年進士，以魏璫方熾，不廷試。崇禎四年成進士。授行人，遷吏部主事。以黄道周謫官究黨與，連天定。尋復官。鼎革後，遁跡山林。有慧山集。

閩中錄：「鏡庵初坐黄道周黨繫獄，璫敗後，始召入銓衡，屏絶常例，時稱開門吏部。晚年祝髮投空門，名圓慧。卒，學者稱慧山先生。」

和林秋眉按，莆田林嵋，字小眉。

買斷青山拂斷塵，放寬天地宅愁身。帝魂鳥語偏驚我，鬼面花開別誤人。自有泉聲捐竹肉，不將斗氣混金銀。途窮但指尊罍好，大阮終難示伯倫。

元宵

朝來雲物又如何，到晚燈花共笑歌。良夜未醒槐國夢，杞天無壞醉人多。

林先春

字元圃，道政孫，一鶩子，鼎春兄，迪父，閩縣人，福清籍。天啓五年進士。官嘉善知縣。有河上篇。

通志：先春令嘉善，捐介自持，無一毫苟取。任三年，撫按交薦廉能，擢科員，丁艱歸。先是，嘉民顧朝衡以不孝聞，先春捕治之，朝衡脱身至京師投權璫。又因籍没魏大中，多忤權璫意，遂嗾其黨考功吏以死註册。服闋，赴補，知爲所陷，不辯而歸。聚徒講學，布衣蔬食，閉門不出。年八十餘卒。著有易象參、洪範孝經解、孟略等書。

柳湄詩傳：林道政精春秋三傳。子一鶩，從父授經，以德行化鄉人，以詩書訓子孫，一門之内彬彬禮教。長子先春。次子鼎春，郡諸生，有懿行。先春初購園林於江邊，旋復於福州郡治文儒坊闢有杞堂爲文酒之社，中有黄楊一株，傳爲先春手植，非『南山有杞』之杞，恐爲後人補植。詳四十七卷胡深詩註。中有天心閣，其義殆取諸易復卦，乃董侍郎應舉筆，其額至今完好。近閩縣陳方伯景亮葺爲池館。

題有杞堂

浩氣縱太虛，若執造化關。我生如浮雲，出入人世間。咄咄一草堂，聊以訂天頑。苔草滿深巷，日月空中攀。左右花卉列，紛披圖史環。一裘與一葛，琴酒無由刪。亦惜飛光駛，笑讀翻閒閒。出門奚所之，保此物運慳。桐衰知鳳隱，世危見賢艱。有客來堂上，玄論恣往還。指我堂下杞，古鬱映南山。君子既樂只，搴爲堂上顔。主人曰可矣，吾其葺茅菅。

王祝之、陳長人、吴膚公過訪

爲憐睽隔久，笑詎漫相尋。雖及城中事，愈生世外心。山光臨榻媚，酒色入歌深。戴月客歸去，悠悠予獨吟。

蕭九棘業師同曾爲憲、潘汝極見訪

兀坐吟多苦，高譚快理深。寒煙生石竹，新月及牀琴。指畫古人事，淒沖一室心。蹉跎慚幼志，人老笑書淫。

十三夕同元之、陳永叔、徐磊人、鉉甫弟、迪兒、遷姪待月值雨

好懷不在酌，誰給一峰晴。螢濕飛如怯，鶴寒影未成。席移簾霧薄，樹帶澗泉鳴。遥感

三閭意，援天問晦明。

和董叔會山居按，閩縣董養河字叔會。

歸岫閑雲石與迎，虛盈自澹世間名。春來種樹長鋤圃，歲晚修琴偶入城。敢擬騷中爭日月，可能谷口較陰晴。素風直作羲皇侶，栩栩南牕一枕橫。

詠螢

含生有異理，抱照不須多。耿耿如不寐，無言意若何。

黃文焕

字維章，一字坤五，永福人。天啓五年進士。海陽、番禺、山陽知縣。崇禎中擢翰林，官至中允。有館閣詩文稿、頳留集。

通志：維章爲文淹博無涯涘。歷知海陽、番禺、山陽三縣，皆有聲。崇禎中召試，擢翰林院編修。時黃道周以論楊嗣昌、陳新甲得罪逮問，詞連文焕，遂與道周同下獄。獄中箋注楚詞聽直八卷，陶詩析義二卷。後釋獄，乞身歸里。蒼按：余澹心有贈黃坤五宮詹詩。通志作「編修」，恐誤。

柳湄詩傳：文焕在獄中著楚詞聽直，自題卷首曰：「朱子因受僞學之斥，始注離騷。余因鈎黨之禍，爲鎮撫司所羅織，亦坐以平日與黄石齋前輩講學立僞，下獄經年，始了騷註。屈子二千餘年中，得兩僞學，爲之洗發，機緣固自奇異。而余抱病獄中，憔悴枯槁，有甚於行吟澤畔者，著書自怡，用等招魂之法。其懼國運之將替，則實與原同痛矣。惟痛同病倍，故於騷中探之必求其深入，洗之必求其顯出。較諸朱子之註騷，抑揚互殊。正以與朱子逍遥林泉，聚徒鹿洞，苦樂迥殊也。非增僞學，不獲全闡真騷。上天之意，固自如是，人何尤焉。」

歸里别道周

自聞鈎黨獨行憂，痛哭批鱗淚未休。欲格君心甘濺血，不教漢祚付清流。雷霆怒盡天回笑，生死移時我掉頭。今日全軀同去國，莫將厨俊傲林丘。

落　花

留戀無如候已催，縱横猶仗志難灰。重爭日月風扶起，脱辱泥塗燕奪回。色褪何妨添淡致，魂輕别欲换仙胎。蟠桃花説三千歲，空怯頻凋不敢開。

莫云上帝遂無恩，猶勝飛蓬盡拔根。捲土重來觀再戰，因風如語忽聞喧。掘將廢苑層層地，搜取歷朝歲歲魂。弔古傷今增痛惜，辭賓長閉徑旁門。

林日光

字平山，一字君向，子勉曾孫，亨父，閩縣人。天啓四年舉人，崇禎十三年進士。授工部主事，擢蘇州知府，移南康府。有浪帆草。

柳湄詩傳：日光，福清籍，爲人鯁直，不媚要路。會福王立南京，群璫羅織之，遂罷歸。按，日光居省城之保定巷。康熙二十一年，總督少保姚公啓聖以平海餘力，招紳士莊振徽大修洪山橋。二十三年橋成，擇福州有福壽鄉先生先行，始許庶民來往。時日光家居，年滿八十，當生於萬曆三十一年。壽躋重宴，夫婦齊眉，一門四代。少保禮聘偶行，觀者如堵，亦一時盛事也。

金陵冬思

秣陵形勝幾扁舟，燕子磯頭百度遊。白雁飛啣蘆荻箭，青鳥啼染鷫鸘裘。雲移松影過僧院，風捲濤聲入戍樓。正是淹留得佳賞，一天霜月下揚州。

和林介山解綬躬耕

拂袖歸來隱碧阿，洪江風月不蹉跎。石倉園外閑驅犢，烟雨春深滿綠蓑。

黄起雒

字應信，一字十華，又字宓仙，希濩曾孫，懋賓孫，鳴喬子，俱見上。莆田人。天啓四年舉人。授潮州推官，歷官僉都御史。鼎革後爲僧。有宓庵集。

蘭陔詩話：宓仙善山水，筆意頗似大癡。田夫野老求無不應。至達官顯者，具筐篚，求尺幅，竟不可得。晚遭國變，盡髠其髮，自稱無山老衲。懸蒲席爲門，賣畫自給，詩亦清勁。

雲峰舟中

奇詩怪石下，白袷亂藤中。裘重千山雪，帆輕百里風。長溪鋪夕練，落木語秋空。人世蓬州在，會心孰與同。

和林羽伯秋拍

天外蕭蕭變徵聲，江山萬里築愁城。鼎湖龍去雲何在，燕壘堂傾子未成。漢苑銅人秋淚寂，隋隄枯柳月痕明。幾回目斷繩河影，惆悵晨鐘久不鳴。

落花

石臼繩牀獨掩門，芳肌消瘦立黄昏。幽閨夜聽傷春歎，寶鼎香沉過雨魂。帝子珠簾光有恨，仙人銅掌曉無痕。新紅休笑舊枝冷，留取殘芳世外存。

山夜

夜夜山深蚤閉門，山童相戒避山君。月明如畫無人跡，獨立空階數過雲。

池顯方

字直夫，同安人。天啓四年舉人。官禮部主事。

柳湄詩傳：顯方與曹學佺友善。嘗居石倉園。同邑阮旻錫師事之。

西湖

暮靄朝煙分外濃，風光南北兩高峰。隄花半上春人鬢，湖水長涵西子容。拂棹柳風吹細細，迎人山影過重重。南朝歌舞沉荒草，愁聽黄昏兩岸鐘。

贈遠西艾思及

尊天天子貴，絶徼亦來庭。鄒衍之餘説，張騫所未經。五洲窮足力，七政佐心靈。何必曾聞見，成言在窅冥。

支提山

群巒俯伏悉朝趨，寶地天然列畫圖。一自白猿通古道，不須青鳥羨仙都。燈光夜半山頻現，鐘響空中寺卻無。九十九峰何處是，但看煙疊與雲鋪。

甘露巖

丹巖十里行將盡，忽削芙蓉焰色開。始信仙山微孔竅，能容人世幾樓臺。兩隅斷障溪遥入，一面分天月恰來。尤喜洞門雙石立，春泉雲下破蒼苔。

曾世衮

字長修，一字東亭，楚卿子，見上。莆田平海衛人。天啓四年舉人。官兵科給事中。鼎革後蹈海死。

有耐庵集。

蘭陔詩話：東亭博學，善屬文。甲申國變後，與黃石齋、曹能始謀興復，兵敗遁入海島中，悲憤蹈海死。世衮所授官爵，殆亦福王時。其詩五言如「天低薺樹亂，竹壓犬聲幽」，「花殘三徑晚，蟲據半汀秋」，頗饒幽致。

島上作

日日看滄海，方知時不侔。林開諸島色，此句與蘭陔詩話異。蟲據半汀秋。近事天應厭，寸心死未休。百年興廢局，轉瞬亦浮漚。

鄧慶寀

字道協，一作「叶」。遷孫，原岳子，俱見上。閩縣人。天啓間國子生。有還山草。

柳湄詩傳：慶寀述懷詩：「京塵遍游日，挾策不見收。因之乞微祿，八載返林丘。」曹能始集喜鄧道叶歸自京陵：「三山舊社長蘼蕪，之子言歸狎釣徒。」天啓間爲其祖山木、其父西樓重刊詩文，亦有志之士也。詳鄧原岳詩傳。

還山留别白門諸同社

交遊違白社，營葬憶青山。閩海秋雲遠，淮流夜月閒。愁添衣上淚，老惜鏡中顔。何似投林樂，翩翩倦鳥還。

答别程吉符

此地棲遲久，惟君諧素心。醉同桃葉渡，吟共薜蘿陰。歸思因秋發，離情對雨深。蕭蕭門逕裏，何日更相尋。

遊虎丘

到岸聊維棹，看山上虎丘。樹陰深蔽日，雲氣淡涵秋。白石聞經化，清池淬劍流。真娘倘歌曲，應散客邊愁。

度仙霞關

勞生憐宦海，歸路喜仙霞。莫以初分水，依稀似到家。天垂苔磴盡，雲逐笋輿斜。何事昔賢意，惟興蜀道嗟。

蒼峽水漲

按，在南平縣。

水勢原淜湃，翻增巨漲流。濤疑奔白馬，峽似下黄牛。客棹時妨石，人家盡上樓。衆山圖畫裏，多是雨初收。

集陳泰始漱石山房

南山山下石，一漱一泠然。掃榻淹終日，開尊話往年。風生羅幌外，雲返竹窓前。僧舍殊相近，鐘聲逗暝煙。

水西省舅氏

按，鄧原岳爲林春澤壻，所稱「舅氏」，乃林應亮也。

一入宕灣園，按，應亮在旗山北嶼築可閑堂、頤老軒，子如楚在北嶼築硯北山居，據此詩，似皆在宕灣園中。高臺見遠村。半龕依佛祖，雙膝繞兒孫。每念渭陽别，常懷郗鑒恩。名家耆舊會，洛社屢推尊。

同曹能始、陳軒伯、林異卿集徐興公綠玉齋，因懷惟和先生按，軒伯，昂字；異卿，寵字。

八年別去九仙山，此日重來一叩關。但有蒼苔生石上，依然綠竹擁牕間。先人交道知仍在，伯氏吟魂弔不還。自逐微名奔走夜，清尊猶愧洗塵顏。

鄭季美城北山館招集洪汝含、鄭伯生、孫子長、趙十五同賦呈子長先生

城北名園隔市囂，言從谷口遠相招。衆山入户秋先至，叢竹移尊暑盡銷。城影靜中沉落照，越峰高處看歸潮。詩成又作金聲擲，不但天台賦石橋。按：孫子長讀書之石梁書屋，在福州郡治烏石山天台橋側。

過釣龍臺訪陳振狂先生按，陳宏己字振狂。

都門相見柳青青，問字今還過草亭。深谷鹿情原自散，空江龍氣尚餘腥。越王臺古時觀海，狂客名高日展經。尚有閒情追杖履，往來詩句半郊坰。

同陳軒伯、林異卿集浮山堂呈曹能始先生

尋山問水石倉前，况值清秋八月天。閉户碁聲花外静，照池雲影鏡中懸。深宵美酒資談藝，早歲新詩妙入禪。曲榭迴廊風細細，日高紅袖尚貪眠。按，石倉有歌姬，曾異撰壽石倉七十詩有「七十御女」之説。

十三夜立春，黄三卿開社，集陳惟秦、洪汝含、陳泰始、徐興公、曹能始、陳長源、安藎卿、陳昌基、李子山、陳磐生、周章甫、林異卿、陳軒伯、倪柯古、林懋禮、曹能證、高景倩、康仙客城東草堂

元夕春回尚嫩寒，華燈邀客坐中看。登場舌在遊秦易，結社詩成和郢難。城市喧闐歌徹夜，海天空闊月將團。醉歸已弛金吾禁，那解銅龍報漏殘。

和陳磐生

遊人倦似馬相如，老去空驚歲月虚。半載談心今又别，秦淮煙水悵離居。千頃洪江手欲分，清明將及雨紛紛。春光轉眼花朝盡，安得看時更對君。

林寵

字巽卿，一字墨農，閩縣人。天啓中諸生。有聊樂齋小草。

柳湄詩傳：郡志國朝藝術傳稱：「寵工楷書，倣歐陽詢而間以黄庭筆意。」按，順治十六年颶風，寵所書「還珠門」三大字吹墜連江海濱，漁者得之。十八年，與鼓樓同災，可知寵亦善擘窠。他書亦有以寵爲崇禎中諸生者。按，寵曾同鄧慶寀集曹能始浮山堂；又同曹能始、陳軒伯、鄧慶寀集徐興公綠玉齋。寵壽越九十，卒於順治初年。以年壽計之，當生於萬曆初，至崇禎時年已七十。郡志作「國朝人」，誤。

同陳軒伯觀連江玉泉

玉泉清且潔，近海惜先歸。裊裊雲濤遠，茫茫雪浪肥。不聞同伴語，欲使兩巖飛。苦茗山僧瀹，方知井汲非。

徐延壽

字存永，或作「穎」。𤊹孫，𤊹子，俱見上。鍾震父，見下。閩縣人。天啓末庠生。有尺木堂集。他書作「崇禎間庠生」，誤。

漁洋詩話：徐存永，興公𤊹之子也。家鼇峰，藏書與曹能始、謝在杭埒。亂後，並田園盡失之。將移家湖南，道廣陵，與予定交。有過燕子磯詩云云。

尺木集序：存永綺歲才藻麗逸，予以孝穆期之。後十七年，以尺木集請序。存永之詩，富有日新，至是而大就。哭曹能始長篇，述陽秋，詢琬琰，富矣哉，古良史也。

柳湄詩傳：「延壽才高學博，遍遊大河川澤，能詩，重氣義，綽有父風。順治間，周布政亮工爲陳鴻、趙珣葬西湖，延壽督其事。莆田林嵋冤死福州獄中，延壽爲含殮衾櫬，厝於西郊。閩詩傳初集，以惟和列於興公之後，以鍾震列於其父延壽之前。無知人論世之學，妄談風雅，罔哉。」

寶劍篇

電光夜燭芙蓉紫，三尺橫秋明似水。影落澄潭砍巨波，霜鋒每淬蛟龍髓。百煉真剛不易求，吳門舊冶至今留。雌雄別後神能合，風雨來時鬼亦愁。寒芒莫令土花繡，寶氣晶晶衝列宿。年少豪華事五陵，相逢不惜千金購。孰是龍泉孰太阿，鷫鷞曾費十年磨。男兒不離腰間佩，世上恩多怨更多。

別丹霞林端士

夕陽燒山山骨赭，柳脆煙條難繫馬。綃窓冷夢破荒鷄，嚴霜壓碎鴛鴦瓦。驪歌咽月芋江頭，跳竿扶上沙棠舟。柔腸繞指剸不斷，乾風撮淚凝醉眸。苔函贈我古時雪，繡澀腥涎三尺鐵。鵜膏重淬醒龍魂，斬落夔魈鬼無血。危灘五百天上來，天晴不雨驅轟雷。黃頭駕棹踏愁霧，窮猿喚客啼聲哀。叵羅飲盡揖君起，勸君莫學狂馳子。將母歸耕海瘴邊，橘村火熟珊瑚紫。

五老峰後萬松坪

濃翠侵衣冷，迴環種萬松。中間無別樹，前面是何峰。林密遥藏寺，山深晚聽鐘。半空雲影散，青吐五芙蓉。

宿林隱寺妙香上人房

雲藏孤寺迥，北面見高峰。石色埋殘蘚，泉聲戰亂松。泥香花下屐，月冷枕邊鐘。僧恐明朝雨，呼歸鉢底龍。

九日集光禄吟臺按，在福州郡治閩山。

選勝宜於近處攀，石巖藏在户庭間。茶聲沸雪初生眼，楓葉含霜乍改顔。種樹不餘三尺地，下樓猶賸半簾山。義熙風景依稀似，送酒無人叩竹關。

鄔簡在還四明

建水從遊記十年，重逢垂淚話桑田。多情綠草悲蝴蝶，無主青山怨杜鵑。殘月一鞭閩嶺騎，香醪百斛鑑湖船。於今誰重臨邛客，漫歎歸裝不似前。

太白書堂

傳聞白也有書堂，疎竹蕭蕭護短牆。酒魄詩魂招不得，雲松空自閉斜陽。

湖舫枕上聞黄鸝聲

睡覺清陰曉月低，綠楊枝畔囀黄鸝。幾回不敢鈎簾望，只恐驚飛別處啼。

登幔亭峰

孤峰矗雲起，千仞何岧嶢。峰巔平若砥，滿地皆靈苗。王子昔張幔，曾孫宴通宵。千人布瑶席，萬丈横飛橋。我來訪奇跡，本爲山靈邀。晴雲生杖底，咫尺通扶摇。俯仰天地窄，鶴馭安能招。人間實可哀，曲罷風蕭蕭。

送邵肇復憲副蜀中屯鹽按，邵捷春字肇復。

使君千騎騁霜蹄，橋柱休誇駟馬題。貢賦分屯田上下，吟詩重過瀼東西。金刀峙漢存三國，銅鼓征蠻過五溪。王事不辭行役苦，亂山如劍郭公啼。

建州符山寺别楚黄樊山圖

共借僧寮一榻眠，離家愁説兩經年。斷雲古驛過樵水，涼雨孤舟憶楚天。千里别情芳草外，五更殘夢落花前。城南歌舞今消歇，又見關山月上弦。

新淦縣拜周公瑾墓

水畔巴邱古縣開，周郎祠宇傍泉臺。霸圖當日成何事，才士無年實可哀。荆楚干戈終古恨，小喬環珮幾時來。天涯孤客逢寒食，特爲停舟酹一杯。

暮過燕子磯

馮夷吹浪嚙山根，雲樹千重暗白門。舊壘尚聞雙燕語，空江會見六龍奔。楊花暮雪行人路，杜宇春風古帝魂。扣枻中流頻唤酒，客情難遣是黄昏。

南歸渡揚子

浩浩悲歌擊楫聲，瓜洲烟火聚寒城。空言天塹分南北，不使中原罷戰爭。漂泊孤身衣有淚，興亡終古水無聲。唯餘兩點金焦在，日見潮痕落又生。

霖臣過綠玉齋同克張小飲

柴門雨歇屐聲聞，逕草春香盡種芸。綠醑花前消永晝，白衣天外看浮雲。三人入座無殘客，終日開牕有此君。芳草不堪懷遠道，夢中金虎闔閭墳。

法海寺訪空生上人

隨身瓢與笠，此外更無餘。懶補破衣著，愛尋貧寺居。香厨三頓粥，石榻半牀書。日見禪牕下，甘蕉綠漸疏。

望岱

芙蓉插漢遠開屏，七十曾封岱嶽靈。未向天東攀絶頂，先於雲際望真形。吴門匹馬猶懸白，齊野盤螺不斷青。日觀峰高何處是，歸鞭端欲看滄溟。

題負薪圖

曉起入深林，歸來日云夕。持斧伐丁丁，雲重兩肩溼。不與漁父言，莫看仙人奕。狂歌忽一聲，前山啼木客。

齊莊

字望子，閩縣人。天啓間諸生。有雅作堂集。郡志經籍載：「齊莊著白湖集。」按，白湖集，李時成著。

余甸齊望子傳：齊莊，字望子，閩縣人，世居齊坑。幼嗜學，家貧不能具膏火，爲人夜舂，手足操作，而置書其旁，注視之，春事未嘗不辦也。弱冠，以五經領袖童子試。當萬曆季年，閩習漸尚軋茁，至天啓初愈甚。科歲試場中有諸生自命不作第二人者，摇筆苦吟，改竄數行下。旁生問之曰：「君文早完，奚爲苦改，慮不冠軍耶？」曰：「然，文雖早就，看來逐句可解，如何能出人頭地。」須臾苦吟改竄如故。旁生復問故，則曰：「經改後，學使者不得其解矣，然吾猶能解之。必至於不能自解，方可一不可二也。」爾時之風氣如是。望子獨原本六經，不稍雜縱横家語。每出筆，根極理要，精文亹然。前後衡文者，莫不以國士相賞。累十數試，輒空其群。從游嘗數百人，讀其文，往往掇科第而去之，旋躋膴仕矣。望子棲遲窮巷，自甘貧賤者三十年，無幾微無聊不平之況在其意中。可不謂難歟？生平内介外和，不肯失言失色於人。每逢春首，鄰里間鷄黍招邀，望子不辭，必周匝相赴，至夜分鷄鳴，猶叩門自稱某來就席。開户納之，則索酒肴或茶果一二事，領意辭謝，復至他處，率以爲常。其曲盡賓主之歡如此。暮年著史論四十卷，自西漢迄於元代，不輕舉以示人。予昔年於故友齊文中處曾得其稿本，今尚珍之篋中也。

同晉之梅塢看梅，因宿草堂

萬株梅蕊隔江香，共帶芳魂過草堂。鼻觀通宵花氣在，此身真合伴茶鐺。
時尚至今百可愁，門前流水過深秋。與君共看殘更月，世事欺人易白頭。

李時成

字明六，閩縣人。天啓間貢生。有白湖集。

柳湄詩傳：時成，下濂人。讀書福州東門之東禪寺，築室其旁，曰禪東精舍。曹能始有過李明六山房詩。時成與韓錫、齊莊、鄧景卿、林蕙結社鄰霄臺，以道義相切劘。董司空應舉嘆美其文爲韓愈、李白。萬曆甲寅、乙卯，與趙十五在曹能始浮山堂結社。晚年無子，其集不傳，惜哉。

禪東秋暮寄晉之、直哉山居按，林蕙字直哉。

籬疏與山入，屋小傍僧幽。訓子常深夜，讀書已過秋。月明懷自遠，朋至酒無愁。偶有烽烟起，惟應達者憂。

全閩明詩傳　卷四十六　崇禎朝一

侯官　郭柏蒼　楊浚　錄

陳六韐

字子儀，一字參周，漳平人。崇禎元年進士。授中書，歷官禮部郎，天津僉事。有二漳詩文集。柳湄詩傳：六韐，感化里人。以恩貢生天啓七年順天中式舉人，崇禎元年進士。備兵天津，民賴以安。踰年，改武德。適敵騎破良鄉、雄縣，山東撫軍方在德延入問計。六韐區畫有方，京師戒嚴，集三千人入衛。在天津時，有太監銜命巡視，六韐不爲禮，遂中傷之，罷歸。

清明雅集東山塔

欲與儔儕結淨緣，喜逢半雨半晴天。村莊冷淡人登壟，梨柳分明鳥噪烟。千眼摩空看漏網，百鱗赴澗聽談禪。怎能化日分閭井，勿使春風我輩專。

松關聽雨

聽雨松關獨悄然，溪流添瀑更潺湲。青葱當户寒山色，宛轉穿簾曉竈烟。百尺簷花和白雪，三春客夢倚朱絃。陰晴莫問前朝事，人在松蘿已二年。

吴承珽

字伯昭，一字闇生，莆田人。崇禎元年進士。授懷寧縣。

楊柳枝詞

二月纖枝三月花，緣堤緣岸簇香車。紫騮慣識西陵路，直向高樓蘇小家。

雨葉烟條野水傍，隨波飄逐任風狂。何曾繫着郎船住，衹解縈將妾恨長。

江潭淺翠復深青，日日開花日日零。最是輕盈無着處，春風一夜又浮萍。

林銘球

字紫濤，漳浦人。崇禎元年進士。官監察御史。有鐵厓集。詳通志忠節傳。

江陰道中

懸崖曲曲水潺潺，九里江城八十灣。兩岸幽篁深蔽日，忽然斷處是青山。

林銘几

字祖策，一字慎日，銘盤弟，莆田人。崇禎元年進士。授中書舍人，擢湖廣監察御史，出爲山東按察副使。有南牕遺稿。

蘭陔詩話：慎日早賦遂初，觴咏自娱。王奉常時敏稱其畫入神品，舉陳無己詩「偃屈蓋代氣，萬里入咫尺」二句以贈。其詩取法三唐，不傍公安、竟陵門户。

過鄭蘇州棠林有感用石上韻

棠陰凝碧水空流，閑鎖烟霞半壑秋。漉酒事猶思栗里，遊仙人已逐浮丘。藤封古瓦來蒼鼠，草滿荒塘下白鷗。惆悵不須嗟刻石，平泉花木幾曾留。

黄起有

字應似，一字改庵，希韶曾孫，見上，莆田人。崇禎元年進士。改庶吉士，授編修，遷國子司業。歷左中允、左諭德。崇禎十二年順天正考官，升左庶子，乞省親。起少詹事，晉禮部左侍郎。有慵山詩集。

蘭陔詩話：改庵善草書，得古人筆法。晚與諸遺民唱和，鏤本流傳，亦玉山雅集之流也。

不寐

漏箭迢迢枕上聽，霜花漠漠浸簷瓴。幾聲悲角烽樓火，何處疏鐘古刹經。勞碌風塵懷故里，蕭條白髮對殘星。老人不寐尋常事，只恐愁多夢易醒。

賴垓

字元武，一字宇肩，永春州德化人。崇禎元年進士。知平湖縣，擢翰林檢討，歷官侍讀學士。

柳湄詩傳：垓祖孔教，萬曆間貢生；父爣，崇禎初貢生，皆任訓導。垓初任平湖縣，卻湖稅溢額銀，節海塘濫費，汰冗役，置義倉義塚，釐剔私鹽，覈清軍產，爲黄石齋先生所賞識，吏治稱天下第一。召對稱旨，擢翰林檢討，遷諭德，傅東宫講學，進侍讀學士。十三年奉勅封楚藩，假歸。唐王稱號閩中，起故官。奉使魯王歸，而唐王已敗，遂終隱不出。集未刻。

曹峨雪太史册封魯藩，便道歸壽

金節攜隨玉案香，使星光照嶽雲長。郡有嶽雲樓。策迎日月頒周史，詔領風雷到魯疆。珥筆纔繙三閣籍，時峨雪方校正孝經、綱目。乘軺載咏四騑章。東南民瘼咨諏遍，封事題將滿紫囊。

暫賦皇華遠帝居，知君非厭承明廬。探奇欲躡天門石，討古行搜闕里書。使節北迎紅日近，予情南寄白雲餘。他年閱部酬將諗，崔母何曾減岳輿。

西山次黄石齋先生韻

珠閣晴逾麗，憑欄豁遠眸。瑞煙迷緼馬，佳節值鳴鳩。風靜松濤細，亭虛竹徑幽。塵襟到此盡，生意在春柔。

出岫雲心淨，入林客思醒。泉聲逢石鬬，花氣借春扃。萬壑晴飛白，群峰晚送青。空庭亂響落，擬作梵音聽。

送張鯢淵侍御按部八閩

六察新盛問俗車，風清玉斧柳初舒。驄威遠肅霜稜外，鼇極晴收海氣餘。席領三臺周柱史，衣明萬里漢簪裾。昂藏冠筆横秋暇，獨有丹心繞帝居。

方書烈烈下明光，霞嶺晴暉映水蒼。殿陛從來思李勉，都亭今尚憶張綱。嶽摇雲捲王峰出，波靜風迴海岱長。莫問鯨腥未盡掃，祲氛終自避神羊。

送周芮公吏部得請歸里

銓管年來玉播聲，應將金背表廉平。褰車臺迴風還凜，捧帽庭空月自明。臣節久甘如水操，主恩終鑒望雲情。君家嘉樹今盈抱，爲羡承歡有露莖。忠方陸亮器山濤，清紫春暉入夢勞。膹有壺心千載朗，猶懸白眼五雲高。設籬望峻非緣吕，御板情殷豈爲陶。貞恪終勤明主眷，還朝人識舊天曹。

羅明祖

字宣明，一字紋山，永安人。崇禎四年進士。官華亭、襄陽知縣。有京音前後集。

宿湧金門樓上

湖山暎金碧，樓閣滿風煙。珠箔桃園外，畫檣柳陌邊。蔚藍通海氣，浩蕩近雲天。冷宦無鈴柝，湖山穩共眠。

小松峰子

袖拂烟霞叩石門，箇中别是武陵原。山容濃淡雲來往，樹影高低日吐吞。和靖隱時梅已老，淵明歸去菊猶存。誰人先整登山屐，踏破蒼苔一逕痕。

望漢陽

襄州草色望模糊，漢口秋風萬樹枯。莫向來人頻問訊，長城夜静亂啼烏。

李于堅

字不磷，一字介老，清流人。崇禎四年進士。官汾州司理，遷禮部郎，擢浙江按察司僉事，領浙江提學道。有吴楚遊草、西河集。

柳湄詩傳：于堅有酒花詩十六首，乃試士之作，綺麗璀燦，亦可誦也。

韓侯嶺

少年寄食淮陰市，未央宫裏齊王死。漂母相憐吕后誅，半世恩讎兩女子。門下吠聲舌尚存，嶺前荒塚莫招魂。到來只有封侯面，何似陳豨出代門。

即事

車碾深溝爛作泥，西風吹土出銅鞮。狐裝最慣施胡粉，鴿卵何曾伏越鷄。巷曲側聞山叟泣，河潢新見水禽啼。相憐牘有春時夢，夜夜南行渡武溪。

林深澗曲稱幽居，一入官衙類祝狙。伸嘴畫符供啄木，披腮墮甲戰鯷魚。生同老納貪參偈，夢逐山翁戀摘蔬。閑向臨汾宫外望，陶公栗里在匡廬。

張我愚謫粵，醉過香山澳，舟覆而逝，詩以輓之

風波滿地不堪論，古薊遥遷渡海門。粵僦莫還儋耳夢，楚些新弔汨羅魂。西行使者槎浮斗，南謫仙人月落尊。欲效長歌天莫問，大奚山下一聲猿。

未謝浮名學泛湖，零丁洋裏乍飛艫。壚停謝子三騶幔，水坐莊生五石瓠。瘴草經年消孽酒，颶風吹日落啼烏。海南自古多遷客，歸夢何由託令狐。

丙子立春

古驛門前送舊塵，曆頭還是隔年身。寒冰涇地猶行馬，小鳥逢春即媚人。貝葉蓮經傳北寺，鯤絃鼉鼓動西林。兩番摇落知何似，往事都從十指輪。白盡寒溝雪色分，數聲天渺柝鈴聞。潢流長瀉無魚水，陽出初生如鼠雲。連夜莫辭歸臘酒，明朝好作送窮文。荒原一抹高衝氣，吹得春山似浪紋。

答内

半生幽僻躭烟壑，一官遠寄如飄籜。海國人來沙磧中，梗萍無蔕空飄泊。洪州樓閣虎丘鐘，湖山載酒摇青雀。五丁開道尉佗鄉，赤壁磯頭溪水落。風物如此堪流連，書生無奈前因薄。有價曾辭問韋瑒，無緣只合鄰東郭。江南不少遊車輪，久久浮名亦寂寞。草生感慨綿上亭，山中共爾採紅藥。

林不息

字司龠，一字滄水，莆田人。崇禎元年恩貢生。授臨湘知縣，死於難，贈湖廣按察僉事。國朝乾隆四十一年賜謚「烈愍」。

蘭陔詩話：滄水令臨湘，值群盜四起，募兵殲巨魁李文、甘明陽等。及張獻忠陷武昌，遣百騎偵臨湘，滄水悉擒斬之。賊衆悉來攻，城破，獻忠挾之降，不屈。斷其左手，駡不絶口，又斷右手，割耳鼻，良久乃絶。殉其難者，有門生湯身之、蕭露茂等數十人。

讀享王父省吾公遺愛祠碑

廟貌峙湖邊，思翁無歲年。棲烏寒老柏，淚鶴咽流泉。湛澤敷千畝，清風賸一錢。口碑傳不朽，何事峴山巔。

許豸

字玉史，友父，見下，遇祖，鼎、均曾祖，侯官人。崇禎四年進士。除户部主事，歷員外郎，出爲浙江按察僉事，以參議提督學政。有春及堂詩。

柳湄詩傳：豸字玉斧，又字玉史，侯官人。崇禎四年進士。歷户部郎，榷滸墅關，築塘衛水，民德之。後擢寧紹道，殲海寇。轉浙江按察僉事，以參議改督本省學政。時有權璫鎮浙江，士有迎璫者，豸立撻之。著有春及堂詩及倉儲彙覈、膚籌諸集。福州郡治烏石山南石林爲豸别業。子友，孫遇，曾孫鼎、均，玄孫良臣、藎臣，讀書其中。

建州逢陳德輝

已分别離久，何期此地同。西城山路近，南浦野橋通。信宿情何極，他鄉歲欲終。維舟無限意，相對有飛鴻。

春日送客

春光初荏苒，客路惜分攜。露溼鶯花重，風吹燕麥齊。孤燈茅店裏，殘月柳橋西。别思千峰外，猿聲不住啼。黄坤五云：「玉斧五律，聲調委婉，趣味澄幽，誦之如流水平橋，佳趣自在。」

黄斌卿

字明輔，一字虎痴，莆田人。崇禎中以父起鳴殉難，廕補銅山把總，累遷浙江總兵官，掛鎮南將軍印，加太子太師，封肅國公，死於難，謚「忠襄」。國朝乾隆四十一年，賜謚「節愍」。有來威堂存稿、閩浙雜詠。林君十云：肅國生平雅好書史，進退以禮，有儒將之風。見明社已屋，不特身事二姓不可，即偷息世間，遯晦林澤，保有妻子，而有所不忍也。不然，夫豈不知天命之有歸，而區區不忘溝壑爲哉？蘭陔詩話：虎痴少落魄，好談霸王之略，人多笑之。及在戎間，屢殲巨寇，威名大著。甲申之變，率舟師勤王，爲馬、阮所阻，從外海歸，屯師舟山。阮進等忌殺之。其文辭亦雅贍，雕板藏林斯非家，今已散失無存。

中秋海上報捷

夜半戈船出甬東，五更露布奏膚功。犀龍穩泛三秋月，鵰鶚雄飛萬里風。瀚海無波清鐵甲，天山有石紀琱弓。試看日照扶桑處，劍氣稜稜駕彩虹。

汎定海登招寶山夜望

六鼇天外一孤城，遥望海山萬里平。風捲旌旗沙作陣，月明燈火水連營。層層樓閣空中現，點點蓬萊掌上擎。細聽潮聲催鼓角，腰間寶劍幾回鳴。

胡上琛

字席公，一字逢聖，福州右衛侯官人。崇禎中廕襲都指揮使，崇禎九年武舉人，死於難。有飛玉齋詩集。

柳湄詩傳：上琛才兼文武，秉性剛直，俠烈之氣於易水一絶見之。明季招集潰旅上奔，所過郡邑皆已陷没，乃退入福州，建義旗，率國人死守。知事不濟，託其母及妻子於長樂，獨妾劉蕙娘曰：「公若殉國，妾誓殉公。」順治丙戌九月十八，通志誤「九」。上琛易服，北面再拜，次拜先人，援筆題於像端曰：「孝既存宗，忠惟盡職。欲求死所，於斯爲得。」投筆於地，正坐中堂。劉氏亦大書一詩於壁，取藥酒各浮巨觥。停屍三日，顔色如生。時年三十七，通志誤「一」。劉氏年二十。所著有武經輯要若干卷。國朝乾隆四十一年，賜謚「節愍」。詳通志忠節傳。」

易水懷古

一死酬知己，丈夫非所難。至今過易水，猶恨誤燕丹。十二字中，慶卿之俠烈見，慶卿之孟浪亦見，仍自渾涵不露圭角。是爲此題絶唱。

登石竹山

攀蘿躋古道，山靜覺塵喧。磬響猿窺樹，僧歸鶴候門。重巖垂石乳，老竹挂雲根。未盡探奇興，松間日又昏。

秋日龍游舟次

客思多蕭瑟，那堪更入秋。烏啼兩岸寂，楓落十溪流。衰柳知牽恨，寒泉咽帶愁。孤舟沙渚晚，風雨滿山樓。

月夜懷劉支石

蘿月生寒露，淒然獨倚樓。何堪人別夜，况值雁來秋。遠樹從雲臥，長江接海流。吴門逢此夕，安不起鄉愁。

曾叔白

字少青，莆田人。崇禎中貢生。授石城知縣，擢廉州府同知，死於難。

柳湄詩傳：廉州城破，叔白與母嫂十餘人及弟諸生叔鎮俱自焚。

詠梅

謝卻梅花獨不群，清姿共雪競紛紛。風霜歷盡乾坤老，留取孤芳千古聞。

李　焻

字元馭，晉江人。崇禎七年進士。以傳臚授禮部主事，遷兵科給事中，督餉再往廣東，道卒。

題霞居子畫

高人種竹去山行，歸臥江潯筍已生。留與柴門伴衰柳，兩三竿外聽鳴蟬。

林佳鼎

字漢宗，莆田人。崇禎七年進士。官户部郎中，轉禮部，出爲廣東提學副使，陞兵部右侍郎，巡撫廣東，死於難。國朝乾隆四十一年賜謚「節愍」。

蘭陔詩話：侍郎奉命督師，與廣州將陳際泰戰於三水，際泰敗走。既與林察戰於海，察使海上石、馬、鄭、徐四盜僞降，侍郎誤信之。至三山口，亂作，全軍俱没，侍郎赴水死。莆志於明末殉難諸公多諱而不書，今俱列之，以補缺漏。

拜方霽峰少卿墓

忠諫先生數最奇，夕陽衰草臥殘碑。梅寒近瘦無人種，竹醉如癡何日移。野草荒荒稀弔問，漆燈閃閃照鬚眉。奏章揮灑忠肝赤，一向雲霄想羽儀。

李瑞和

字寶弓，漳浦人。崇禎七年進士。松江府推官，遷監察御史。

柳湄詩傳：瑞和詩過於刻意，然亦新穎。

雨止閒行

暫霽山爭出，乘閒曳履行。雨多花薄命，流急水勞生。佳日無如暇，春天只在晴。兼旬愁閉户，樹蛤莫頻鳴。

藏山客寓

入秋碌碌困風塵，野色岸容又一新。不可久淹風過客，如將相伴月佳人。山家絶嶠深辭俗，佛閣清幽暫置身。惟有還家五更夢，南方豺虎不須嗔。

王侯聘

字席卿，侯官人。崇禎六年舉人。有握粟集。

柳湄詩傳：通志及郡志文苑傳稱侯聘「博極群書，抱才尚氣，怡情山水。詩多淡語，耐人咀味，有韋蘇州之遺響」。蒼按，方太白稱侯聘「不以雪霜改柯，不以風雨輟音」，可想見其爲人與詩矣。惟其詩刻畫太過酷似，漳浦李瑞和評以韋蘇州，相去遠矣。

秋日偶懷

悠然成獨坐，瘖啞沁脾酸。雲去樹無袖，嵐生峰作冠。蟬新默不得，蛩老泣爲難。靜臥百思發，未霜身已寒。

黄晉良

字朗伯，一字處庵，侯官人。崇禎間諸生。有和敬堂全集。

閩中錄：處庵同許有介、高固齋結社，著有詩二十八卷，周櫟園、吴梅村冠以序。嘗寓虎邱僧舍，曹侍郎秋岳過而訪之，贈以詩云：「怪底衰年多快遇，滄浪賸有濯纓人。」其傾慕如此。字效二王，至今閩人咸爲寶重。

柳湄詩傳：晉良世居鼓山麓，中建高樹堂。晚年入居郡治之石井巷，於蘇公井東俗呼石井。築井上草堂。著有井上述古。

集宴陶瓶館奉送不棄遊東粤按，即陶舫，在福州郡治烏石山。

許子文祼日，我行三入廣。今年七十餘，送子情惘惘。花下置酒樽，檢書耀文幌。名士臨其前，一老獨慨慷。年少飽六經，本不辭鞅掌。豈比瓦缶資，僅足守盆盎。未謁承明廬，且遂適滄漭。官者向嶺南，以遠益憂盪。其實土中腴，百事便俯仰。其山雖巀嶪，其水正灝瀁。南食爨蠔肥，馬甲章舉爽。莫爲瀧水訾，投書而悒怏。尊官固所知，君言不妨讜。今日萬里初，風輕纔五兩。所傳鱷魚溪，即在韓江上。太守用仁術，兼能神肸蠁。爲開布錦山，代舍殊清敞。東望羅浮宅，穹窿過千丈。因登七星巖，列星足遊賞。睥睨翡翠環，瑣屑珊瑚網。奚囊史記成，歸以誇吾黨。

過翁山禪寺

一逕轉平沙，升沉紫殿花。水松當路闊，巖桂引碑斜。客至難瞻佛，僧枯不款茶。城山多勝覽，人地亦相誇。

送任正之如五羊

相逢真恨晚，惜别復忽忽。官閣梅孤賞，危灘路漸通。尺天塵落馬，夾水月隨鴻。倚劍愁南粤，清歌撫爨桐。

田舍

名山原建鼓，世居在鼓山之麓。帶郭是人家。曲浦通茅舍，陪亭足野花。艇魚穿岸送，村酒過橋賒。閒對兒童語，平常到日斜。

寄陳昌箕按，肇曾爲延平教官。

經術吾徒老，儒官天下聞。黑貂三輔雪，白髮五陵雲。閱歷成先輩，聲華長後群。延平舊學在，兼拜李將軍。

兩過毗陵求龔仲震不得，頃讀介眉詩，有遠懷仲震之作，語多憂仄，即用其韻致懷，兼呈介眉

客路日常短，春竿天又長。懷人花事近，繫馬柳條蒼。是處烏衣巷，誰家射鴨堂，浮雲翳南國，飄泊尚何方。

崔五笠歷遊齊魯燕趙，南登衡嶽，覽匡廬，取道吴越，還抵劍津。四載中文賦盈篋，余適從燕江來，喜得闊晤按，崔嵸字五笠。

三都賦更作，四載歷諸侯。亦向洞庭去，題詩黃鶴樓。衡陽秋雁迴，廬阜暮雲收。一遇相持哭，知心共白頭。

同輩看多益，如君能幾人。尚堪追駿馬，不厭老風塵。世眼驚詞賦，秋天聚劍津。更憐杜宗武，樂府字清新。時令嗣星海從間道來迎，呈樂府新聲百篇。

送陳世承同社赴粵西莊世慎大令幕按，順治甲午舉人。侯官莊振徽，字世慎，知武緣縣。

因君長路贈朝鞭，天畔題詩憶昔年。灘過烏蠻麗水急，山分象郡武岡偏。故人簾幕容身入，遠地風霜愼夜眠。到日任看時節美，縣花如錦畫田田。

感懷

朦朧草樹擁蒼梧，風捲殘雲日月孤。離黍宮庭吹野馬，芙蓉臺榭隱啼烏。知依晉鄭非王路，轉絶齊秦失霸圖。獨惜當年真諫議，繁纓不借况金符。野老吞聲雲出門，湖天高浪照荒園。黄陵暮掃牆頭葉，白髮風吹水上村。金石吉光飛大陸，乾坤兵氣聚寒原。他時不識明江路，招手崇山空斷魂。

吴百丈文學時百丈倡建釜巖，因乞爲高僧天忍作傳。

縞帶曾交弱冠時，衣冠第宅向迷離。登堂禮樂殊韋布，入座雲山對扊扅。刻漏燈傳春夜宴，暖杯人誦月明詩。許君更作高僧傳，添取巖頭没字碑。

喜林天友别駕遠歸過訪草堂

宦遊恍似夢中歸，華表蒼煙半是非。赤羽天涯名士盡，白頭樽酒故人稀。柴門幻地行鷄黍，竹徑清音保蕨薇。身歷風塵機事飽，坐深無語落斜暉。

先鋒樓、延福門、明翠閣三勝處，久欲繫詩，以頻年外遊未就。頃陳載賡文學來投諸作，極其悲壯，即用其韻按，在延平府城。

延福高門煙水深，三溪如帶九峰襟。江湖龍變情非古，城闕烏啼事似今。綠幘欹斜扶短棹，白頭登覽費高吟。一州南對越王石，寄語東流問實沉。

陳六峰將北行，過草堂流連匝月，臨發作詩留別，即韻和之

萬里臨行更一過，離言千縷暗愁多。毛錐甘託金貂客，草屐爭傳石爛歌。且點梅花成白雪，肯凋松色負青柯。從今再見如霜月，定著羊裘渡越河。

寄懷大田陳實侯

百年詩興青山在，客路知心見面疎。春草不堪隨地長，柴門豈是憶君初。風來高樹稀鴻雁，高樹堂，余所居。月照京溪託鯉魚。京溪，實侯所居。憐我江湖吟已瘦，何人更識子虛居。

寄楊研蓮少參西蜀人，僑居維揚。

峨嵋望斷五千里，華髮人歸廿四橋。烽火漳南連雪夜，浮雲直北障星霄。淮王載酒猶堪賦，白馬沉江不射潮。

送關東白大生楚遊

浮雲軒冕古延陵，遼左何人嗣管寧。一劍河山心有恨，十年湖海氣初平。芳洲菡萏移吳水，青草鳧鷖過楚城。縞紵論交剛繫馬，不堪分袂下勞亭。

贈昌箕劍水新居

半山堂抱劍州城，苜蓿春齋夾杜蘅。從此不嫌官俸薄，四時當得醉先生。

林璚客

字元之，侯官人。崇禎中布衣。

重過金陵

二十餘年天地秋，舊京風雨起颼颼。桑麻間有先民意，城闕終非去日遊。何故寒花偏帶笑，到今芳草不知愁。遥遥杖履鍾山下，一嘯懷人欲白頭。

過雨花臺弔方正學先生祠墓

不數文皇以後君，荒荒天地若爲群。六朝煙樹孤臺月，都作當年風情聞。

丁未九日重上滕王閣

屹然高閣瞰江流，客子重來竟十秋。伏枕夢隨孤雁落，當尊人共菊花愁。驅馳宇宙情無定，瑣屑文章苦尚留。試問西山南浦意，肯憑朝暮老滄洲。

宛陵道上遇雪

空濛天地氣離離，荒樹叢山欲暮時。擊劍倒看驢背雪，吹簫獨和宛陵詩。寒浮竹葉魂應瘦，香榜梅花夢到遲。我有素心人不見，敢忘白首一相期。

陳日行

字則見，一字友𡷊，閩縣人。崇禎中諸生。

秋懷

生來閒不得，薄暮亦登山。落葉隨人去，歸雲帶鳥還。岸攲安竹杖，石怪立柴關。天下如心事，連朝醉酒間。

吴楷

字子方，閩縣人。崇禎中諸生。隱於鼓山，薙髮爲僧。

同友人尋梅

經年相見與梅同，入眼霜容隔水通。一逕好花重載酒，幾冬遊子半成翁。溪穿小竹分新綠，枝亂殘霞碎晚紅。爲醉餘香賒夜色，忽驚殘月落孤桐。

張　留

字侗臣，侯官人。崇禎間布衣。有西傭詩草。

柳湄詩傳：留爲錢希聲弟子，宏放瀟灑，有俠烈之氣，下筆千言，隱而不仕。邑人孫學稼於小羅沙際得郵寄西傭詩草。詳四十八卷孫學稼詩中。

垓下歌

漢軍四面皆楚歌，楚人盡散漢人多。起兵八歲七十戰，天欲亡我我奈何。秦關百二歸西楚，今夕悲凉死無所。鐵肝摧碎泣數行，英雄忽變癡兒女。低頭不忍望江東，可憐子弟今俱空。千思萬悔錯何事，忘卻鴻門殺沛公。拔山休説力如虎，時不利兮無用武。玉斗撞碎聲猶聞，地下何顔逢亞父。

懷客子曾六

别後湖西道，天邊雁信稀。千鶯啼欲老，一馬去忘歸。對酒歌秋水，登山望落暉。何時得相見，爲子解征衣。

乙酉春客清漳，和房海客先生園居韻

欲隱無錢足買山，竹林石榻夢魂間。兵荒入眼無從定，家國憂心何日閒。友是死生方可仗，史非忠孝總堪删。從來不羡浮雲事，上帝頻頻亦好還。

晉　秋

裘馬翩翩笑腐儒，飢寒牢落那能無。一時風雨天方夢，百代光輝月欲孤。易水有聲歌當泣，中山何處酒堪沽。愁來不用長吁氣，今古興亡問鷓鴣。

春日閑居

覓得青山結比鄰，卜居種竹又經春。論交白社誰知己，留意紅顔竟嫁人。一榻遠香花氣厚，半簾清韻鳥聲新。尚餘斗酒狂歌壯，衫履蕭然不厭貧。

余　光

字希之，颺兄，見下，莆田人。崇禎中諸生。有耐庵集。

秋懷和林羽伯韻

獨有騷懷老不删，悲秋魂越沅湘間。雲飛已失蒼梧道，淚滴欲沾帝子山。何處掃愁江月白，千年流恨土花斑。漫傷團扇凄風候，也障玉顔清影閒。

余　颺

字賡之，一字季蘆，光弟，見上，莆田人。崇禎十年進士。知宣城、寶應、上虞三縣，歷吏部考功司郎中，廣東按察副使。有蘆中集。

蘭陔詩話：季蘆從朱胤岡起兵，被執，禁獄中，逾年得釋歸。晚製鐵笛，自稱老鐵，蓋以楊廉夫自況也。其詩古體發源漢魏，歸宿杜李；近體間出宋元别調。陳伯璣稱其「可與少谷、石倉三分鼎峙」。

歸蕭江憶愚山

昔我發蕭江，是君北征時。旌旐揚道路，王事勉驅馳。今君入京闕，是我言歸期。行李載輕舟，朝發鷺水湄。參商異方域，遠路難相依。昔爲龍與雲，今爲雲與泥。行鵬方展翼，飛鳥倦思歸。稻粱謀旦夕，豈敢望天池。願子揚聲名，膏澤遍荒圻。草莽成明德，施恩人不知。此時蕭水暮，月滿芙蓉陂。愚樓不可即，所望在皇畿。

醉後漫歌

醉後發長歌，拔劍斫地舞。子房方龍蟄，狀貌如處女。奮跡博浪椎，屈身圯上父。一旦會風雲，功成謝糞土。丈夫用爲龍，不用莫爲鼠。

大車行戲成

老夫落魄廿年餘，出門徒步借無驢。道逢官長罄折立，呵仗過後行徐徐。傍人竊指笑相謂，是曾哼哼乘大車。如今行路揚無塵，販夫厮役相揶揄。我來行指臨江道，臨江使君假大輿。青油滑壁大如屋，白頭老子誠容與。惜不馳令里兒見，比昔徒步如不如。莫怪王融搥車版，車前安可無八騶。

獄中夜坐贈林小眉

按，莆田林嵋字小眉，時與颺同繫獄。

老被微名誤，君方十倍才。乾坤逢格鬭，鳥雀任疑猜。濁酒談無賴，荒鷄聽可哀。長歌徒自損，一笑落燈煤。

無力支天地，飄零委壯心。何人堪説恨，爲爾獨長吟。老馬疲棧道，窮猿望木陰。角聲隨雨到，雙鬢畏燈侵。

懷方爾止

社鼠城鴉哭帝都，臨江東望孝陵枯。相韓五世悲公子，哭楚三閭憶大夫。鴻雁離魂銷皖口，鶺鴒淒羽鎩南湖。舊詩覓寄遊鱗斷，水國茫茫歲欲徂。

過雲門寺訪二勝和尚

氈衣錫杖水雲遊，持訪名山遨九州。海内英賢多故舊，篋中詩賦盡離憂。孤城斷雁寒隨月，古刹鳴魚夜帶秋。無數親朋悲寥落，對君不忍説緇流。

贈南州陳伯璣

南州高士夙稱徐，客裏班荆慰索居。明月照人懷抱盡，奇文相貺定交初。燈抄雪纂惟存雅，船笪車欄總著書。愧我仍爲流寓客，彈歌但唱薛公魚。

喜逢周遠害

帝京昔歲曾交臂，馬首悤悤拂後塵。垂老相憐難閉户，立談未盡覺傷神。兵戈閩楚頻年似，詩賦窮愁逐字真。君正壯年吾白首，不堪相對客中身。

聞鄰人絃歌

淒凉野館晝長扃，響喨歌聲隔巷聽。鶴引雕笙臨玉羽，鶯迎碧管入紗櫺。詞人慣調河魚泣，樂府新編白雀翎。莫使更翻天寶曲，江州司馬淚如零。

可　歎

南樓花鳥北樓烟，沸地懽聲動管絃。十載江南多恨事，筵中莫遇李龜年。

贈楊仁叔

先公嶽嶽舊詞臣，上第金華謬結鄰。抗疏名曾齊四諫，捐軀事復比三仁。秋江明月思君子，春草他年望故人。欲解只餘雙短劍，未堪持贈爲防身。

凝翠亭次韻

千峰筍削白蓉開，無限秋光亭上來。野鳥千聲弦是唄，流泉百道渡成杯。桂林香滿花自落，石磵巢空鶴正迴。可是西枝堪借宿，贊公遠去此山隈。

小西湖橋

一橋橫鎖水東西，湖底菰蘆與岸齊。曲唱採菱聲斷續，居人惟聽鷓鴣啼。

蔡道憲

字元白，號江門，晉江人。崇禎十年進士。除大理推官，改長沙推官。癸未八月，長沙城陷，被執不屈，爲賊所磔，年二十九。事聞，贈太僕少卿，謚「忠烈」。有悔後集。

靜志居詩話：江門自序悔後集云：「悔後者何，前日妄作詩，今而後悔也。悔後而復有集者何，吾但能焚前日之詩，今日之作且輯之，以俟後日之再悔也。」其虛懷可見。詩雖音節未諧，而清婉越俗，如「移竹已抽三尺筍，種桃爭發一庭花」，又「湘水清紫藤，花落魚子生」，皆不失爲佳句。

柳湄詩傳：張獻忠陷長沙，道憲被執。賊曰：「汝不降，將盡殺百姓。」道憲大哭曰：「速殺我，勿害我民。」賊磔之。健卒淩國俊等九人隨不去，賊令説道憲降。國俊曰：「吾主畏死，去矣，不至今日。我畏死，亦不至今日。」賊並殺之。一卒願瘞主屍而死，乃解衣裹道憲骸瘞之南郊醴陵坡，遂自刎。從兄道宜挈道憲骸歸葬。郡守堵允錫、通判周二南具道憲衣冠葬於故處，郡人以道憲與宋長沙守李芾合祀一祠。明季流寇之變，捐軀殉節者，晉江凡三人：四川威茂道蔡肱明、江南亳州何燮、長沙司理蔡道憲也。

送堵牧遊入覲

十月迎君南，千里送君北。一歲雙酒卮，隨君變顔色。誰能入長安，便無故人憶。下有洞庭上湘江，爲我留君不可得。我在南，君在北。夢相思，見顔色。他鄉飯，君強食。歌再歌，中歎息。按，道光二十八年，蔡忠烈詩文經族人錄刻。此篇與鈔本稍異。

車中夢林子野按，侯官林垐，字子野。

河間二月不飛花，錯認東風拂袖遮。馬入孤村烟漸破，人迷長陌柳爭斜。春來到處皆酣酒，夢後何人不憶家。未識長安今近遠，黄昏更渡板橋沙。

夜月至東平州，以兵衛行，懷胡叔中

野寺鐘遲動早鴉，旅心無定月東斜。雙看梅蕋寒堆雪，一見芙蓉靜著花。劇孟不來終下客，子房何日始爲家。殷勤繫馬加餐飯，人在池塘夢聽蛙。

仙霞嶺桃花

嬝娜紅粧整復斜，東風日暮嫁誰家。小溪深隱漁郎拙，笑向春前染紫霞。

辛巳北上補銓，汶上謁閔子廟

立馬城頭快著鞭，斜坊猶自挂先賢。蘆花十里飛寒雪，汶水千家没曉煙。何事思親偏此地，堪嗟遊子已經年。中庭瞻拜徘徊久，慚愧先生未敢言。

戴嘉祉

字叔薦，一字燕昌，莆田人。崇禎九年舉人。

蘭陔詩話：叔薦隨朱胤岡起兵。大師至，捕之甚急，其僕鄭二十挺身代死。叔薦亡命湖海多年。」

馬上喜晴

幾易舟車意未闌，勞勞客路敢辭難。一天雨雪宵還役，萬里戈矛夏亦寒。回首日邊仍短策，舉頭雲外但長安。霽霞忽展春山色，立馬停鞭畫裏看。

張若化

字雨玉，一字蒼巒，若仲兄，士楷父，俱見下。漳浦人。崇禎九年舉人。唐王入閩，徵拜御史。卒年八十八。有磊庵存草。

柳湄詩傳：若化弱冠即師事黄石齋先生，終得明誠之旨及律曆之學。庚辰公車，弟若仲捷南宫，因留京師。時石齋先生言事下獄，若化日改服雜厮役中，進獄問視。及後，歸居丹山之中四十年，不入城市，撫泉石嘯歌自樂。年八十八，忽無疾卒。通志「蒼巒」誤「蒼蠻」，「八十八」誤「八十六」。

謁黄文明師墓

城郭人民是耶非，不堪獨鶴隴頭歸。草堂尚有青榕在，纔上空壇淚溼衣。

張若仲

字聲玉，一字次巒，又字吉友，若化弟，見上。漳浦人。崇禎十三年進士。官益府長史。

柳湄詩傳：若仲讀書明理，以不欺爲本。鼎革後，山居五十年。邑中蝗起，獨若仲所居數里無患。

雨中訪梅

脆質皆摇落，清肌絶嶠藏。託根原坎壈，受命獨芬香。天外無塵垢，人間多雪霜。高寒吾不厭，微雨溼衣裳。

春　寒

待到春深更苦寒，碧雲如被覆群巒。山靈不解藥囊罄，雪嶺霜橋着屐難。

郭鼎京

字去問，福清人。崇禎中布衣。有綿亭集。

柳湄詩傳：郡志稱鼎京工蠅頭小楷，能以尺縑録陶淵明全集，又寫蘇若蘭迴文詩五萬餘字，筆筆倣歐陽率更，無少懈怠，亦不局促。按，鼎京性彊直，才致幽雅，善花卉草蟲，脱略時態，與閩縣林寵共以小楷稱絶，俱壽逾九十。又按，鼎京著有潛吟稿，孫九思稱其泊燕子磯詩沉鬱悲壯，如杜工部閣夜等作。

金陵感懷

愧作虛名叟，惟貪書畫禪。黄梅幾夜雨，青草六朝烟。匣古悲雙劍，囊空笑一錢。徒滋鄉國恨，飄泊自年年。

金山饒益樓僧宛然留飲

欲窮大江勝，樓上特開罇。帆影杯中落，潮聲屐底喧。舟車憐短髮，烽火暗平原。京口猶未暮，瓜州倏已昏。

龍游夜放

但有西湖想，輕舟不計程。灘聲行漸遠，月色冷尤明。犬倚花村吠，風從柳岸生。榜人齊擊汰，忽見瀫江城。

泊燕子磯

峭壁千層木葉稀，轉舵撾鼓戍船圍。亭虛夜月人遥望，帆落秋風鳥背飛。估客亂投沙浦宿，寺僧爭趁夕陽歸。朝來絕頂看潮湧，回首江關淚滿衣。

余思復

初名有成，將樂人。崇禎間諸生。鼎革後，改名思復，字不遠，卒年八十。有吴遊草、中村逸稿。

柳湄詩傳：思復，中村人，與桐城錢飲光、寧都魏冰叔、寧化李元仲、邑人蕭端木相知交。鼎革後遊吴越，卒年八十。按，生於萬曆四十二年，以從兄之子士朴爲後。所著吴遊草，王太史藻如爲之授梓。中村逸稿二卷，邑人蕭正模爲之傳並序。

辛酉三月送蘇州别駕林天友還里

按，天友，長樂人。思復入吴，曾往依之。

平生多送别，此别乃潸然。汝去三千里，吾淹十二年。白髮客中盡，青山行處偏。故人如問我，寥落好爲傳。

宦久初還里，悲歡趣自兼。且先營墓宅，不用計魚鹽。舊業空朱邸，林宅是其外家葉臺山邸第，近爲圈去。情人有白髯。佳兒防失學，應念歲將淹。

全閩明詩傳　卷四十七　崇禎朝二

侯官　郭柏蒼　楊浚　錄

周嬰

字方叔，莆田人。崇禎十三年御賜進士。授上猶知縣。有遠遊編。

蘭陔詩話：方叔弱冠擅才名，工六朝聲偶之文。所撰卮林，考訂前人紕謬，極稱典核。詮鐘一編，力排景陵之説，尤爲精確。晚年召對賜第，宰邑多善政。嘗攝崇義縣，值軍興之際，寬舊賦，除横征，市無强價，庭無留訟。崇人悦之，每日夕操絲竹至，相和而歌於堂下。方叔不欲逆其意，恒令得畢伎，有詩紀之云：「夕衙鬧笳鼓，宵堂理管絃。風簾初窅渺，月砌竟流連。」其慈惠風流可想見云。生平題咏甚富，華整之中，自饒流逸。

曹能始園集

築館枕河上，爲圃似郊墟。籬花匝長埒，皋蘭被清渠。候禽競和響，嘉樹交密栟。南鄰朝緪瑟，北里夜吹竽。流雲繞羽帳，清風入綺疏。怡襟日欲暮，班草燔枯魚。

咏　史

白鵠處枯澤，蒽鷟在湨梁。潔者但自潔，賤者有餘光。隴右良家子，發跡常侍郎。騰馬迅飛鳥，射虎若檻羊。七守安邊郡，百戰涉窮荒。頗虞降卒亂，曾嗔醉尉狂。兄弟翻分土，軍吏盡懷黄。數奇功不建，日暮獨慨慷。失道法可贖，上簿氣益揚。寶刀輒自引，徒令海内傷。

遊泉山自麓至巢雲巖

始秋商氣淺，晻日炎未歇。隱淪悦深嶠，息影愛茂樾。香臺閴歊霧，石閭限日月。層崖苔成篆，積石林爲髮。橋狹續絶徑，亭危表行闕。茗畹葉始黄，葶皋華已黻。清籟發鳴蚿，急景鶩飛鶻。憑澗松若薺，望巖泉如絨。惜無絲桐韻，班草浣塵堀。

同車遊擊料兵，夜宿大擔嶼天妃宫，次韻

紫壑揚飆濟，蒼山弭棹升。微茫眺鑿齒，出没見奇肱。安知積水際，唯辨浮雲蒸。洲空

山鬼嘯，廟古海神憑。石鯨趨溆浦，金爵上觚棱。潮落俯明月，河低近玉繩。湘靈瑟調寂，淵客珠光騰。兵氣連陰火，陣勢出明燈。舉烽傳間諜，乘障講膺懲。初征思易苦，久戍怨難勝。簞醪聊與共，弱水可憑陵。

宿白榆山寺

邱壑何必遠，道周聊會心。落落長松内，翳然修竹林。巖高駐行月，山僻斷鳴禽。鮮雲豁塵慮，流泉澹清襟。當兹群動息，暫知禪味深。忽聞吹横笛，吾亦彈素琴。

嘉榮館

邑小民事寡，繩寬吏舍虚。寧憂簿領亂，頗欣竿牘疏。庭閴息羅雀，厨潔絶懸魚。芳林静桂樹，候蟲響即且。銅池聞溜急，金壺聽漏徐。欲求今夕友，正有古人書。

野　店

勞勞亭外草如茵，居傍荒墟少四鄰。繫馬疎籬愁暮靄，聽鷄遠戍亂秋晨。門前慣識長征客，壚下仍過感舊人。欲渡關山看不極，聊從信宿浣黄塵。

陳軾

字靜機，侯官人。崇禎十三年進士。由南海縣擢御史，桂王時官蒼梧道。諸書載軾淹貫博洽，尤長於詩。解組歸，葺烏石山故居，著書一室。有道山堂前後集。

閩中錄：先生早歲成進士，即出宰劇，繼分憲嶺表。鼎革後歸里，搆道山數椽，課子孫讀書其中，破硯殘卷外無長物。間赴里社文酒之會，青鞵布襪，優遊里巷五十餘年，日事著作。有續牡丹亭一書、文詩餘若干卷。

柳湄詩傳：軾早歲登第，初爲南海令。未仕即有宅在烏石之第一山，故其集呼道山堂。逍遥里閈數十年，所與遊者黄處庵、王平叔、林涵齋、林天友、陳平夫、陳子盤皆其族弟，又好與僧遊。

閩雪

丙申燈夕飲曾遠公池亭，雪下三尺，吾閩從古所未有也。按，順治十三年正月十五、十六，大雪三尺。見邵標春集，又見林之蕃詩。

海澨炎燠地，依稀似朔方。寒氣積陰琯，晻靄凍南荒。茲值良宵節，火炬方熒煌。寶馬走香陌，歌鐘殊未央。同雲忽然布，清光旋飛揚。浮煙逼丹楹，落霰侵荔牆。擲梭類曳紈，委蕤疑截肪。魚鱗鏤閑階，鶴氅舞空塘。粉叢拖新梅，珠瑩凝幽篁。芳草經冰滛，初鶯倚樹藏。蒙密下河漢，大地何冥茫。座客皆咄咄，未卜何妖祥。鼓鼙正喧闐，鴻雁尚餘瘡。相對各歎息，聊爾盡餘觴。

過普救寺

河東蒲坂上，出郭古招提。院角依墟落，門前信馬蹄。短牆荆蔓罥，方塔日痕低。明日潼津去，直過渭水西。

蒙城莊子祠

渦陽江水畔，炎日倦征鑣。莊老留禋祀，鄉人尚焫蕭。郊犧資笑劇，野馬入空遼。一枝聊寄跡，高樹暗鳴蜩。洸洋成傲吏，世界一焦螟。古廟依殘莽，虛廊落遠坰。庖牛能磔解，姑射自神靈。千載漆園叟，南華自作經。

送潛夫弟之武涉

江介春方晚，離亭酒共斟。鷄聲將母夢，馬首棄繻心。修畛翔雲翮，斜陽落劍鐔。惠連今遠去，勞我十旬吟。

妙峰寺和林涵齋韻按，林之蕃字涵齋。

山脊逶迤緩步登，洞門關鎖坐禪僧。參差石齒生幽草，巉絶峰陰覆緑藤。虚唄鑪香深院磬，寒江秋雨夜船燈。窮參直悟西來旨，墜葉林柯月半稜。

廬州中秋

玉繩勻淨鏡花生，肥水巢湖汎灩明。過客尚看金斗氣，老漁不見夜箏聲。臨枝鷩鵲亭亭上，匝户陰蟲咽咽鳴。千里相隨惟此月，秋光蕭颯倍多情。

太行遇雪

攀巖初上千盤路，流霰俄成六尺冰。疊壁連雲寒皓皓，窮陰蔽霧碧層層。虚疑複嶺開梅塢，已見青山作劍稜。準擬驅車下晉水，肌膚應與藐姑稱。

有懷道山園林

茅堂林麓白雲端，烏石峰來谷口攢。月暈虚檐侵畫幌，藤陰曲徑繫朱干。古榕森竦參天立，寶塔崢嶸蘸水團。春色南園芳草緑，幾回坎坷負青巒。當牕紫靄對蒼岑，步屧亭皋爽氣深。澆圃多爲名菊種，環山半是老梅陰。寒鼯出穴窺新栗，戲鳥將雛到晚林。静坐小齋清簟上，一天風雨聽松吟。

黄　鶯

蠶生椹熟柳條嫋，初辭幽谷翔空早。仙籍新製麻姑衣，睍睆輕姿學嬌小。弄吭乍轉山陽笛，斷續間關出寥渺。疏星零落滴漏殘，霏露細微紅樹杪。王門人遠夢中歸，數聲叫破珠櫳曉。

過藝圃訪姜勉中、學在兄弟

步屧鱄諸里，西園碧水潯。石拳成小嶼，葦岸接長林。茅室煙嵐合，雲房花木深。客星曾卜隱，幽壑有遺簪。

秋日江行

滄渚移舟疾，丹楓曉露侵。秋嵐隨嶂合，岸篠向風吟。腓卉傷頽髮，閒禽寄遠心。疎林烟火密，落葉近霜砧。

春日過華州

關中廣沃與天横，借得東風送曉征。少華青峰連太嶽，弘農古地拱西京。郊原草色秦田路，烟火街頭社鼓聲。却憶杜陵州廨處，朱衣玉几更生情。

移居第一山房

茅棟松軒翳碧苔，古今幾度白駒催。一山氣接烏峰石，二塔光生長樂臺。宿鳥方欣晴日動，青巒還喜主人來。更誇何遜揚州興，香噴枝頭見早梅。

嶺徑嵺嵺最上層，雲端木杪見崚嶒。投林喜似凌霄鶴，擁衲閒如退院僧。掉尾當看新濮水，種瓜何意舊東陵。一瓢樹上粗安穩，白雪青巖興更增。

栩栩無心夢蝶胥，薜幃常對一牀書。重林曉露侵衣桁，疊巘青蘿拂草廬。籬竹蕭疏隨意綠，鄰鐘鞚轄入牕虛。蓽門晝掩來賓少，却似鴻濛鹿麌居。

和黃處安移居按，處安所居井上草堂在今之石井巷蘇公井西。

古巷城南仲蔚家，當牕新竹綠筠斜。侵霜不厭雙蓬鬢，遶舍還栽並蒂花。座上蟻浮頻醉客，江頭潮落九迴車。近聞笳鼓聲初偃，草榻應無烟霧遮。

盧若騰

字閑之，一字牧洲，同安人。崇禎十三年進士。授兵部主事，遷郎中，出爲浙江參議。福王稱號南京，以僉都御史督理江北屯田，巡撫鳳陽。唐王稱號，巡撫浙東。旋乃巡撫温處台寧，加兵部尚書。有留庵島噫詩。

柳湄詩傳：唐王敗，若騰募兵，卒以無糧兵散。歸居島上，錄其所作一百四首，名曰島噫。道光十二年，同安童上舍宗瑩出是集寄示金門將家子林公樹梅，樹梅假福州林氏活字銅板，成書五十部。所傳不多，恐日久又復消滅。按林霍滄湄詩話，稱斯集「身世感遇、悲愁憤懣之什，皆根於血性，注灑毫端，非無病而呻吟也」。按，若騰生於萬曆二十八年，其詩止於順治辛丑，卒時當是六十二歲。

卻病

昔歲遇異人，嘻笑談卻病。不必覓醫藥，不必勞祭禜。外身而身存，此方用不竟。夜睡先睡心，百念晝清淨。心睡夢不驚，念淨物何競。水既能勝火，遂脱陰陽穽。閑中時體驗，良是養生鏡。揆之聖賢教，理未全中正。有樂亦有憂，胞與在吾性。神仙縱不死，不及吾孔孟。

疑猜

盟誓變爲交質子，春秋戰國風如此。末世上下相疑猜，更質妻子防逃徙。此法只可羈庸奴，若遇梟雄術窮矣。妻可再娶子再育，安能長坐針氈裏。我贈一法君記存，推心置腹人知恩。衆人畜之衆人報，幾箇國士在君門。

門人林壽侯招遊大巖雲塔院

偶移遊客屐，來過野僧寮。山是舊清淨，地多新賦徭。戰風千樹葉，催雨五更潮。無限感時緒，暫將杯酒澆。

次韻答駱亦至

茅齋來勝友，如挹古人風。苦節死生外，孤蹤儒釋中。無詩不愛國，有策足平戎。知爾懷悲憤，逃空未得空。

再贈林子濩

按，林霍字子濩。

人情太似石尤風，偏向長江阻短篷。鍾釜誰聆百步外，淄澠未辨一杯中。雲迷碧海魚龍睡，國在華胥蝴蝶通。時得同心相慰藉，滿腔愁緒散空濛。

黄錫袞

字素公，晉江人，崇禎十三年進士。官都御史。有野草集。按，錫袞入國朝，歷官兵部侍郎。

秋蟬

飲露甘天澤，高飛愛獨清。翼分中婦鬢，冠飾侍臣纓。誰識苦吟處，長懷寡和情。最憐遊子路，斷續夕陽聲。

秋雁

繫帛來邊使，乘梁作候臣。非辭沙磧冷，欲占海天春。陣掠蘆花月，行斜隴水津。高飛避矰繳，燕雀莫猜嗔。

周吉

字吉人，一字惠雲，莆田人。崇禎十三年進士。授靖江知縣，遷禮部儀制司主事。

和黄石齋發解婺源韻

顛揭傷今日，孤芳愧艾蕭。星辰光不晦，山嶽影難摇。水撼田横島，波漂豫讓橋。西臺風雨咽，擬作楚辭招。

郭文祥

字蓮峰，萬程曾孫，造卿孫，俱見上。應寵子，福清人。崇禎十三進士。官膠州知州。後退居於黄蘗、靈石二山中。

題靈石寺和程公闢韻

閑題翠石壯琳宮，石到靈時天可通。留得瓊堆六月雪，送來珠瀑五更風。苔封古篆都成綠，花點塵裾半是紅。我愧同頑猶未覺，何年不壞見真空。

靈石山中雨

咫尺桃源此地開，波光深處有空臺。峰鳴昨夜雲初合，洞冷今朝雨驟來。正擬迷濛捫古篆，恰逢淅瀝洗新苔。乘情細訪名區勝，著屐登臨亦壯哉。

許兆進

字國相，一字哉庵，莆田人。崇禎十三年御賜進士。官全州知州，擢兵科給事中，遷太常寺少卿。

九日和陳白雲韻

令節逢時異，登臨與俗同。菊浮陶令酒，萸佩漢人宮。客況青山外，秋情細雨中，看花頻有淚，寂寂灑籬東。

梅花

風情只合水雲間，白石蒼苔相對閑。瘦影似憐知己少，數枝斜月掛孤山。

周金湯

字憲洙，一字永叔，莆田人。崇禎十三年武進士。授湖南道中軍守備，累陞中軍都督，掛果毅將軍印，加太子太傅，封漳平伯，進太師。死於難。有穀城詩集。

蘭陔詩話：憲洙好談孫吴兵法，每以少擊衆，所向多捷。後奉使海上，歸至潮州，被執，禁獄中半年，諭降不從，始就義。監刑官授以紙筆，問所欲言，奮然書一絶云云。監刑者壯之，給還其屍。所著有老子註、金剛經註、唐詩、明詩選及詩文藁，今俱不傳。

絶命辭

主辱臣應死，中原寸土無。蓋棺何所有，白髮滿頭顱。

許珌

字天玉，一字鐵堂，又字星庭，侯官人。崇禎十二年舉人。官安定知縣。有品月堂集、梁園集。

郡志文苑傳：許玜與新城王士正善。正作慈仁寺雙松歌贈之，稱爲「閩海奇人」。王士正慈仁寺雙松歌贈許天玉：「千秋萬歲知者誰，閩海奇人許夫子。」又漁洋懷人句：「許玜送窮邗水上，方文抱瓮治城西。」玜偕計過揚州，士正時爲郡司李，解內子金條脱資其旅橐。故其悼亡詩有云：「千里窮交脱贈心，蕪城春雨夜沉沉。一官長物吾何有，却損閨中纒臂金。」紀斯事也。

施閏章梁園集序云：許子之詩氣雄力厚。

田髴淵曰：天玉詩才敏贍，二十年來屢與唱和，每拈一韻，嘆其絶神。

柳湄詩傳：洮陽吴松崖、金匱楊蓉裳曾選刻鐵堂遺草，較原本僅十之三。

西湖訪黄竹子不遇

短髮孤筇問酒徒，霜漁指點出菰蘆。荒山有主惟歸寺，野日無鄰只抱湖。水屋書聲人獨閉，柴門花影鶴相呼，案頭寂寂悲秋士，不信功名是棄繻。

答同年黄石庵侍御

千山烽火獨憐予，此日荒廬有致書。亂久天心方見雁，愁深民命盡爲魚。張華易老三年劍，趙壹難登萬里車。海水紛飛南國黯，故人相念喜如初。

送董耕伯之燕按，耕伯，養河子。

一馬溪行青草知，勞勞亭下送君時。故鄉以内無非亂，廉吏於今不可爲。出境易成遊子賦，入門先問黨人碑。長安楊柳垂垂地，猶有西曹舊日詩。西曹詩三十八卷，董養河詩中。

聽毛飛伯鼓琴

荒荒一草堂，虚牖山光葺。北面如有人，十指理出入。入琴日月安，出琴風雨急。我心相高深，骨肉元音戢。因之善感生，孤鶴户庭立。萬物歸和平，蘚苔斂寒蟄。

王貽上招同來鶴樓觀趵突泉

仙人橋上鶴來無，閒對方平白玉壺。身落星濤浮筏壯，手捫雲壁嚼藤枯。霸陵石馬依荒戍，王屋金烏起凍湖。我欲騎鯨問明月，碧簫吹徹嶽形孤。

靈水琅玕飲竹光，銀濤七十二鴛鴦。不知漢璧朝河伯，何處秦珠貢海王。鼇背三山星樹煖，牛頭千佛雨花涼。檐端霽壑明如練，衆岫亭亭盡夕陽。

和杜少陵秦州雜詩

隗氏昔專制，萋萋没故宫。山河思禹力，鷄犬識秦風。衰謝征途怯，蕭條霸業空。自傷滄海客，來往貳師東。

壘仍諸葛舊，落日戰場低。殘磧鳴龍峽，荒梁墜燕泥。不知巴子北，即在贊公西。弔古一流涕，吾衰畏鼓鼙。

巖谷推雄武，東柯秀不群。獨尊獨積雪，四塞竟同雲。拔地雍梁接，登天關隴分。哀猿當晝哭，淒絶那堪聞。

莫道羌戎僻，春歸早自知。黄圖通白帝，青曲度紅兒。家奏羯奴鼓，人嬉鴨子池。客心正斷絶，但望嶺南枝。

張恫臣移居按，張留字恫臣。

芒屩縱横五嶽畢，掉頭還山賦來日。紫荆剝啄逸鷄豚，環堵西風吹散帙。一畝荒蕪亦借人，主者偪側難具述。鳳凰欲止無良枝，廣廈雲連處蟣蝨。念爾艱難道里中，跼蹐新歸反須出。座中名士老侯嬴，江上小兒驚步騭。指掌功收丞相何，磨盾書與將軍弼。妻孥十載消息真，以此益悔其經術。入門轉覺貧如客，破硯殘書色颸疾。負戴瓶罍刺促行，寂莫窮鄉寡車轍。明月當歌烏夜棲，丈夫安能守蓬蓽。

同陳開仲、徐存永峽江泛舟

放艇菰蘆外，爲君理素琴。酒痕沾袂重，帆勢變秋深。野菊牛羊淚，寒潮天地音。書生舟楫短，無復渡江心。

送林用始再遊粤中

老大辭鄉國，殘春祖野皋。一作「老大空相倚，何如上小舠」。五羊江路近，四月客星高。出境惟羸馬，隨身有寶刀。英雄萬事左，旅夢到臨洮。

和周櫟園清漳城上感懷

春草寒蕪化戰場，群飛海上動南荒。燕歸故壘三年火，馬踐平原六月霜。道左人迎新節度，軍中樂唱古臨漳。東南瘴地元戎在，夜色天狼不敢長。

送陳昌基社長之任漳平按，陳肇曾字昌基。

十年守茅茨，失計成永歎。同爲天寶人，賊騎陷長安。萬事如夢裏，涕泗摧心肝。高堂有老親，各幸頂踵完。碌碌復風塵，馬首走邯鄲。春明舊酒罏，起歌行路難。君懷獨倜儻，京國結交讙。文字日縱橫，老成生波瀾。中原五千士，揮斥驚琅玕。大才誤副車，按，肇曾登進士副榜。胡琴碎勿彈。吾道貴遲暮，鬱鬱就前官。豈不恥食禄，驅之爲饑寒。説經重戴楊，最尊苜蓿盤。古賢喜片檄，遠行宜蹣跚。烽火滿鄉里，北堂多悲酸。嗟予薄升斗，壯歲尚泥蟠。芋江一相送，還山自採蘭。

贈段景星琴師

同里有秋士，鬚眉紅葉裏。方寸起嶽瀆，高深歸一指。聲發滿菰蘆，出入成連子。生氣日清虚，天地之琴史。

清明日同孫憲吉、薛子爕登金粟臺按，在福州郡治九仙山。

荒臺臨百雉，寒食滿江天。古巷門垂柳，春村人種田。饑鼯銜刹日，歸馬動墟煙。遥望北陵上，空山惟杜鵑。

留春日同文玉、同玉弟小飲

地偏忘歷日，何獨戀青春。破屋天痕古，寒機母意真。山川悲往事，花鳥感時人，十載常棲外，今朝閉户新。

是日同張恫臣宿開化寺，賦呈幻因、秋庵二開士

日落投荒寺，人間讀楚辭。深燈明葯蘼，孤枕近鸕鷀。夢破漁星語，憂生戍露吹。老僧真古道，怪入廬山遲。

竹醉日華嚴寺同吴子近、陳龍季按，在福州郡治烏石山。

耳目非人境，兹堂亦近焉。林青深見佛，泉白靜聞天。選竹頻移榻，尋花屢就船。明朝如結夏，又是萬山前。

長慶夜集同吴子紱、曾惟佐按，長慶寺在福州西郊。

入門揖諸佛，但覺此中寬。落日草木靜，空山鐘鼓寒。火明茶夢穩，秋近月行酸。小坐不常有，方知聞道難。

猶餘此片地，朋友一燈全。佛大鐘聲裏，天空鶴步邊。幢旛風雨色，碑碣漢唐年。丹荔正當熟，同時耳目鮮。

寄李文孫太史余與文孫旅次定交。其大父，愚公先生也。

衡嶽時時對小庵，銀魚初佩筆光酣。龍門朋友皆師淑，虎觀文章自祖聃。七子坫壇推席左，百年肝膽話河南。空山負戴逢多亂，惟有閒身讀鐵函。

江干與同年張賡陽侍御夜話

潮聲初自海門飛，十載相逢舊釣磯。天上細痕寒月路，關前殘色黯江衣。歸繻萬里丹霞杳，諫草千秋白髮違。盲婦鄰舟歌永夜，可無雜夢到山薇。

同門陳衛公偶客湖上却寄按，陳兆藩字衛公。

傳來登覽在深蒼，鱸鱠初肥石蟹黄。二水衣襟懷主闕，七松燈火讀書堂。可憐龍帳惟秋草，不見燕陵有夜霜。負米東歸人未老，時時相望上河梁。

寺樓坐雨同劍南楊硯漣大參、錢塘鄭夢絲文學

信宿天何故，霏霏難及晴。竹深團緑粉，花重落紅聲。月去鐘方失，煙開塔漸生。恐招風雨妬，不敢告詩成。

擬登太姥歌

閩嶽摇摇秀太姥，三十六峰點秋雨。蓊蔥其中真氣生，即焉見聞皆上古。太清初景空岝㟧，白虹赤龍落神嫗。玄風剽疾林谷寒，萬象娟娟胎靈溥。峭壁直與蒼穹衡，人間歷歷秦時樹。鳳凰高枝飲啄馴，下産光怪五尺琥。丹文蜿蜒意匪夷，踣躩泰華何須數。南溟道理海水深，我欲乘之采香杜。

初秋集湖上同邵是龍、陳佩芳按，小西湖在福州西北。

萬木颼颼湖風發，長隄行人湖鳥汩。黄雲浸天壓城頭，白日摩空露山骨。清秋乃在八九峰，思騎赤龍時相從。矯首蒼茫望閩越，青青一帶下芙蓉。菰菱繞繚蘆花亂，何處方舟出深岸。籬門片影禿釣翁，古靄寒烟聚復散。水晶宫殿金鳳飛，廢塚頽碑紅棗肥。石苔細逕牛羊絶，惟有老僧居翠微。弱藤垂鐘楮燈黑，常入西門爲乞食。我來遊絲裊虚堂，鬱鬱因就七松息。晞髪滄浪新水高，湖魚尺長躍銀刀。松下擊鮮枯葉動，相顧叫嘯盡濁醪。喁喁四野候蟲瘖，横眼觀秋秋已遇。猶自蘼蕪立晚晴，微月娟娟指歸路。

郊行同王蘭先、陳則見

雙眼寬於野，行吟半大東。青天嘶有影，白地苦無功。水鳥叫秋闊，山花媚鬼工。夕陽何處笛，吹散步兵窮。

過芝山寺焚址同陳伯言、何晉卿

火禍何爲佛不言，長安茂草又開元。城荒白日螢行寺，鐘死黄昏鬼拜旛。幽井花盤狐兔跡，瑰梁鐵爛漢唐痕。阿奴枉起昆明刼，猶有深深弔古原。

林伯奮新歸郊居

奉母馳驅入故鄉，鄰人驚喜滿東牆。荒涼瓦釜六親火，辛苦蔴鞋五嶽霜。廢壁書光收脈望，頹園秋影學潯陽。亂離莫作無家歎，明月猶來舊草堂。

雨夜集岸船同涂子是、黄朗伯按，即岸舫，詳烏石山志。

今夜寒家月，娟娟風雨爲。天深黄雀止，秋苦綠蕉知。水國閨碪暗，山城堠火馳。同君不得意，喜有閉門時。

集葉子聲池亭同陳瓊上、游咨臣、君家子肅

猶餘九日雨，故作一園秋。避地惟黄菊，憂天已白頭。謗言常乞酒，烽火獨登樓。晚翠群峰動，如期汗漫遊。

東郊早行同王汝言、林莊士

山曙如初沐，行人落鏡中。沙塘凫影白，楓路馬聲紅。茶瓦繡晴露，酒旗揚朔風。一肩隄上滿，香草附詩筒。

看菊宿雙溪庵同葉良燦、吴子方、謝利修、林伯奮、釋心持

按，在閩縣東門外，俗稱雙龍庵。

小坐荒亭下，黄花一社人。村碪吹雨黑，夜火入山真。木落秋無業，溪流寺有鄰。天寒酒店薄，應笑陶潛貧。

東寺訪海寧姚黄客不遇

西風蘿薜動僧衣，不識何山採古薇。黄竹水深乘鶴坂，白沙人靜釣魚磯。昏瓷土屋村舂急，晚騎霜原獵火微。尚有行吟門外者，尋秋一路月同歸。

開化早起

岸幘霜巔僧外僧，寒湖團日日團燈。殿鼯拾菓晨鐘了，石蚌眠花晚稻增。一鷺白通高士舫，萬楓紅夾古王陵。居人曉起無生計，曝背沙磯補破罾。

社集荷亭餞秋

天地垂成橘柚功，江城如黛急殘虹。鳴鞭柳驛寒碑外，沽酒楓林古店中。南艘旌旗封蠟黑，西陲烽燧戰書紅。河梁别後無知己，落日蕭蕭阮籍窮。

再遊鱔溪同孫憲吉、王芷生、薛子燮、家有介

賸得秋心與野塘，水禽飛觸木犀香。斷巖文字留提劍，破屋衣冠隱賣漿。銅瓦魂歸神仗綠，霜花影傍戰場黄。夾溪肅肅西風惡，日暮荒原看虎倀。

遼海佟觀瀾先生崇祀名宦

天禍清流局亦奇，纍臣遺像對南箕。君王門户言三至，父老祠堂官四知。古囿忠魂啼蟋

蜂，空廊正氣走狐貍。兩朝公論於今定，水國蘼蕪起暮思。底事波瀾竟失真，寸心永夜徹秋旻。艱難天步留孤子，萋菲人言動大臣。遠塞黄塵吹薏苡，荒墳紅棗覆麒麟。遥知開府南方日，山荔江瑶薦物新。

江園看橘同陳中一、游端甫、劉得水、家子遊

行人喧渡溪，野日上舟低。天意一黄足，水聲萬緑齊。桑麻新塞北，詩酒老巴西。拱手話難得，中原尚鼓鼙。

送崔五竺歸霍童

甘泉東望草淒淒，十束江毫壓小奚。危棧噏霜村角馬，荒關銜月嶺頭鷄。膺滂以外無朋友，桑梓之中多鼓鼙。待爾有書秋谷發，明年端的上支提。

奉别楊光美明府

得歸萬里外，烽火滿全閩。白水知楊震，青山送許詢。莫言薄宦日，且作遠遊人。預信前途坦，天涯一吏貧。

謁西山真公祠

丞相祠堂俎豆新，森森松柏不勝春。南朝議論多韓賈，猶幸先生是小人。

元夕綠波亭對雪

侵簷撲瓦融融溼，打柳沾花滚滚新。山雪高樓初作客，酒杯令節暗悲春。此間夜色寒如水，何處歌聲細若塵。蝟縮袁安難穩臥，夢魂遠繞白頭親。

梨關晚行

雪淨花明馬上看，春風吹客去桑乾。鼉梁天削雌雄石，鳳嶺雲開大小竿。尚有萑苻成大澤，謾言鎖鑰寄層巒。蕭條何處聞羌笛，新鬼斜陽哭戰壇。

贈張浦城象山

綠波空翠滴珠簾，十畝琅玕吏隱兼。異政尚能傾許邵，清言真足動劉惔。北堂新柳褰軒幔，南浦官梅壓帽檐。城堞九彝屏際見，愁生丙夜讀兵鈐。

許　瑨

字同玉，珌弟見上，閩縣人。崇禎中諸生。

登劍州城樓

樓聳峰環郭，溪喧水夾壕。潭龍吹夜冷，石馬立秋高。王霸悲今古，乾坤等羽毛。經過一憑眺，不禁涕青袍。

同陳總戎遊梅巖

漁火汀邊舟半横，山鐘初動雁飛驚。渚光雲暗夜千影，木落猿啼秋一聲。百歲利名悲蟻穴，萬家魂夢老江城。憑高獨嘯群峰合，何處嘶風月滿營。

劉廷標

字霞起，一字玉屏，上杭人。崇禎間薦舉，授永嘉丞，陞雲南永昌通判。後殉難。

自縊口占

甲申臘望聞哀詔，已誓攀髯殉此身。三載偷生慚後死，今亡猶是大明臣。扶植綱常，原不以文字論。廷標止二十八言，結有明一代之局，表一身靖節之由，其蓄積於平日者深矣。

陳兆藩

字衛公，夢龍孫，侯官人。崇禎十二年舉人。官刑部員外郎。有夜光堂集。

柳湄詩傳：兆藩會試兩中副榜，唐王時授刑部主事，晉員外郎。唐王敗，魯王入閩，改御史，上旌死節諸臣及恢復機宜疏。魯王敗，病不服藥，含笑卒。

端石上人持贈方竹杖

老僧山中至，贈我一枝竹。質則堅而方，形則瘦無肉。謂此居士宜，謹以遺幽獨。予取深撫摩，凛其氣肅肅。持向松下行，不與時追逐。留待懷抱開，尋僧扣山谷。瓢笠破雲來，只此爲良僕。

寄劉魯庵先生

鬚眉白盡血生衣，哭過當年舊釣磯。山蕨日隨籬竹長，沙鷗時伴海雲歸。臣心豈意分生死，史案何人定是非。世事崎嶇薪膽盡，墨莊深念倚斜暉。

過唐山同林孔森、孔欣談於梅下

橋邊叩叩竹籬開，不是花晨我不來。十載烽烟連海國，千年邱壑長蒿萊。相看憔悴餘蓬鬢，終日凄清但老梅。親戚逋亡廟社廢，那堪攜手過山隈。

送寄生上人還支提

太姥山連古洞天，支提名刹舊安禪。僧歸松際千盤磴，人望峰頭萬葉蓮。蠟屐每逢探勝客，竹筇時撥出林烟。猿聲夜逐鐘聲動，猶憶經聲石上傳。

沈士鑑

字若水，一字未空，長汀人。崇禎十二年舉人。

楊瀾云：未空五古得陳射洪、張曲江之遺則，淵古温粹，兼有其勝。

咏懷

端居亦以久，獨知四時疾。暑雨落春花，寒露滴夏日。天故健於行，急欲一元畢。念此感何窮，坐聽風蕭瑟。

嵇阮豈意敗，王戎終所憎。堅白亮自持，坐立隱相醒。處寂形將苦，同流神不聽。古之狂簡士，兩害擇其輕。獨羡展惠子，心跡不須并。

志遠宇宙狹，見大豪聖卑。人誰習此語，言故與心違。懷酒偶不忌，四座目相嗤。醒來特自貶，乞恕醉中詞。

盧振明

字文仲，龍溪人。崇禎十二年舉人。有梧園詩。

迎春日作

浮浮三十齡，春又緑階亭。璞破羞三獻，家貧守一經。營生頭未白，逢世眼非青。歎息長門賦，千金重漢庭。

漳平道中

濱海皆驚竄，斯鄉獨晏如。籬鷄安飲啄，簑叟老耕鋤。野竹經霜健，山花過雨疏。不知有帝力，悟到羲皇初。

懷邱以載

千山如玉立，一水尚盈盈。寺古鐘猶韻，秋深澗自清。每從新月夜，還念故人情。以我風騷意，共誰話不平。

曾異撰

字弗人，侯官人，晉江籍。崇禎十二年舉人。有紡授堂集。

余甸傳：異撰原籍晉江，父唯，晉江諸生，早卒。母張氏以遺腹生，紡績給晨夕。蒼按：異撰母，泉州名士賓槐女，紡織授書，故名其堂曰紡授堂。其地在今福州郡治南後街之方井巷。三山志所云「地名方井」者是也。方井，在閩山蔆月池旁，蒼有篆刻。異撰事母至孝，歲饑，採藷葉，雜糠籺食之。妻嘗負畚鋤乾草給爨。然性介甚，按，異撰壯年喪偶，不娶。長吏欲爲之地，不屑也。時天下多故，究心經世學，其所言皆可見之行事。曾士甲云：「賦性聰穎，於學無所不稽。」詩有奇氣，然太近詭。與寧化李世熊友善，酬唱詩尤多。吴興潘曾紘上其母節行，旌於朝。及曾紘撫南贛，得王惟儉所撰宋史，招異撰及新建徐世溥更定，未成而罷。按：潘昭度云：「曾生所與遊必幽人畸士，所居山水必奇僻。」曹能始嘗曰：「吾與曾君無緣，每見其詩輒不喜，奈何。然其奇句多可誦，要自成其爲曾氏一家言。」崇禎十二年舉於鄉，年四十有九。甲申正月卒。按：異撰慕柴文定元芝之爲人，詩亦似之。

題郭聖僕梅塢圖

伯夷不可贊，梅花不可詠。極清頌若辱，風騷屏勿聽。我欲貌潔魄，畫師等便佞。雪可腴其妝，月能顏其靜。烟乃像其顰，雨則寫其病。霞朝傳其笑，霜夕肖其暝。數者天繪之，已爲畫之聖。十僅得二三，難似者介性。所以我披圖，危坐襟必正。介而見高士，肅肅一聲磬。捉筆戒疾書，一往敢乘興。澀驢哦寒郊，香嚴或相稱。

放歌爲林守一丁丑初度

巫祝無加於人壽，九如之頌猶罵詛。仙佛長生存者誰，朝菌亦生椿亦死。多男多壽富且貴，人之所欲彼不與。惟有不朽之文章，人不授之天，子不胎之父。滄桑不能變文心，大力難負只字走。裸跣乾坤，我爲冕黼。毛血烝黎，我爲豉鹵。白笑孟呻，李棟杜礎。千古二韓，前非後愈。千載二姬，周妹邕女。石金梨竹我分身，名山大川我臟腑。莊周持籌海屋中，東方偷兒夜窺户。彭鏗浪有八百年，至今不見留一語。青牛不授言五千，雖曰猶龍亦死鼠。河洛神龜背無畫，閉氣支牀等鰕鯆。區區少壯稺老間，一身前後劃今古。雄長鷄栅俛競粒，附庸蟻邦瞑分土。雖以千歲爲春秋，稱觴亦如行出祖。麼矣哉，林生百年未半辰問午。壽矣哉，林生天地爲客爾爲主。百代作者誰不祧，爾今置身何處所。何人不視，不如左瞽。何男不陽，不如遷腐。百獸毶毶，蔚者惟虎。千秋墨墨，爾燧後炬。長歌把盞捋君髪，生也長年孰過此。林生更酌牽禰襠，曰軾與轍見二子。

秋日樓居

百尺挂城頭，何人許上樓。到門山是客，當水閣如舟。柳短不勝月，蟬譁未分秋。索居寥落甚，猶得病相求。

妙香、椒湧二公過邸中訂遊湖上，病未能從

西湖深處好，大半未曾經。入俗如中酒，逢僧得暫醒。水聲入耳冷，山色佛頭青。安得身無病，相從立古亭。

溪行口號寄林守一

不耐春濃舟又遲，客心漫漫水瀰瀰。別來病况君知否，半月溪山未作詩。

高蘭引

清齋高蘭高入雲，蘭旗揚揚招雲君。雲君出雲踏龍來，紫莖縛篲拂塵埃。掃卻俗紅千萬品，編蘭爲席蕙爲枕。深蘭光露流滿觴，留君闌干十日飲。

問　劍

匣中尺劍夜夜吼，不報恩仇不屠狗。劍氣昏昏似病人，欲没不没數星斗。我欲開鞘再重磨，其奈無人可贈何。

客中送春

春風與我俱作客，攜我舟行春水碧。二月三月共客中，四月同歸不可得。世間何事最愁人，草滿花闌客送客。

雨經富陽

小縣飛樓俯驛亭，竹間樹杪恣揚舲。溪山病亦開蓬看，風雨眠猶翦燭聽。永夜潮來江上白，浮嵐晝入井西青。石尤前路無妨阻，好住嚴灘問客星。

澗邊新柳

淡烟輕碧恰勝鸝，春水山梁淺掛絲。暝裏未醒微有眼，鏡中欲畫似無眉。自憐幽澗誰能媚，嬾嫁東風不肯垂。待看月明泉上影，愛他濯濯少濃枝。

冬日送黄子周遊西湖

湖上春風花作堆，遊人都解趁花開。雪中别有孤山意，不爲桃紅柳緑來。

登樣樓按，即福州郡治北之鎮海樓

何處蒼茫寬睥睨，登高容易豁窮愁。數千年事在雙眼，十萬人家第一樓。

王穎如

字哲開，閩縣人。崇禎中諸生。有三樓紀勝。

郡志文苑傳：穎如資性敏異，氣度宏遠，年十三隨董應舉遊鎮海樓，倣王勃作序，頃刻數千言，序詩並就，極壯麗典則。老於諸生。著有孝經頌贊及三樓紀勝諸篇。

柳湄詩傳：穎如工詠物。著梅花十五咏、雁陣十詠，魚陣十詠、筆花十豔、水花十詠、雁字十詠，皆小心熨貼。洪武中朱克誠、羅泰等轅門十詠，萬曆間徐𤊹、曹能始追和十詠，皆以詠物未錄，故一律不採。

夏日社集大夢山，尋墨池舊跡

按，福州小西湖旁。

頓覺雲巒潑眼明，忽看樹色曉煙平。水涵天碧將吞寺，山抱湖光直到城。苔徑都經戎馬斷，墨池空對野花清。當年謫宦題詩處，依舊渟渟水一泓。按，豐熙謫閩，於大夢山墨池題石。詳竹間十日話。

碧雲洞和徐子與先生韻

漫訪仙蹤一逕平，千層雲樹送蒼清。霞蒸細草成丹片，籟起高松作雨聲。眼放山川天未老，劫空塵海月還生。因思白傅風流甚，日日看花過洛城。

周霑

字慕存，如磐子，見上。莆田人。崇禎中以廕授内閣中書舍人。死於難。

蘭陔詩話：慕存有膂力，精刀槊，從朱胤岡舉兵。及師潰，慕存首裹五色紬，擁盾執戈，突圍而出。官軍千餘人追之，慕存手格殺百餘人，且戰且走，至數十里，追者不釋。忽帕首紬鬆，纏繞其面無所見，遂寸斷之。

猛虎皮

吾聞猛虎獸之雄，咆烋一嘯振林木。樵豎膽落墜深坑，麕麑相率匿巖谷。一朝失勢遇獵夫，遂令皮毛落君屋。虎兮虎兮昔也咆烋今如此，壯士見之仰天哭。拭拂虎皮文尚斑，挈首引尾寧怒目。捋鬚折齒已無存，四蹄委頓爪空伏。嗟哉匹夫匹夫爾何雄，石火光中羲馭速。勝負何常期，身名易戮辱。塗膏草野飽饑鳶，焉得留皮似茲畜。請君細護此毛存，自與犬羊不同鬻。方今大將適行邊，珍重文茵坐暢轂。

林國光

字廷錫，長樂人，崇禎間歲貢生。

京陵雜詩

橋外山明晝槳飛，門前江漲綠楊肥。女郎不管人寥落，空向黄衫説是非。

全閩明詩傳　卷四十八　崇禎朝三

侯官　郭柏蒼　楊浚　錄

邵標春

字是龍，自號雙丸逋客，閩縣人。崇禎中諸生。有檐景齋集。

閩中錄：是龍與陳藝蘅、李殷、張利民、陳肇曾、徐延壽、許友、李師侗、陳湯、羅恭、鄭定同結詩社。有集五卷，未付刊板。余獲其手稿，字法端勁，全詩肆力風始，一滌纖穠麤率之習。

柳湄詩傳：標春嘗倡義守杉關，見鄒正畿詩。蒼得順治十八年標春納鐘樓、新安游草，蓋三年作客天都所得詩也。與檐景齋無一同者，錄附於末。

江海之區託命者萬，而賢否智愚亦寓焉。物誠可以觀理也。偶舉數種，爰得五詩

烏鰂分命微，海濱恣游戲。吐墨以自渾，藏身詫爲智。海鳥窺波黑，已覺有物至。影入彼安知，浮沉不能蔽。自蔽反自彰，始識墨爲祟。疾趨景愈明，絶跡庶無忌。右烏鰂。

蘆荻芽始抽，江水添新漲。河豚正肥美，暖趁江潮上。偶觸石橋梁，眼腹怒浮脹。相持久莫動，盛氣恃雄壯。飛鳶矜睥睨，攫礫詎相讓。觸物弗知止，忿毒肆加尚。究爲物所戕，殺身在悁妄。右河豚。

瑣琣長蟹奴，代爲供口腹。譬蹷與蛩蛩，甘草銜相逐。一旦蟹不歸，遂至餒而縮。乃知相依傍，行止皆跼蹴。更有號水母，專以蝦爲目。此種混沌形，未遇忽與儵。徒抱海鏡名，豈不羞厥族。右瑣琣，即俗稱明瓦也。海錯百一錄諸書皆以蚌蛤中有小蟹寄居其中，蚌蛤恃以爲生。蟹出求沙土之類哺之。蒼按，非也。凡螺蚌蛤之屬，皆有似蝦非蝦，似蟹非蟹者，曳其枯殼，寄居其中。殼不容身，乃徙入他殼。不寄不生，名曰寄生。即所謂「蠂蛣腹蠏」也。

郭索恃橫行，總爲用心燥。輸芒東海神，稱魁亦徒好。八跪與兩螯，焉能免桀驁。糟丘封爾侯，兼錫橙與芼。盥手即堪嘗，毋令喉吻噪。所戒在中滿，煎膏寧太暴。蟛蜞亦爾族，入夢匪冥報。右郭索。

海物名曰蠔，巉嵲如巨山。軀殼互黏矗，依附巖石間。眉目安所施，如人扃户關。是物何足云，恃者形質頑。釜鬵一相加，遽失向來堅。汨没蛟龍區，取之亦良艱。嗜利固爾狗，厥獲聊銖鐶。託命隨所逃，閉口尤爲慳。右蠔。

初冬，蜀中楊硯漣、三衢徐文匠、武林鄭夢絲、嘉禾李山顏暨同社諸子開社林坦庵西園

入冬風氣殊，靜雲悟遊理。群情息所營，幽尋亦茲始。即事肯相招，朋從迭蘭芷。園居俯西偏，池光受潮水。初霜倏已動，青橘微香起。岑寂具物性，循覽夙期此。何異入深林，竟體謝頑鄙。四顧接清言，文心探奥旨。大雅詎云沉，古歡良有以。高柳影迴護，琴樽暢遠邇。

東田道中

昨夜雲際宿，曉起入山行。白雲如故人，歸我衣裳輕。山雨倏來過，微添幽澗聲。陗立千仞巖，俯視毛骨驚。亂石礙輿趾，肩夫爭戒程。遠望前行者，如蟻相轉縈。自當安蹇陋，胡爲疲長征。

楊白花

楊白花，遥遥白如雪，不信顛狂任飄泊。深宫一夜生春風，吹落江南愁殺儂。誰家燕子

銜花起，飛向江頭逐江水。生來輕薄令人惱，江南拾得楊花好。

射虎行

温麻邑半泉山，近多虎患，戊戌九月二十五日亭午，有三虎蹲伏大門山，爲村民驅搏，逸二而斃一。余偶獲覩，爰賦是章。所最可嗤者，民擊虎而兵受賞，且揚揚於市曰：「我之爲也。」其誰欺哉？固知斯輩之殆不虎若也。

松風颼颼捲地起，山臊無聲豪豨死。南山白額結隊來，雄者磨牙雌引子。大門山下行人多，咆哮當道相衝過。居民徒手不敢搏，弩機淬毒安弓窩。何來壯士好心手，一笴洞胸貫其肘。雙睛墜化白石光，怒倚懸崖撼天吼。斑毛燁燁立不僵，腥風猶射眸子長。官軍遠望如畏敵，徒自逞技誇强梁。我聞戾蟲生，多因兵氣應。此物胡爲來，詎是無苛政。爾虎爾虎莫横江城父老相告語，此日城中有病虎。群倀眈眈臥食人，四十二村哭無所。爾虎爾虎莫横行，矢鏃如飛不可當。不見洛陽之鼠大如盎，千百爲群飽稻粱。

贈李雲谷移居，和許有介韻

皋廡暫容趾，蘧廬莫問家。不堪天倚杵，聊避讖如麻。公器畏居滿，寡營勝學奢。稍爲賓客累，又費畫錢叉。

重游雲居山按，在連江縣

山外更無物，方知眼界寬。群峰奔海盡，萬木入秋寒。石骨僧兼瘦，雲衣客較單。山城時隱現，徒作蟻封看。

九日屏山登高按，即福州郡北之屏山。郡志記「明時山有人熊」。今入貢院與闤闠。存者十之二矣。

枕城平似掌，登眺亦巖阿。行處遊人少，坐來山雨多。午煙沉野色，寒木接江波。不減參軍興，其如短鬢何。

東昇門外

十載頻經地，茲秋復暫過。草侵孤寺滿，沙洑古城多。入眼皆新侶，比鄰半楚歌。臨風畏登眺，感慨却如何。

九日鼇江閑步

一望水爲鄉，蒼茫江步長。沙平牽蟹斷，潮落露魚梁。信雁風兼闊，寒花晚自香。幾家能好客，邀入紫萸觴。

再送吴石也

蟲語催寒響夜空，草堂一榻與君同。玉繩度柳生虚白，瓦竈烹茶宿暖紅。離緒著人多在酒，鄉心如水必歸東。後期有信潮來往，秋月春花待醉翁。

重九社集枕煙亭

循牆野徑抱煙微，蘿薜過門俗事稀。天際雨來詩骨冷，江頭霜落蟹匡肥。好從獻老徵遺史，畏説干戈願息機。也學登高聊縱目，長空不盡遰鴻飛。

雨中小集陳昌元宅上同曹山俱賦

苔痕隨雨濕金鋪，閑過橋南問釣夫。井脈霏霏流尚淺，春陰漠漠望還無。香分藥味簷光入，寒動花枝晚氣殊。爲惜東風共攀賞，城頭一任噪昏烏。

和宫姬葉子眉鉅鹿題壁詩

原倡：「馬足飛塵到鬢邊，傷心慵整舊花鈿。回頭難憶宫中事，衰柳空垂起暮烟。妾廣陵人也，從事西京，曾不二年，馬上琵琶，逐塵西去，和淚濡毫，促裝心亂，語不成章。所幸梓里同人，知妾萍蹤之所歸耳。故宫妃葉子眉題。」邵子曰：「此千古韻事，亦恨事也。嗟乎，才色之累人如是哉？雖然三千粉黛，一時雲散草飛，求如葉妃一詩爲天下人洗發，又何可得。才色正安可少也。」南宋之亡，王昭儀滿江紅一闋，激烈淒悲。文信國猶評其末句曰：「惜也，夫人於此處少商量矣。」葉妃似不能無憾，政恐衰柳寒烟他日愈不堪回首耳。屬而和者，聞不下數百家。其中時事各殊，心情自別。亦猶秦人調之爲秦聲，楚人歌之則爲楚曲也。乙未季夏，雙丸逋客書。

邊馬馱馱更向邊，少翁何術合金鈿。願將萬種眉頭恨，化作南飛一縷煙。
鄉園二十四橋邊，偏恨紅顔誤翠鈿。不及雷塘葬香骨，玉鈎斜畔月籠煙。
蓬科白日漲無邊，獵獵驚風墮玉鈿。恨不當年如紫玉，墓門寒魄化秋煙。
黍麥離離古道邊，黄消鵝子碧消鈿。景陽宫井千年恨，猶有脂痕膩水煙。

至夜芝城客次

以下見納鐘樓及新安遊稿。

嚴更江郭動，荒館歲寒侵。不作殘年客，那知此夜心。爐煙憑灺續，酒力仗愁斟。更聽前溪水，東流帶雪深。

人日魚梁曉發

征鐸凌晨發，星光伴遠行。漫占人日霽，偏使客心輕。啼鳥嶺煙破，殘梅溪路清。城西多舊侶，若箇不孤征。

楓嶺爲閩越分界

迢遞關前路，如何咫尺殊。鶯同故山早，雲出異鄉孤。筧竹泉聲細，編橋閣道迂。春光生野戍，莫漫歎危途。

仙霞嶺

此險誰開闢，寒天許暫捫。萬尋奔迅阪，一髮劃平原。乍可容征鳥，遥看掛嘯猿。平生棄繻志，關吏莫驚論。

蘭谿縣立春

春風此日到河干，白雨扁舟客思闌。即有草芽依岸暖，似聽蜂語逐香寒。路經姑蔑人偏遠，城近蘭陵酒卻難。獨有野梅無數樹，斜連江步尚漫漫。

禊日即事

輕寒乍可試春衣，獨上虛樓望翠微。新雨初收榆莢冷，宿煙猶帶杏花肥。醉鄉日月離情久，客路風光禊事稀。柳外遥聽簫鼓晚，蘭亭社散酒船歸。新安風俗：三月三日，水嬉南浦，傾郡士女闐咽出遊。

黟縣道中

群峰高峙勢巃嵸，洄洑谿流一髮通。畬户半藏山影外，人煙都在水聲中。乍容官幰開羊棧，斜筦危橋避虎籠。空翠濕衣渾不見，寒天一握望何窮。

桃源嶺

誰云前路坦，此地險尤多。不異七盤阻，真同九折過。暗湍驚雪窖，陰竇老風柯。客子衣還裌，春深奈冷何。

驄馬來

旌旗夾道飛黃埃，驛使傳呼驄馬來。村農隔籬相耳語，借問官來何處所。人夫汗喘奔走難，眼中未嘗見此官。當年亦有官過此，不飲路傍一杯水。

和張田中先生送別韻卻寄按，張利民自號田中和尚。

十年無日不冰霜，孔棹難辭客路長。悟得隱峰禪外意，隨身竿木任逢場。欲覓當年故老難，夕陽何處話碑丹。蒲團有女披緇在，空抱殘書未敢刊。先生詩詢金正希太史遺事，太史一女爲尼，尚在也。噫。

新秋

己亥秋日，客寓新安。方虚樓之岑寂，正凉氣之乍舒。澹雲未雨，纖月初輝，致足樂也。乃警息頻仍，人情摇落，而静處閑吟，澄然息慮。豈真恃以無恐哉。亦猶夷神處順之理既明，任彼糾紛，付之鎮定而已。

木葉望中齊，群山繞閣西。鐘扶弦月早，蟬曳暮風低。有客驚談虎，無鄉類祝鷄。具茨真可覓，端欲託幽棲。

調伏禪心久，安危付自然。砌喧群蟻鬭，樹巧一鼯緣。漸喜詩成帙，聊憑酒寓權。守雌多笑拙，寧與我周旋。

野客思何窮，冥心入遠空。滄江一鳥外，煙雨萬山中。猿夢驚飄葉，蛛絲耐晚風。蕭騷餘短鬢，遠媿鹿門翁。

練溪秋泛

偶起夷猶想，中流足浩歌。棹分秋影動，襟受晚颸和。紅樹深藏寺，青帘淡蘸波。倘攜書卷共，殊勝五湖多。

開黄禪院逢弘常、雪機二衲

畏聽江風送鼓笳，閑隨黄葉踏僧家。當牕嵐淨一峰出，繞徑苔深別澗斜。巖桂好拈無隱偈，渚蓮還吐定生花。戴顒原是詩人輩，莫借鉗鎚惱法華。

寶相寺

東際青無盡，能攜輛屐尋。孤雲多戰氣，歸鳥獨閑心。香靜秋林杳，鐘遲午院深。老僧頭似雪，時坐古樫陰。

七松館、閑望館爲王中秘別業，今易主矣

西風嘒嘒送寒蟬，獨眺虚亭思悄然。十寺遠留千刼佛，萬山晴帶六朝煙。燕辭舊宅空尋主，松偃虬枝不記年。我欲賦歸無五柳，那堪懷古重流連。

烏聊山謁汪越國公祠

隋鼎將顛趾，群雄崛然起。越國天人姿，奮袂建軍壘。虎視天子鄣，六州聯臂指。尉佗

何足云，江東差可擬。開府烏聊山，霸圖控玄時。唐祚恢八紘，中原壹遐邇。偉略識時務，手挈還帝子。茅土綰封符，胙社錫青社。歷今千載後，俎豆奕前史。閩客陟兹峰，循覽徵遺紀。四望山川犖，阨塞殊足恃。風景尚依稀，勲名誰更比。古樹噪神烏，荒祠薦寒芷。靈風滿畫旗，精爽儼如咫。

新安西郭

衆岫延西爽，虹光俯練流。幾株高柳霽，一帶古城幽。壺矢鳴深竹，箏聲隱畫樓。浮生娱樂地，何必問丹邱。

中　秋

旅次因循，同儕晤語，秋序又倏平分矣。適江氛報靖，壁月當頭，觸緒縈心，輒有可喜可悲、可歌可愕，爰偕林子如石各賦十章，少抒其蒼深靈灝之氣，並以紀萍蹤歲月，所遇如斯耳。

静對夜溶溶，飛來道院鐘。籟吹回雁亂，黛送晚蛾濃。碧海仍澄鏡，殘雲尚起峰。數竿牆畔竹，瘦骨獨龍鍾。

更莫因摇落，清輝且自娱。懶翻歌入幔，願乞醉爲徒。庭實驕匏薊，苔衣語蟪蛄。閑看秋色影，郤學遠山癯。

九日納鐘樓晚眺。 按，納鐘樓，標春客天都時所居樓也。

誰插茱萸醉晚觴，憑欄空翠尚微茫。山痕乍露丹楓路，雨氣還迷白雁鄉。眼底松筠饒歲月，客中臺榭易滄桑。故園二百離亭外，莫漫愁牽客思長。

許　友

初名宷，字有介，一字甌香，豸子，見上。遇父，鼎祖，侯官人。崇禎中貢生。有米友堂集。

靜志居詩話：有介才兼三絕，名盛一時。虞山蒙叟最愛其詩，錄之入吾炙集。要其篇章字句不屑蹈襲前人，正如俊鶻生駒，未可施以鞲靮。

閩中錄：有介，一字友眉，又字介壽，號甌香。資性穎異，疏曠不羈。日娛山水，不以世務經心。善屬詩文，畫出入大小米，書法有驚龍舞鶴之態，有「野航人遠雁聲低」句，爲王阮亭所贊賞。

柳湄詩傳：許友師事會稽倪元璐。康熙中以諸生終。生平慕米元章，購米友堂祀之。其集刊本初署「許宷」，後更「許友」。郡志明藝文載：許宷醫夢草一卷。國朝藝文載許友堂集，以宷、友，分兩人爲兩朝，誤矣。林正青鈔本瓣香堂詩話云：「甌香以貴公子負重名，虞山錢牧齋最賞之，收入吾炙集。然予未見是集也。乾隆丙寅秋，在廣陵梅花書屋纂修鹽法志，得與吴門何子未同事。篋中有鈔本，因借觀。虞山贈詩云：『世亂才難盡，吾衰論自公。』又云：『數篇重咀嚼，不愧老夫知。』其獎借者至矣。子未又云：『此集未曾刻，殊可貴重。』内收錄共二十六人，人各數首。獨有介採百餘篇焉。」

學挽歌 按，許宰初刻有學擔糞等題。

死矣寧有聞，薤曲徒紛紛。束縛亦須去，十百空爲群。閑堂酒坐側，夜深月微黑。殷勤唱作渭城聲，誰人不帶別離色。嗚乎寒食重九時，滿城寒雨吹絲絲。閉門身如坐墟墓，長歌當哭知未知。

九日西湖夜泛 按，福州小西湖。

扁舟鷗鷺侶，村市一潮分。古寺堆黃葉，孤城擁白雲。月寒秋是主，霜肅酒爲軍。何必登高約，諸山在水濆。

舟中作畫寄韓聖秋

最愛舟車樂，遠空無四鄰。三餐魚蟹美，竟日水雲新。作畫及溪叟，無書寄貴人。碧峰五六樣，筆筆出風塵。

九日登越王臺有感

爲言度厄入山眉，滿摘茱萸上酒巵。烟火數村霜葉亂，沙汀一抹暮帆遲。鷓鴣有意悲芳草，宫殿何心動黍離。薄醉只餘雙眼在，半山斜日讀殘碑。

過雪溪尋鐵公不遇

蔬根香瘦筍尖肥，點點巖花上客衣。坐冷蒲團人語静，滿樓風雨夕陽歸。

戲爲鄭郎納妾歌

侍兒二八嬌無力，纔得新郎喜還泣。自言儂面楚江月，紈扇輕遮蛾眉雪。菡萏初香荳蔻肥，芙蓉新映緑蟬翼。自憐柳葉瘦腰肢，猶恐今宵絃索澀。銀釭銷歇寶釵光，輕挽羅襦不敢入。須臾夜冷指尖寒，偷解明璫倚牀立。

題筶藺讀書圖

按，福州烏石山之石林，乃友父豸園林。鼎革後蕪廢，後友與子遇修整而居之，友作「筶藺」長丈餘，讀書其中。

許子縛茅於家莊，竹枝白板開重門。永日散髮讀書堂，不知爲市爲窮村。種花百本立砌傍，掘地放泉松樹根。一日百遍花下忙，前日開紅今日存。細看滿衣濕輕光，擊掌倚檻笑無言。初秋蟲葉落琴牀，新春竹子復生孫。烟波百尺集夏塘，藕花雪浪聞茶樽。楓枝漸老冬欲霜，雲林瘦樹穿月痕。瓦甌浮滿筆不荒，一鍤自鋤還自藏。忽有奚奴會心樂不忘，口説長安貴人無爾尊。

秋江渡月

買得菊香舟，輕過野渡頭。蓼花深夜笛，楓樹半江樓。有影無非水，何聲不爲秋。五更清夢足，撥草動蘆洲。

重九雨中天寧寺

古刹載萸觴，登高逸興長。黄花開暮雨，紅葉飽秋霜。酒煮松枝暖，苔沾屐齒香。解衣頻眺望，江海一蒼蒼。

仁王寺即事

不作人間夢，尋僧過講堂。編籬斜補逕，破衲冷堆牀。秋盡一犁雨，燈殘半寺霜。此身禪定去，鼻觀一痕香。

載酒江頭別用始，重遊粤東

亭亭畫舸倚寒津，斗酒同君起數巡。劍氣每分虹電骨，文章敢負雪霜身。一江梅雨歸殘夢，兩地荔枝憶故人。閑記昔年曾到處，驛樓村店句猶新。

登金鷄寺

路入山深耳目迷，全憑春草認東西。花飛高隴芳菲動，秧插平疇嫩綠齊。千疊雲峰江水外，萬家烟火夕陽低。遊人醉感興亡事，敢向空門一借題。

攄虹橋

石橋如蝀枕危丘，身集雲光天上遊。落花數片水流去，暮蟬一聲山已秋。

遊雲居靜室

近上巖頭耳目遥，秋烟山色兩蕭蕭。靜聽籬外濤聲遠，一半松風雜海潮。

舟中苦雨

離家十五日，日日雨中遊。萬壑濤成雪，千山春似秋。芒鞋荒徑草，簑笠暮江舟。短棹惟沽酒，經旬不展頭。

溪行早起

疏點白雲東，前村尚渺濛。曉山寒夢裏，春色雨聲中。楊柳荒江綠，桃花古岸紅。遠看無別渡，簑笠一漁翁。

月夜渡錢塘

不堪常作客，對酒亦無聊。遊子三春艇，錢塘半夜潮。月明江靜泛，風淡櫓輕摇。自笑波濤裏，支離度此宵。

村　居

有園三畝半，百果爭新芳。桐陰覆疏竹，細泉通暗塘。鶴來分一席，客至浮千觴。高懷已平曠，清清淡草堂。

月下過石林問梅

怪石成林壑，茅堂尺幅寬。聽松濤葉響，弄竹籜聲乾。露濕烏衣冷，月侵人語寒。江南梅放月，端是菊花殘。

秋夜登平臺步月

楓林萬樹碧天飛，草舍荒涼盡掩扉。山半蛩聲吟夜月，城頭螢火落秋衣。蘼蕪石壁文章古，寂寞僧堂鐘磬稀。登眺放懷吾勝事，江山高興豈堪歸。

夜泊梅溪

夾岸疏林去路長，柴門流水幾家霜。松生曲檻兼天冷，梅落深溪帶月香。古道有詩題過客，遠江無友伴漁郎。支離此夜風波裏，且對殘燈數舉觴。

宿越山庵

古刹柴門晝不關，晚來無數白雲還。老僧清磬堪留客，暫宿疏林一夜山。

龍江夜泛

茅店江前種野花，嘯歌送棹入天涯。夜深一片江心月，照盡城南十萬家。

山　居

落葉蕭蕭正掩門，山僧野客坐松根。水流花謝無人到，烟火柴橋又一村。

讀書夜靜，聞鐘聲從白月來窺牕牖，奇響泠光，令我心膽俱寂

石樓隱向白雲封，知在岧嶢第幾重。殘夜讀書人未臥，萬山明月一聲鐘。

題　畫

屋築山泥杉木椽，半如酒甕半如船。野人坐臥松陰裏，濤學溪聲高滿天。

秋日集維摩室

卜築人間樂，幽深得地偏。買山多近寺，種石每依泉。無事爲清福，閑行當穩眠。山雲樵落木，茗火雜秋煙。

一個維摩室，平分居士莊。醉聽紅葉下，靜看白雲忙。夢破經聲遠，詩裁花骨香。從吾添好興，蟹美菊將黃。

浦西書院

古道在居村，村深還杜門。雖云堅畏客，靜久復開尊。翠滿半庭竹，雨寒蔬一園。布衾藤枕夢，月上正黄昏。

宿鼓山寺

山門壁立自天開，萬樹松花下石臺。世路已寒沙鳥寂，插秧聲上白雲來。

九日集石林同陳振狂

萸節過三日，登臨喜與君。閣虚全得月，林瘦懶棲雲。萬壑心無盡，千峰意不群。隔山秋寺晚，鐘磬落斜曛。

仲春神光寺看殘月

春心驚過半，林木盡芳菲。泉眼新茶薄，牕頭舊竹肥。鳥遲花上夢，山似月中歸。足愧浮生裏，何因事事非。

過道山院因憶前年讀書此中

去年初夏熱，休暑與君同。藥竈雲烟裏，書聲鐘磬中。晚涼池岸水，曉夢柳條風。念此佳晨夕，相期已不窮。

仁王寺即事

猶是山腰立，居然得遠情。兩邊潮入寺，一半雨過城。客靜僧忘倦，林疏紅亦輕。夜來清夢淺，四面有濤聲。

史蒼航司理招飲西園待月

虛堂前後水，蕩漾在孤舟。雅集皆朋好，相期盡道流。均勻千樹月，安頓一樓秋。爲備沽名酒，從君竟夜遊。

遊道山中口占

老樹蕭森楓葉乾，滿天霜氣正輕寒。拚將兩隻芒鞋去，海上諸峰次第看。度澗穿林足力勤，搜奇似欲與天分。半肩行李詩囊裹，又過他山宿白雲。

花朝前一日攜具西湖，尋林用始居士、幻因上人

訪子直春光，茶蔬載小航。鳧穿蘋藻綠，蝶抱菜花黃。廢塚依頹岸，荒碑出短牆。深人懷想處，相對在斜陽。

何地可閑行，春深日日晴。山川應有恨，花柳更多情。野色自過水，松聲不入城。歸時人已醉，新月上船輕。

寄閔霞碧

別君江上曉晴生，江水人文一樣清。曾憶昔年山夜裏，小樓燈下讀書聲。

懷　友

天空海大君當去，賸水殘山著足難。惟有故人杯酒裏，每從風雨望平安。

題　畫

老我閑身短櫂雙，鬢絲瀟灑北風降。夕陽滿樹潮歸靜，分得沙鷗一半江。

釣得魚肥當酒錢，停歌獨醉看青天。蟬聲問答秋江上，竹箬篷低正晚眠。

別毛文山

江上停舟日色斜，江邊春草繞天涯。吴儂越酒能留客，莫在黄州看菊花。

雨中出東郊

寒食出郊東，人家細雨中。社村知曲禮，農圃見豳風。港竹綠平岸，園桃紅似虹。秧歌處處唱，無調亦能同。

柳鳳瞻年伯招遊紅橋看荷花，歷尋平山諸蹟

二十四橋野水邊，平山堂蹟杳如烟。竹籬繞岸藏書屋，柳檻垂波養鶴田。燕子歌殘明月地，荷花香滿夕陽船。先生醉客情無倦，猶泊紅橋覓酒泉。

宿清涼寺

夕陽歸古寺，萬象尚餘光。獨步翠微上，遠觀天水長。竹根寒草秀，松影落花香。醉語興亡局，西風聲倍涼。

春日園居

野徑荒黄寂寂春，半齋閑得讀書人。卷簾疏雨微寒在，柳線輕柔緑未勾。
緑陰影裏竹門開，百舌聲柔夢乍回。水静山安無事事，膽瓶花滿蝶蜂來。
竹葉輕寒覆檻低，半瓢名酒讀書時。老妻近晚穿鍼罷，戲念予詩教小兒。
好鳥枝頭恰恰啼，每來茅屋伴幽棲。推簾睡足春光老，一半殘陽挂樹西。
但得休居草木安，小園數步自能寬。芭蕉葉下閒來往，一卷殘書斷續看。
兩樹松濤釀細風，數竿青竹石橋東。午眠方足新茶苦，啄木聲移嫩葉中。
連朝疏雨入柴扉，今日晴光落翠微。扶杖偶然花下立，閒看蝴蝶抱花飛。
屋檐藤葉似烟蘿，一壑平泉亦種荷。預備小園遊暑地，傍簾移竹養風多。
梅青如豆晝初長，簡蠹翻書藉竹牀。童子下簾指翁語，落花泥濕燕巢香。

題畫與高雲客並詢心持

按，高兆字雲客。

茫茫天地夜邊明，獨坐應無一念生。雲去雲來何所似，花開花落自多情。寒山破屋人聲寂，矮竹疏簾午夢清。除却溪僧擔酒至，板橋不許一人行。

題畫與黃處庵按，黃晉良字處庵。

泠泠數竹近寒柯，午夢初醒思若何。自是早春風氣好，山樓今日鳥聲多。

過板閘

十年風雪夢黃河，落落乾坤此夕過。天遠百重關塞古，地寬千載廟陵多。白楊蕭瑟烟迷岸，殘夜空明月在波。不向山中種松桂，此生蹤跡尚蹉跎。

青江浦遇翁壽如

布帆吹過古淮揚，風景居然是北方。夜靜月寒烟水黑，秋高人老雁凫涼。柳條葉墜蘆房密，蕎麥花深岸店香。喜有故人湖上至，驛亭酒綠蟹匡黃。

夜泊温家灣憶中軒諸子

何事長飄泊，天涯與水涯。客中惟見月，夢裏但還家。江笛過寒水，山光歸落霞。姤君兄弟好，先我看梅花。

庵前删竹答心持

怪石崚嶒近古柯，小庵如繭覆藤蘿。何因野竹删過半，爲愛連宵霜月多。

喜心持移錫安蔬

性真當獨往，杖履此中遊。閉户花成圃，開簾山滿樓。已知堪避夏，遥想必宜秋。我亦能相過，欲分半榻幽。

早出南郭

戊寅孟冬二十六，許子偶爾之南麓。一峰兩峰白復青，四樹五樹紅且緑。古木欹斜自爲橋，黄茅散漫皆成屋。還憶前村月色殘，鷄聲犬吠猶驚宿。

題淵明獨酌圖

黄花初放酒初香，門巷蕭然意味長。不管人間有風雨，先生高臥過重陽。

作畫

靈谷官梅放未曾，石頭懷古不堪登。無端縛就松鍼筆，畫出青山是孝陵。

閒居志喜

古巷少人過，柴門晏自如。是非都不到，花竹自清廬。觸口偶成誦，夢中嘗著書。園頭有蔬筍，何事在樵漁。

廣崎觀瀑

知君能好事，引我出荒原。野水爭山路，閒花照寺門。瀑聲隨石換，峰勢蹙天尊。高曠應無盡，人間自夕昏。

雨餘倚樹觀瀑

古樹虬鱗蹙蘚紋，數行樵徑草根分。山泉直自峰頭落，流水聲中帶白雲。

登南山古塔

古塔最高頂，偶登身自輕。鳥歸諸島静，城度夕陽平。眼底水田淨，衣中雲霧生。曠然見今昔，懷想有深情。

東河春泛

閑花嫩草媚芊芊，短櫂停歌綠樹前。酒氣未降天已晚，海潮衝漲上平田。小艇如匏傍釣磯，遠山青靄入霏微。風輕日澹秧針軟，白鷺沙鷗下上飛。布穀聲殘春暮天，數灣深浦泛輕煙。漁家竹裏聞簫管，閑抱兒孫看畫船。

銅陵道中

休涼行岸上，楓樹繫江船。村社神能語，山城吏有權。數家鷄犬静，滿目柘桑連。淳樸長如此，原堪分一廛。

天津衛雨中

天津津畔北風狂，河海雙流滙一方。兩岸葦房魚蟹氣，幾家沙市柳梧黄。蕭蕭細雨如昨日，浩浩歸潮似故鄉。回首山樓千萬里，今宵已許鬢成霜。

涂子是病起攜紅白牡丹見過草屋

春去客猶在，此心能不哀。人從病後至，花在掌中開。歲月還天地，山川寄酒杯。蹉跎將壽補，三萬六千回。

郭良師

字克擇，政和人。崇禎間諸生。有掃淨集。

泊三門仔

按，在建寧府城外。

江勢依山轉，山城壓水開。燈明魚市上，楓落櫓聲哀。鄉思宵方覺，名心老漸灰。三門曾幾泊，臨發重徘徊。

全閩明詩傳　卷四十九　崇禎朝四

侯官　郭柏蒼　楊浚　録

胡　深

字月湖，侯官人。崇禎末廩生。有玉壺詩集。

閩中録：月湖取材開寶，匠法弘正，力去公安叫呶之習。其集未曾刊刻，故諸選罕及。吾友侯官謝孝廉金鑾向其後人取出，録數十篇，未知終得付梓否也。蒼按，胡深嘗遊武夷，與藍素先道人、金鶴奴、張癡癡爲方外交。武夷山志未收。

遊毘濟潭

暮春天氣佳，發興在山水。載酒過渡亭，兼以訪禪子。忽然望潺湲，聲光落數里。絶岸天削成，洪濤生尺咫。灣環黝冥寂，蛟龍之户圯。我來白日中，如坐雷雨裏。礐窄凌垠崿，有石平似砥。流泉布其上，兩旁連榻几。浮觴於其中，邐迤杯自止。空尊復洄沿，無煩客坐起。潭水有奇情，人生有至理。因以悟平陂，泠然去泥滓。題詩別毘濟，庶存毘濟美。

寄祝金道士按，道士名象。

共言遊武夷，接筍人辟易。頂開數畝天，下視只片石。龍脊與雞胸，本不通凡屐。緬彼峰頭人，躭奇結真宅。清姿映雲霞，骨節凌霜柏。奇峰與至人，性情兩相適。腸已化成鐵，名註長生籍。我昔憩松陰，晤言數朝夕。迴舟掩柴扉，猶憶疇如昔。欲稱紫霞觴，乘風無羽翮。聊爾揮素箋，寄祝雲外客。

送藍素先歸武夷兼寄張癡癡道人

武夷山中有仙骨，萬丈巖頭船駕壑。真跡長留天地間，未許凡夫擬棲託。我友藍君天下奇，早歲攜家侶猿鶴。讀書盡理破萬卷，顏如渥丹神鋒鍔。予昔維舟九曲邊，性情相賞契冥寞。至今未跨白鹿車，每念賓雲心作惡。偶逢仙客出山來，相對如與諸峰薄。盤桓未久挂帆歸，臨歧草草與君約。丈夫豈作醯鷄耳，生死甕中淹糟粕。爲我寄言張老人，大王峰頂開玄鑰。讀易近悟損益篇，擬就先生參寥廓。朝進幔亭紫霞杯，暮宿更衣蒼石閣。結屋玉井飡芙蓉，長跪願乞丹頭訣。鐵龍吹破萬山秋，手捧瑶函摇天闕。

宿大華寺贈聞可上人

尋秋獨到湖中谷，老僧留我繩牀宿。夜深雲室一燈懸，高拈禿塵談鋒肅。言中何處覓真詮，開門月照數行竹。中原氛祲高千尺，向子五嶽成阻隔。明日歸家索斗儲，褰衣高揖超塵客。

秋日有懷

西風初動日，襟抱幾重幽。清露梧桐夜，疏燈蟋蟀秋。讀書存古道，閲世長新愁。知子應懷我，題詩六六樓。

懷莊二兮

天涼河漢澹，燈上小牕虚。讀史三更後，懷人一葉初。山深秋氣早，村遠碪聲疏。知子烏峰下，相思已夢予。

春日遊廣明寺遲爾繩禪丈

山繞廣明寺，攜笻陟翠微。梨花寒一徑，楓葉掩雙扉。客向雲邊入，僧從竹下歸。蒲團趺坐久，香氣上春衣。

冬日同友人往郭外看池中梅

偶爾尋梅至，園林異昔時。風塵雙眼倦，生計一枝知。影淡籠烟瘦，香微度水遲。無由理舟楫，悵望練塘湄。

季冬六日同柯賓暘、林水心、高子羽晚登廟山

招我尋梅至，遊蹤何處宜。寒情霜雪夢，勝事杖藜知。古廟疏林暮，孤城落照遲。還因高士在，杯酒滯歸期。

雨中偶成

雨聲侵古刹，涼氣滿龍湖。烟嶂微高下，溪雲帶有無。香殘敲火續，竹醉倩欄扶。短睡

齋鐘後，山山聽鷓鴣。

過董崇相夫子祠按，在福州郡治府學射圃。

董公祠上日初晴，我欲臨風一獻觥。精爽九原知小子，江山千古識先生。當年已料危亡事，今日應聞歎息聲。俎豆蕭條黄葉滿，不禁雙淚和秋碪。

立秋後三日寄卜會上人

兩岸沙痕水始消，閒尋鷗鷺上輕舠。秋來海上方三日，人隔湖東第一橋。梅屋有詩常草草，竹居無夢不蕭蕭。憐予近況支離甚，惠遠空山許見招。

立秋寓大華寺

古寺蕭條耐索居，西風林下晚涼餘。千村細雨新潮夜，萬里清江一葉初。老去杜陵惟有句，愁來虞氏豈無書。乾坤震動吾儕老，只與漁樵跡未疎。

春日同諸友登覆鼎，余陟其巔，諸公不能從

文公寺寄翠微巔，有客提壺過玉泉。萬里青山誰問鼎，一生白眼但窺天。樹圍谷口煙霞老，洞闢巖頭薜荔連。四海兵戈困頓甚，何如終結靜中緣。

歲暮抵鄉喜同人集梅花屋

勞勞鬚鬢度年華，歲晏江頭始抵家。不畏文章憎世眼，只愁風雨負梅花。一樽留客柴門靜，半壁攤書樹影斜。養拙已甘丘壑裏，淡雲微月總生涯。

同昌鯉登石門

兵燹驅車何處停，石門避我不曾扃。橋頭秋老魚龍寂，谷口雲深虎豹腥。地僻詩心依菊淡，雨餘山色鬬松青。不堪日暮舒眸望，點點飛鴻落晚汀。

臘月同盧賁仲、鄭君基宿白雲堂按，盧灼字賁仲。

斜陽石鼓尚飛鴉，臘盡相攜聽法華。霜入鐘聲寒客夢，山添月色護梅花。諸天籟寂留元氣，一室燈光照佛牙。數載白雲頻借榻，卻疑身寄老僧家。

春日山居雜興

東風巖壑盡芳菲，茅屋三間倚翠微。水白磳田秧已蘸，草青畦隴犢初肥。偶逢溪友尋詩至，時有山僧乞畫歸。頻汲寒泉澆藥圃，花香幾度上春衣。

佳辰草木滿寒居，冷澹情懷與世疏。山色漸青鶯叫後，梨花乍白燕來初。撐舟有客尋秦洞，掛角何人讀漢書。昨夜籬頭新雨過，呼僮理圃種春蔬。

玉泉試茗煮潺湲，近愛逃禪學閉關。出寺鐘歸青嶂斷，過湖僧伴白鷗還。野花無數名難辨，亂竹多情笋莫刪。更擬續成高士傳，不教筆墨寂空山。

山中積雨懷社中諸知己

石林竹屋凍雲封，曉起寒牕四望濃。赴海溪聲都帶雨，入洲江氣欲浮峰。泉飛佛舍鼓鐘濕，樹繞人家烟火慵。寫就寄懷詩數紙，瀰茫何處問鴻蹤。

山中有懷莊子二兮

夕陽人散寺門扃，風送厨烟繞樹青。極浦帆歸潮始落，空山月上酒初醒。老僧入定參玄偈，童子依禪課晚經。忽憶環峰峰下客，吟成詩句寄誰聽。

小春社集有杞堂 按，林先春所居，在福州郡治文儒坊。

青山江上買初成，開社年來又入城。白滿蒹葭知露重，紅深枸杞報霜晴。乾坤此日成風雅，湖海何人更弟兄。杯酒不辭佳會醉，歸途明月解相迎。蒼按，嚴氏詩緝：詩有三「杞」：鄭風「無折我樹杞」，柳屬也；小雅「南山有杞」、「在彼杞棘」，山木也；「集於苞杞」、「言采其杞」、「隰有杞桋」，枸杞也。此指「南山有杞」之「杞」爲「枸杞」，誤。

秋　懷

空山獨坐易支離，秋雨秋風百感披。瘴嶺千重人去遠，海天萬里雁來遲。夜焚積葉書茶史，晝引幽篁讀古詞。世事漸非予漸老，銜杯只恐酒醒時。

半天峰影落寒溪，中有伊人是阮嵇。草屋近依黄葉下，竹樓遥隔白雲西。荷鋤入谷來尋藥，把甕臨江學灌畦。只恐秋風吹夜靜，愁聞萬馬鎮中嘶。秋來江上感懷頻，雨歇高樓四望新。天下文章天下士，意中山水意中人。洞留鷄犬都忘漢，字就春秋不賣秦。最是清幽塵世外，草堂初築結雲鄰。秋到浮峰草木彫，側身今古果無聊。霜催蓼葉紅連野，風碎芭蕉緑過橋。江口戍聲喧夜堞，海門兵氣擁寒潮。行吟日日誰同語，壘塊胸頭倩酒澆。按此詩，則深曾避地長樂縣。秋深黄葉積空亭，人靜風微酒力醒。欹枕溪聲十里響，捲簾山色數峰青。綈袍湖海羞憐士，兵甲乾坤不識丁。緩步平原無箇事，渡頭落日滿沙汀。

彭鑫雲

字石鐘，侯官人，善長兄見下。崇禎中諸生。

題榕庵詩有感按，在福州郡治烏石山。

高館三榕在，曾傳二妙吟。歲時行樂處，貧賤訂交心。堂構承先業，亭臺覆一岑。如君有孫子，種樹是成陰。蒼按，榕庵爲韓錫、林蕙讀書之所。錫卒後，榕庵凡五易主，中經兵火。康熙戊午以後，蕙子賓嘉、皦，復得而修葺之。

初夏同松心、竹筠集道山景堂按，林賓嘉字松心，皦字竹筠。

時雨連宵碎客心，新晴扶杖快登臨。牕開高閣山如畫，日射層城樹倒陰。先代儀型存古誼，一朝儕輩愜幽吟。縱然老去偏多暇，竹下柴扉逐日尋。

春暮同二珍宿方得庵放鶴樓

春殘月色連宵好，每到君齋信宿回。垂老歡娛惟舊侶，快人心目有高臺。深深叢竹敲門入，的的時花傍路開。莫以憂危忘歡樂，愁腸終古借銜杯。

彭善長

字爾仁，蠡雲弟，見上。侯官人。崇禎中庠生。

柳湄詩傳：善長端重好學，該博子史，筆法鍾王，而心通宗乘。閩詩傳稱其「胸中有萬壑爭流、千巖競秀之想」。與高兆、陳日浴、許璔、卞鼈、曾燦垣、林偉稱「七子」。

花朝前一日草堂病起

小徑空堂風自和，佳辰强起尚微痾。黄鸝嫩囀隨芳樹，紅藥新抽出薜蘿。坐惜年光共流轉，生嗟筋力付蹉跎。明朝好趁看花約，白日青春一放歌。

與僧松間煮茗

萬事從頭一例删，獨餘清興伴雲閒。松間一火烹泉後，放眼憑欄看暮山。

廖琪

字攻瑕，侯官人。崇禎間庠生。有劬園詩草。

柳湄詩傳：琪幼穎異，爲人深厚有容，無意仕進，築劬園隱焉。

冬日同趙元夫登五峰寺訪旭初上人

支公高潔老禪家，獨對青山課法華。時剪雲根縫野衲，細裁雪片補梅花。五峰日色籠芳靄，萬仞濤聲帶暮鴉。煮茗分香侍師側，翩翩衣袂動烟霞。

林雲從

字劍影，連江人。崇禎中諸生。

秋日送董孟峰卜隱雪峰

高潔乃如此，端宜隱雪峰。挈家過枯木，編槿納霜鐘。詩補秋山色，尊移夜雪容。更宜雲外夢，高枕任晨春。

秋日寄懷陳肅宇

秋深方覺笑顔違，空對寒花獨掩扉。見月依依如有約，望雲日日欲俱飛。葭香染水人何在，雁影拖烟客未歸。惟有夢魂無險阻，千山風雨覓魚磯。

李根

字雲谷，侯官人。崇禎中布衣。

柳湄詩傳：根沉敏，工詩善畫，有李咸熙之風。

秋牧

一笛千山晚，穿林萬葉疏。石頭頑作枕，牛背穩於車。徑險秋雲薄，蓑寒暮雨餘。遲歸歌叩角，長夜復何如。

曉集西湖訪幻因上人

聞師復種柳，還憶舊清明。汲水饒殘月，修枝漏曉晴。沙邊幽鳥宿，隄外野烟平。覓句經行處，悠然碧浪生。

余　懷

字廣霞，一字澹心，又字無懷，別號鬘持老人，莆田人。崇禎中布衣。有研山堂詩、西陵唱和集、味外軒藁、曼翁藁。

漁洋詩話：余澹心居建康，嘗賦金陵懷古詩，不減劉賓客。謝公墩云云，孫楚酒樓云云，雨花臺云云，勞勞亭云云。順治辛丑寄予廣陵，余答詩云：「千載秦淮水，東流繞舊京。江南戎馬後，愁絶庾蘭成。」「鍾阜蔣侯祠，青谿江令宅。傳得石城詩，腸斷蕪城客。」

本事詩小序：澹心留寓南中，徵歌選曲，儼如少俊。梅邨贈言有「石子岡頭聞奏伎，瓦官閣下看盤馬」之句。過江風流，應復推爲領袖。

東越文苑後傳：余懷字澹心，一字無懷，號漫翁，又號鬘持老人，興化莆田人，僑居江寧。懷生明季，才情豔逸，傷亂流離，詞多悽麗。順治中賦金陵懷古詩，新城王士禎以爲不減唐劉禹錫。贈之詩云：

「千載秦淮水，東流繞舊京。江南戎馬後，愁絶庾蘭成。」「鍾阜蔣侯祠，青谿江令宅。傳得石城詩，腸斷蕪城客。」太原閻若璩亦言：「父執余澹心詩，今人不能到。」隱居吴門，徜徉支硎、靈巖間，年八十餘卒。長洲尤侗輓之云：「贏得人呼魚肚白，夜臺同看黨人碑。」「魚肚白」者，金陵市語，染名也。懷與杜濬、白夢鼐齊名，號「余杜白」，故云。有味外軒稿。子賓碩，以淹博聞。

拜于忠肅公墳

今古錢塘割昏曉，江潮怒嚙英雄老。松柏森森北斗低，忠臣墳上無啼鳥。隔湖月照鄂王墳，淚灑兩朝冤少保。憶昔景泰年間事，隻手扶天助天討。司馬門前鐵騎寒，居庸城外欃槍掃。誰知徐石爭奪門，南内鐘鳴還大寶。碧血淋漓濺西市，青山白骨埋烟草。靈旗晝展鼉鼓喧，遺殿嵬峨萬花繞。山鬼一脚不敢出，始信忠魂獨縹緲。我來拜公公豈知，孤舟落日西陵道。杜鵑叫罷行人稀，銀濤白馬歸華表。孫九思云：「可作少保廟碑，能令悲風四起。」

雨後登湖心亭

雨歇舟初定，烟波擁一亭。橋分千頃緑，鐘斷數峰青。駕水浮明鏡，環山列翠屏。登臨憑極目，愁絶是西泠。

喜雨

老樹秋風到，孤亭夜雨懸。稻花如有喜，豆葉不須憐。路暗迷鄰笛，江空失釣船。明朝著高屐，踏破郭西田。

送陳徙侯之采石

亂離頻送別，杯酒最關情。往日愁中過，新秋江上行。片帆湖海氣，兩岸鼓鼙聲。細雨高樓外，看君渡石城。

自畫溪經三箬入合溪

行到水窮雲又生，谿橋重疊瀫紋平。荻蘆風起飄漁網，桑柘影稀聞犬聲。樹杪雲歸山市散，灘頭磓急夜燈明。綠蓑青篛閒來往，最喜無人問姓名。

和楊烱伯見贈

種瓜何地是青門，愁見濛濛八表昏。芳草故鄉春閉户，落花寒食夜開樽。荒鷄鳴處誰能舞，舊燕來時我尚存。雨後不知山徑滑，遲君雙屐印苔痕。

贈黃坤五宮詹按，坤五，文焕字。

東村寂寞老漁樵，曾把文章謁孝標。馬厩秋風嘶海月，龍門夜雨泛江潮。十年鼙鼓聲方暗，六代樓臺恨未消。幸有故鄉先達在，每從花塢聽簫韶。

同劉旅皇阻雨三宿巖

風删殘葉亂潮音，愁聽鳥啼月色深。杯酒乍逢惟我輩，江山如舊媿登臨。疏鐘隔樹傳僧火，野笛穿雲老客心。爲問當年三宿處，漁樵説罷淚沾襟。

臥病風雪中讀華山道士逸詩有作

鶴骨支離臥石牀，幾回觀史覓春王。晨風吹卻千年夢，夜雪銜來百尺香。無數鬼神環劍履，有時傀儡著衣裳。艱難苦恨愁多病，漫説天山故戰場。

題宫紫玄春雨草堂圖

流水荒村第幾橋，一亭春草雨蕭蕭。尊開北海遲新月，船過西湖帶晚潮。人爲窮愁多著作，地因征戰罷漁樵。杜蘅芳芷繚天末，鶴放孤山不用招。

登北固山

谿午風傳何處鐘，寺門猶種古時松。幾行空翠生銀漢，一片浮青挂玉峰。人去孫劉遺劍跡，地從江海擘雲封。懸崖斷處無飛鳥，錫卓茅庵鉢放龍。

渡曹娥江宿迴龍庵

雲濤秋漲湧山根，牛背銜寒古寺門。烏桕丹楓臨水岸，白沙翠竹繞江村。禪關暮掩霜生榻，茅舍秋深菊滿軒。坐待老僧煨芋熟，夜深無語聽啼猿。

江月江花絶可憐，登樓一望豁江天。乘潮適去三千里，作客重來二十年。黄絹有碑傳孝女，丹砂何處覓神仙。不妨山鬼吹燈滅，曉霧沾衣又櫂船。

吴門雜感

搔首江闌七十橋，鬬雞陂下草蕭蕭。無端醉擊雷門鼓，潛向花陰哭海潮。
茂苑樓臺接五湖，蓴絲菱片野雲孤。烟波一櫂鴟夷子，閑對西施話沼吴。

無　題

紅羅亭下寫蛾眉，憔悴江南剗襪辭。依舊西園緑蝴蝶，春風吹上木蘭枝。

孫楚酒樓

江南城西酒樓紅，無數楊柳迎春風。孫楚去後李白醉，千年不見紫髯公。

雨花臺

雨花臺上草青青，落日猶銜木末亭。一綫長江三里寺，千年鶴唳九秋螢。

勞勞亭

蔓草離離朝送客，驪駒一作歌。愁唱新亭陌。夜深苦竹啼鷓鴣，空牀獨宿頭皆白。

謝公墩

高臥東山四十年，一堂絲竹敗苻堅。至今墩下蕭蕭雨，猶唱當時奈何許。

贈李香

生小傾城是李香，懷中婀娜袖中藏。何緣十二巫峰女，夢裏偏來見楚王。板橋雜記：李香身軀短小，膚理玉色，慧俊婉轉，調笑無雙，人名之爲香扇墜。予有詩贈之，武塘魏子中爲書於粉壁，貴陽楊龍友寫叢蘭危石於左偏，時人稱爲三絶。由是香之名益盛。

再命舟過婁東由崇明渡海，乘潮抵沙頭。

夜火沙頭市，人喧竹樹中。船開仍映月，帆飽不禁風。已見吴濤白，回看海日紅。舊遊城郭是，芳草滿婁東。

同石苓登天寧寺塔

拔地插高標，穹蒼接馳驟。崔巍削巽維，峻極屹乾首。金莖吐青蓮，玉柱迴丹鷲。烈風吹石門，憑空怖牕牖。傾耳奔雷霆，天海相戰鬬。瀛壺樹影懸，洪濤擁川后。群山排芙蓉，城堞錯如繡。依稀一鈴語，似欲驚鼉吼。側聞楚禪師，一磚誦一咒。非經神力扶，莫識坤輿厚。我來拾百梯，陟巔摘星斗。摩娑龍女珠，天花滿襟袖。塔成有龍獻珠，天雨花之瑞也。

游天寧觀楚石禪師衣鉢歌

天寧西齋有法寶，一衣一鉢傳楚老。大幅白氎領微襞，細紋闊製工何巧。國初貢自高麗王，頒賜名僧古來少。鉢形九寸髹似漆，旁著四股相迴抱。穿綴雕環貫以珠，復以精銅冒其杪。中有波浪翻桄榔，餘地黄金嵌香草。二物收藏三百年，江花海月含文藻。夏鼎商彝久淪落，珠襦玉匣終難保。萬事傷心空野烟，對此茫茫色枯槁。山谿鹿過鳴蘿鐘，門外松花落如掃。

宣德窑脂粉箱歌爲萊陽姜仲子賦

宣皇垂拱天下寧，海晏河清休甲兵。宫中雲門徹天響，端冕凝旒俯鳳城。君臣翰墨灑日月，萬里山川朝帝京。黄門紫禁烟花繞，鐵馬銅龍轆轤曉。宸筆會圖鞲上鷹，兼工藻荇添魚鳥。小爐精製金盤固，匹紙流光玉膚好。御墨甜香絶世無，剔紅厰盒雕鏤巧。成都宫扇展琉璃，景德磁盆嵌珠寶。官哥定汝皆名窑，才人捧出盛仙桃。天顔一笑愛美器，咨爾司空鎮上饒。一瓶一盌勝珙璧，瑩白縹青映碧霄。禽荒色荒俱有戒，别館離宫無粉黛。我觀此箱形象奇，玲瓏閣道戀浮翠。問名名曰脂粉箱，金溝清泚銀花碎。點雪辰游五柞宫，塗朱夜入雙蛾隊。姜郎嗜古多收藏，此箱價重兼金買。自從海内風塵昏，矢流王屋妖星孛。奇珍半化赤土灰，環寶全歸黑山帥。殘脂賸粉滿長安，斷研零琴市兒賣。此箱完好手未觸，獸錦囊包須韞櫝。想見當年郅盛時，上陽白髮蒙湯沐。水嬉宴罷宴頭鵝，六宫同享昇平福。二百餘年時事變，舞馬空嘶杜鵑哭。野老何爲拜茂陵，愁唱霓裳羽衣曲。君不見柏梁高臺承露盤，金銅仙人淚如瀉。又不見灌嬰將軍祠上瓦，一寸黄金土同價。藥房藝圃比清閟，玉軸牙籤鄴侯架。秋水一池環草堂，松風謖謖披東牆。哀時覽物三歎息，請看宣窑脂粉箱。

鄧孝威云：「敘次興廢，婉轉抑揚，其虛實離合之間，大有古法變動。非曼翁熟於杜家，不能以史筆作詩歌也。」

吼　山

忽驚山影過帆前，更展江湖極目天。僧在別峰雲縹緲，客迷歸路水嬋娟。魚穿九曲風燈亂，葉落千尋石磴懸。共説此間堪避世，不知疏鑿自何年。

題曹娥廟壁

漢安年代越江東，江上靈旗映水宫。五日屍浮真父子，千秋血食女英雄。船迎鼉鼓波濤綠，殿壓蛟門蠟炬紅。一道殘陽催客去，野猿沙雁叫秋風。

登白塔長橋望鑑湖

我來十月鑑湖涼，水鳥高飛豆葉黃。百里風帆動哀壑，兩江煙樹起斜陽。橋通宛轉波如雪，人在虛空鬢有霜。廢圃荒林秋色老，雲蘿山翠繞衣裳。

遊弁山資福寺呈霞胤師

一片風篁擁翠微，晚風初動白雲稀。谿邊細草薰遊屐，石上秋花點衲衣。永夜松聲山鬼嘯，諸天梵唄鉢龍歸。趙州茶熟人人醉，臥聽空林木葉飛。

登碧巖

拖條竹杖尋山去，坐嘯高寒第一峰。正喜野花開蘚徑，遠愁楓葉響霜鐘。珠簾噴雪天常雨，石壁排雲地有龍。只得懶殘煨芋熟，柴門應見白雲封。

秋日遊碧浪湖夾山漾

西園山色鎖寒烟，歌舞隨身絶可憐。雪似茗花雲似錦，篷村推入白鷗天。

城南春眺

誰家芳樹轉啼鶯，古寺平坡細草生。欲問齊梁舊風景，江流環繞秣陵城。

上巳雨中看花作

棠花開盡又梨花，燕子春波蹴尾斜。何處繡簾彈錦瑟，美人寒食又天涯。

金陵寺看花

葱蘢歸路亂山迷，岸柳牆花翠葉低。竹外斜陽天外月，照人分手石城西。

秋日郊居

柳岸飛魚沫，蓮塘起雀風。半牕虚夜壑，一榻擁秋蟲。江米傳新稻，山花落晚紅。逢迎青眼客，憔悴白頭翁。葵葉沾清露，人歸戍鼓中。

秋雪飄黄竹，雙扉掩石汀。山香迷野燒，波影碎江星。蛺蝶衣猶緑，鸕鷀盞更青。官橋吹玉笛，鄉樹倚銀屏。門外潮聲急，攜壺坐小舲。

陶菊手自種，楚蘭人未鋤。傾杯愁竹葉，入饌喜江魚。巖月窺花簟，溪燈點梵書。雲衫染椶笠，松麈挂柴車。漸與俗人遠，漁樵能起予。

自吴郡送吴園次太守之任吴興，舟中和龔芝麓尚書韻

千里江流一鏡清，十年郎署出專城。早辭明月雙旌發，卻趁春風五馬行。夾岸桃花牽纜錦，隔溪楊柳踏歌聲。使君最有高吟興，臥看湖邊細草生。

愛山臺

臺在署堂右偏，東坡遊道場山何山有云：「我從山水窟中來，尚愛此山看不足。」郡丞汪泰亨築臺，以對兩山。所謂「碧瓦朱欄」者，猶堪彷彿。

春鶯喚我獨登臺，十里人烟四面開。碧浪波流舟上下，白蘋風起燕飛迴。落花寒食初停騎，芳草斜陽共舉杯。聞道吴興山水窟，使君真爲愛山來。

贈王阮亭

甲辰夏五日，曾問廣陵潮。可愛王司李，官亭屢見招。文章名士酒，風月美人簫。此會真難得，瓊花嘆寂寥。

不見王生久，風流直到今。詩人惟我輩，天下少知音。懶啓青油幕，空調緑綺琴。闕門多紫氣，搔首憶登臨。

登臥龍山

薄暮登山阜，寒烟帶雨痕。竹梢三里寺，桑葉幾家邨。遠浪摇江島，長蕪入縣門。舊時王謝宅，今日幾啼猿。

吉山夜宿

殘雪積巖阜，暮鐘來寺門。犬吠白雲徑，馬嘶黄葉邨。山尊聊可醉，旅夢不知喧。前路崎嶇甚，寒流落屐痕。

自松陵至檇李舟中雜詠

一河春水漲桃花，小艇隨風日未斜。蝴蝶紛紛滿芳草，獨憐遊子不歸家。

舟泊楓江雨中集吟，蓼庵與姜如須分韻懷舊

明月楓江繫釣船，六朝煙樹恨無邊。登樓已過三千里，握節何堪十九年。梁父吟成悲白帝，離騷讀罷問青天。傷心偏是班荆社，詩酒飄零最可憐。

夜泛胥江

月色照吴縣，盈盈江上花。寒雲送歸雁，遠浦動棲鴉。暮笛長吹客，春帆早別家。不知芳草路，來往是天涯。

返櫂山陰道上

昨夜柯亭笛，閒吹向夕陽。殘花隨片雨，舊樹老千霜。世亂難乘興，途窮只望鄉。酒船空載月，拂袖過滄浪。

遠遊詩

紛紛花柳映沙隄，豈有千金購馬蹄。痛哭江陵張相國，孤墳猶在洞庭西。

贈曹秋岳

按，曹溶字秋岳。

野田漠漠楊花飛，老我孤雲無所依。漂麥自傷爲學苦，割氈莫歎知音稀。吴宮秋井舊深淺，漢苑春風今是非。一笠一瓢可憐子，櫻桃已紅胡不歸。

和阮亭冶春詩

銀柱琵琶鐵笛仙，茂林修竹聚群賢。幡飛鳳子東風軟，汴水西流二千年。

孫學稼

字君實，自號聖湖漁者，昌裔子，見上。起宗父，侯官人。崇禎中諸生。有蘭雪軒詩鈔。

閩中錄：聖湖家累代簪紱。其父鳳林先生，視學兩浙有賢聲，見明季國事日非，棄官歸隱。聖湖早有文名，鳳林不使應舉，若預知有滄桑之變，不忍其子爲亡國之大夫者。聖湖亦深自韜晦。即勝朝，且不得而物色之。鼎革後，放浪遠遊，匣劍囊琴，足跡幾遍天下。所經山川，各有題咏，以其鬱勃悲涼之氣發爲詩歌。後竟客死覃懷，其子起宗徒步五千里，抱遺文，躬御喪車歸葬。生平所著有蘭雪軒草三十卷，十六國年表論五卷，備遺日錄三十卷，群言類鈔二十四卷。蒼按，群言彙鈔乃彙書，不必傳。蘭雪軒草世無刻本，居常以未見爲憾。己未秋，故人子劉建炎攜一帙來，乃聖湖子起宗所手錄者，凡古樂府七十五首，五言古九十首，七言古一百一十首，五言排律二十五首，才力宏富。謹擇其尤者著之，餘皆已散失不可見。曾士甲詩傳僅載五、七律二首，兼採之，以補近體之闕。蒼按，君實詩美不勝收，將來當有選刻。約存三十二首。

柳湄詩傳：孫提學昌裔於烏石山天臺橋側結石粱書屋，題石曰「大明孫子長讀書處」。後又得閩山光祿吟臺地，子學稼、學圃讀書其中。後稼、圃舍石梁書屋爲道山觀。東越文苑後傳：「學稼幼能詩，垂髫補縣諸生，時明已阽危，閩中尚安堵。孫氏故衣冠家，居宅、别墅，林泉清美，過從濡染皆名彦。故學稼雖少承世祿，刻勵過寒素。唐王入閩越，開儲賢館以待士。宦族强半登進。學稼從父昌祖、昌全皆居清要，父執多九列，學稼獨漠然自守。唐王敗，先幾避跡長樂之三溪。及魯王下福州，傍近郡縣或勸之仕，不應。順治五年，亂定返故山，田園盡失。乃出遊吴楚、齊魯、燕趙、秦晉，耽杭州西湖之勝，自號聖湖漁者。歷三十年，每間歲歸一省母而已。逆藩耿精忠之未叛也，學稼適歸里，知有變，託其家於友，復跳出。及難作，知名士多迫污僞命，衆始服其遠識。學稼行方而氣和，自處在謝翺、楊維楨之間。既消落自廢，則舉天下山川徼塞、井宿祠墓，舊聞之忠佞，人事之得失，四方耆舊之顯晦生死，慷慨激楚，一發之於詩，愴然有麥秀、黍離之遺音。當明之亡，逸民遺老往往抱三閭之哀怨，禽啾蟲咽於空山窮巷之中，風雨江湖之上，論世者悲其志而不能廢其辭。故乾隆中編四庫書，以張仁熙、徐振芳、韓純玉諸人之作並摭而録之。在閩越，若福清林茂之，侯官許友，莆田余懷，建寧丁之賢、朱國漢，閩縣徐延壽，長樂謝杲與學稼，皆其倫也。不幸遺文零落，存者什一。故罕得進於石渠蘭臺之府焉。學稼晚焚其少作，斷自順治丁酉，始爲蘭雪軒集三十卷，同里黄晉良、高兆序之，然世無知者。康熙三十年重九殁於懷慶僧舍，子起宗走數千里奉喪及遺書歸。久之，集爲其裔稚女誤毁。嘉慶六年，縣進士陳鍾濂得其稿於京師，皆顧炎武、紀映鐘、陳日浴等論定者。進士從父庚焕復得其所缺逸詩數十篇，乃合録以傳於世。又有十六國年表並論四卷，備遺日録、群言彙鈔四卷並亡。」光緒辛巳，楊雪滄出陳太史壽祺所藏顧亭林評點蘭雪軒鈔本詩，雪滄又續得君實所撰閩會小紀百韻，囑爲刊布。按，明會小紀詩乃起宗爲其父箋註，引用淹博，亦秘本也。

鉅鹿

客行日杳杳，驚沙撲征裳。名都適在眼，忘我道路長。層城翳雲漢，白日隱餘光。憶昔楚漢交，龍戰紛玄黃。項籍方喑啞，秦聲裏殘創。聲震壁上軍，膝行諸侯王。鵰鶚嘯平原，毛血灑鶬鶬。志堅萬人敵，猛氣淩秋霜。去之且千載，名稱猶煌煌。風悲大將壘，月冷古戰場。

潼關

潼關得天險，西控崤函要。連山吭背雄，大河襟帶繞。俯視當百二，萬夫空振掉。今古互霸王，豈徒擬亭徼。往昔喪亂初，群醜輒奔跳。二陵風雨驚，六郡妖狐歗。守將學哥舒，出入無訶譙。乃令天府區，殘戮靡遺噍。險阻不足恃，興替未可料。憯淡萬古懷，當關一憑弔。

與張純初道師坐月

日入謝衆喧，清籟生靜耳。涼風吹廣除，明月湛如水。相對轉危坐，無言觀物始。至陰乃生明，闢翕互根柢。煜夜行長空，妙函至陽理。升沉無往來，盈虛驗伏倚。誰育金蟾蜍，更陟玉階阯。群星各分照，一源給衆委。夜久思逾幽，浩露零泥泥。蕭然據槁梧，今昔異隱几。

送張一衢南還

花風三月時，薊北草猶短。垂柳臨長道，啼鳥春聲緩。執袂送故人，班馬不可挽。故人江海客，京國才名滿。長孺揖客重，亭伯迎門款。獻賦十年餘，旅食仍策蹇。自許稷契儔，未甘巢許遯。投牒得百里，待次聊息偃。暫與金馬辭，獨向江村返。浮舟越春潮，輿轎陟雲巘。天意老奇材，許身故未晚。古來稱大器，勛庸遲始建。獨悵燕市遊，酒人屢分散。別思日以長，津途日以遠。芳草碧於煙，腸向浮雲斷。勸君盡離觴，更命江南管。

與青門泛舟石頭城下，因至靜海寺，登三宿巖

分日探幽勝，亦覺遊人勞。邱壑遠憚涉，市朝多紛嗷。出户擇所適，聊以紓鬱陶。長波匹練光，因泛一葉舠。榜人發清嘯，和風吹素濤。崚嶒石城下，百雉冠巨鼇。鬼斧設深險，輸攻偃旗旄。誰憐六代月，凄清照空濠。徐信向前櫂，寺近聞蒲牢。連棼拄玉礎，寺殿有十六礎，皆碧玉。古殿暗金膏。披榛入窅窱，霾雲翳簹篣。晴景互明晦，寒響爭颼飀。靜欲呼猿鶴，陰疑竄鼯猱。始知丈室内，縱横獅座高。祇此足臨眺，可返山陰艘。

長相思

長相思，在遠道。秭雋啼月春歸早。柳絮作萍花作泥，平蕪極目多芳草。少婦閨中錦字愁，玉門關外征人老。可憐桃李片時妍，淚眼看花未曾燥。長相思，心如擣。

夜聞鄰舟歌

清江夜永寒鴻棲，平林蕭瑟潮欲低。孤舟冷月不到夢，何來法曲聲慘凄。中宵起坐萬感集，長空響奪危樓篴。水際愁雲凝不飛，衣上霜華淨如滴。鼙鼓西馳滿舊京，人間疑有

永新聲。不堪況是潯陽路，明鏡明朝白髮生。

主金陵遇許天玉按，許琺字天玉。

去年西子湖頭別，北風萬里吹風雪。今年同過金陵道，載酒還悲鬢霜早。金陵縣前江杳冥，征人來往勞勞亭。多君黑貂爲吾解，共將白眼向誰青。吴宫梁苑荒樓閣，秦淮水淺秋雲薄。藏烏宫柳失臨春，泛蟻香醪分茗酪。紅葉桃花滿暮天，六代衣冠非昔年。罇前萬斛傷心淚，灑向鐘山濕冷烟。

蔡方山招同諸君集獅子口杏林

山蜂海燕紛成陣，楊柳花飛寒食近。暫向郊坰結伴行，絲繩玉壺攜清醖。霜蹄爭道淺塵生，草短沙平雨乍晴。喬木繞村分野徑，綠陰選坐聽啼鶯。啼鶯野徑紅香密，露壓千枝萬枝出。錦張步障圍春風，鱗飛豔雪嬌斜日。望盡遥天散綺霞，風光不數開元花。鷄犬桑麻遠未識，道旁應有秦人家。客路逢春最相惜，燕南雪後愁難覓。偶向花間始覺春，十千盡换珠槽滴。明日東風容易更，即今滿地落紅輕。拚須醉臥芳林下，莫問山前杜宇聲。

寒夜與劉以南對酌

空庭老樹烏盡棲，長空漠漠烟霜低。小牕促膝漏初永，濁醪在眼聊堪攜。瓷甖擎玉出冬葅，戍角隨風促鄰鷄。且將明燭對鑿落，誰能蒿目憂鼓鼙。相看此日共羈旅，頭童尚寄梁鴻廡。勝跡固應留我輩，江山獨恨非吾土。高歌唤起酒人乎，餘子瑣瑣何足數。溪上寒魚正可罾，明日扁舟攜手去。

與葉解凡、李侯儀持螯小酌戲作

蘆花如雪蘆葉鳴，草間郭索行秋聲。漁人篝火起殘月，明朝市上銀筐盈。呼童焚枯酌清醴，命侶促席飛瑶觥。霜螯在手月在户，今昔萬慮皆應輕。酒酣持螯聊有問，海東曾否輸香秔。昨日江干猶見汝，截流帶甲方横行。

冬末入都門觸事有感

朔風吹雪冬裘薄，忍凍騎驢又京洛。四面燕山天末雲，飛埃澒洞還如昨。嬙回爭道紫叱撥，緩調鳴箏白翎雀。華屋千門半綺疏，高樓十里仍珠箔。横飛繡袷逐鷹師，坐取留犂挏馬酪。方幅何煩辨葛王，接軫唯聞過衛霍。聞道頻年遠出師，十萬鳴髇來朔漠。更遣孤兒號羽林，大箭長旌照城郭。月曉蘆溝别去時，城頭内含風蕭索。晚日西園列騎歸，貂褕帳暖生春閣。登堂並解習伊優，執戟誰能甘寂寞。野人何事亦棲遲，閑門古寺如村落。苑道斜連暗九衢，樹色遥看迷五柞。獨有城西雪後山，雖臨朝市全丘壑。

秘魔巖鎮海寺

應跡寒巖古，寒禪一徑幽。草深留曉露，山晚帶新秋。松影當牕見，濤聲入海流。迴看雲宿處，應有毒龍遊。

夏初西巖寺看牡丹

玉門無鎖春難度，四月禪棲見牡丹。講石露侵花氣散，法幢雲濕定香殘。可憐冷落誰爭賞，爲愛開遲自細看。不信祗今是新夏，晚風初起仍深寒。

登建州管文門樓

高閣巍然踞上都，遺民餘痛未全蘇。睢陽曾控江淮勢，東海空令即墨孤。萬古溪山供夜月，一時舟楫老征夫。可憐荆棘銅駝地，猶是前王舊版圖。

泊小羅灘，舟子於沙際亂石中得失舟人遺書一束，中一帙乃友人張惆臣從三晉馳寄西傭詩草，紙角獨完好，得之如對惆臣，按，張留，字惆臣，詳四十六卷。**作此遥簡**

波臣容易付沉浮，心血模糊自去秋。函鐵幾年離井底，詩瓢半束寄江流。乾坤何地容狂客，文酒猶堪隱故侯。老我同君隨信國，予與惆臣同及錢希聲先生之門。一時萬里各扁舟。

下錢塘江

玉河寒影散層霄，萬頃波光溯泬寥。龍伯夜擎明月上，天吴秋駕碧雲遥。西興古戍迷荒草，南渡殘疆咽暮潮。猶有水犀遺鏃在，行人拾取説前朝。

雨中偕張子弢、許天玉、倪西來、曾維佐、陳天聞甥遊西湖

長風吹皎日，墜入秋雲裏。素影停不飛，化作西泠水。涵澹萬古姿，雲波爭譎詭。餘靈散澄碧，復效麻姑伎。擲成衆奇峰，天際自相倚。聊憑一葉舟，劃破青銅滓。木脱寒流淨，霜餘草痕紫。蒼然元氣合，風雨聚一晷。撫舷送遥睇，煙落千山起。村郭兩晦明，妖蜃變奇市。乃知勞化工，盡浣粉黛泚。居然挾飛仙，冰雪貌處子。伊予生是鄉，遊觀乃今始。

春暮與陳昌箕、陳龍季、曾維佐出齊化門郊行

東風草色綠於煙，款段新調翦水鞭。綺袖弄驂張樂地，紅簫度曲落花天。山容遠帶桑乾闊，柳色晴看太液連。始覺春光太無賴，不關今古自年年。

寒食博陵道中

春衫漸暖覺東風，寒食人家馬上逢。古樹烏啼楊葉短，小橋冰解杏花紅。鄉心自發歸鴻後，鞭影頻摇落日中。未改長途惟極目，太行山際望遥空。

中秋與林叔夜坐月小飲

涼宵病起廣庭寒，城角秋生漏未殘。忽有哀鴻天外度，更留明月醉中看。金商幾處聞調杵，玉笛何人更倚闌。難洗清愁轉危坐，薄衣臨露已漙漙。

讀樞輔黄石齋先生大滌函書

世亂斯人去，吁嗟吾道衰。山河餘氣象，文字想須麋。雪案存青史，秋原奏出師。不堪風雨夜，吟望涕長垂。

登三天竺

自來湖上宿，屢尋湖中月。今晨遂杖策，興逐山川發。遥林媚遠空，青蘿亂石髮。曲磴盤翠微，疎鐘出林樾。連峰際天海，驚浪浮吴越。匹練目未窮，層雲手可揭。惆悵伍氏濤，低回三生碣。好鳥時一聲，客感正超忽。欲歸意未已，重期採芳蕨。

重九前二日同丁野鶴泛湖

相攜酒伴破愁顔，紅蓼輕鷗水一灣。要取危絃調白紵，坐來秋色滿青山。湖名擬爲郎官改，郢曲應從習郁還。幸自不愁風雨至，東籬莫負菊花斑。

九日同黄象侯登孤山

山容淡宕曉煙收，樹色低迷皓露稠。白雁聲來逾紫塞，皁雕風急掣銀韝。心悲海國三年別，人挾湖山萬里秋。惆悵天涯正摇落，平波千頃總牢愁。

經故魯府

大屋飛來頭白烏，晉陽五鐸總區區。百年遺痛兼家國，十世圖存定有無。舊日禁中誰頗牧，何人江左是夷吾。故宫帝子無消息，麥秀離離尚未枯。

至曲阜旅宿

得來東魯地，已近聖人居。海岱玄黄奠，川原禮樂餘。齋心償夙願，問俗驗遺書。耳目心知外，都將舊習除。

中州人至得卜天種札

已作萍流散，遥憐信息傳。客身還各健，歸計竟誰先。農事安耕鑿，春光幾醉眠。不堪相處望，途路滿烽烟。

送葉子羽還汳州因寄卜天種時蔡方山新故。

衰草黄雲别路秋，涼風吹淚滿西州。人琴恨事初聞笛，鞍馬孤城獨敝裘。劇孟寸心留尺劍，夷門舊客説新愁。花牕月地彫殘甚，文酒何時續昔遊。

春暮與葉解凡、李子静同登慈仁寺毘盧閣

彤閣崚嶒倚碧霄，神皋物色望中遥。九天殿闕鄰垣市，兩戒河山入薊遼。山爽城頭晴旭轉，香臺雲外雨花飄。憑高俯仰多陵谷，惟有鐘聲自暮朝。

與謝青門遊雨花臺按，謝杲，字青門。

攜手高岡及曉晴，黍離雲物轉淒清。空江斷鎖迷天塹，廢苑疏鐘出冶城。木末亭臺名氏重，石頭形勝市朝更。神州此日何堪問，相對南冠淚欲傾。

黄遐士秦淮泛月

宵初暑不到長河，載酒相將泝緑波。燈火幾家簾盡捲，蒹葭一曲月先過。城隅塔影摇清漢，草際蟲聲壓櫂歌。我醉欲休舟聽止，不關殘漏夜如何。

全閩明詩傳　卷五十　崇禎朝五

侯官　郭柏蒼　楊浚　錄

王子彪

字素毳，侯官人。崇禎間庠生。

竹間十日話：王子彪，崇禎間庠生，與邑諸生鄭磊齊名，時稱王鄭。磊字三石，康熙間侯官歲貢生，郡志作「閩縣」誤。有南湖集五十五卷行世。子彪志氣宏放，賅博群書，詩文雄偉，爲儕輩所矜式。晚依寧德崔嵸居霍童。嵸卒，子彪以窮死。康熙間其子抱所著石湖集丐縉紳，求刊布焉，終不果。

初秋同唐五愷、陳五日浴過幻居庵，兼呈青上人按，釋如鑑字青林，侯官人，萬曆間爲僧，結第於城東二十里，額曰石林寺。性至孝，託鉢奉母。後同曹源於長箕嶺種松插茅爲松庵蘭若，深隱三十餘年，復開法於福清靈石寺，歸住石林，與林蕙同吟宿，念佛放生。脱世壽八十七，季夏停龕，火光金色，六日如生。鼓山爲霖親請靈骨入尊宿最勝幢後。其詩偶不許錄，存者僅一七絶。

雲物初秋迴，松蘿小院幽。池花開水面，山果落牆頭。露薄蟬猶澀，房深蟲已啾。偶來從惠遠，十日不成遊。

從鼓山望湧泉寺

無限東峰好，何峰是湧泉。千尋夾松路，一望斷人烟。鳥度層雲外，鐘鳴絶澗邊。茫然入初地，應許到諸天。

春日歸隱東山

絶俗年來已成癖，幽居今又荻溪濱。雨過白屋無名淨，春到青山不厭貧。野鶴得雲相叫唳，林鶯向煖尚逡巡。草玄此日非吾事，釣石能温始隱淪。

射烏樓紀事呈周櫟園司農 射烏樓，詳烏石山志。

天吴波湧海雲愁，萬里烽烟逼戍樓。壯士寒披金鎖甲，將軍醉擁錦貂裘。刀環夜冷城頭月，楊柳聲殘笛裏秋。忽報上公分節鉞，一時談笑掃神州。

山居晚步 按，此乃依崔嵸時作。

杖藜間步草堂西，晚色蒼茫入望低。山簇萬峰連太姥，水環千澗下長溪。層雲出岫明還滅，好鳥親人歇又啼。我亦忘機隨野老，校論晴雨坐平畦。

薛敬孟

字子熙，福清人。崇禎中恩貢生。唐王時對策，授萃士。魯王入閩，擢兵部主事。有擊鐵集。柳湄詩傳：敬孟歷仕唐王、魯王，國變後放浪山水，沉醉高吟，卒於恒山。通志以敬孟入隱逸傳，亦未脗合。

燕歌行

夫君三年辭故鄉，傳聞作客滯北方。秋霜肅肅雁南翔，君獨不解妾心傷。明星故照合歡牀，仰觀河漢斷妾腸。寒徹君肌憂無裳，空勞刀尺揣短長。秋思春恨相續忙，豈爲啼鴂與飛鴦。夢中覓路到漁陽，三千道里愁無梁。願爲飛蓬旋君傍，生死與君不相忘。

寄遠曲

夫君欲來來無筏，楚天雲沉瀟湘月。西風吹入洞庭湖，白浪千層蛟鼉窟。昨夜分明夢遠人，嗔我别後何失身。醒來殘釭猶未滅，照得胸中三斗血。莫愁妾心不分明，血滴黄泥變古鐵。古鐵死不散，望得君來春復半。願將此鐵寄君看，只恐君心江水寒。

遊西溪寺

小徑城西僧舍幽，晚風疎爽快雙眸。樹圍古殿一聲磬，雲落清溪十里流。攜酒多因愁過量，看山愛與客同遊。莫將時事撓詩興，蘆荻蕭蕭滿地愁。

寒夜賦懷

隱囊移傍煖爐邊，抛卻儒書未肯眠。小犬吠風黄葉巷，寒舂杵月薄霜天。千秋眼瞪收殘淚，一盞燈孤起白烟。謾説時衰吾道改，梅花定不厄窮年。

秋日登靈鳳寺山絶頂望鄉感懷

出門誰復認萍蹤，回首鄉閭又數重。半世風塵身一粟，百年涕淚酒千鍾。荒畦雨過莎空長，廢井泉枯綱自封。欲識傷心爛熳處，山坳秋老醉芙蓉。

卞　鼇

字興書，號二濟，侯官人。崇禎中庠生。

曾士甲云：興書沉敏好學，研窮子史，善古文詞，其揄揚敘述，機達理暢，當時名彦少有過之者。

鴻門行

新豐城邊班馬嘶，新豐門下楚軍齊。楚軍乘勝鉅鹿下，霸氣誰何是敵者。本衙劉氏先入關，況以讒言曹司馬。項王震怒不可言，沛公親自謝鴻門。材官甲士森森立，鐵鉞銀戈閃閃翻。須臾酒酣高奏鼓，軍中爲樂請劍舞。劍光注射意爲誰，劉氏君臣色如土。此時殺公如雀兔，不殺自是君人度。賦云天授非人力，盡見張良勢驚怖。山排峽倒天地震，雷怒風號虎豹怒。覆盾彘肩拔劍剉，似惱而公太柔懦。侃侃昌言卮酒餘，項王語塞呼曰坐。遂令沛公脱虎口，徒教亞父撞玉斗。君不見龍虎五彩氣已成，急擊忽失空爾爭，嗟爾亞父空爾爭。

黄同

字通聖，一字爲野，莆田人。崇禎中諸生。

蘭陔詩話：爲野見時事日非，隱居深山。賦詩云：「無史不飲高士傳，何山難種餓夫薇。」年二十一，值國變，慟哭而死。其前數日，作落花詩云：「莫使盡興開，已落烟中泣。」遂成詩讖。

登紫帽山

極目來何際，山山春事忙。千林初帶雨，幽澗正生香。黄綠田園色，高低花竹莊。峰巒屈曲處，知有隱茅藏。

林質

字幼藻，號鮮民，莆田人。崇禎中布衣。有語稼堂集。

蘭陔詩話：幼藻早孤，年十二作孤兒賦，先輩稱之。避地汝南，時歲饑，民相聚爲亂，幼藻稚年，結壯士三千討平之。大司馬盧象昇聞其名，辟爲參軍。短衣帕首，率壯士擊賊，戰無不克。盧公欲官之，力辭歸。會汝南盜賊蠭起，制府聞其歸，從而問計。幼藻曰：「破賊易易，但需免死牌數萬耳。」許之，遂單騎至賊營諭降。賊帥憚其威名，就撫者萬人，盡貰其罪，使還攻嵯岈山，平頭垛，獲渠魁郭三海，降其衆萬數千人。旬日之中，聶、舞、汝、沁諸盜悉平。巡撫李仙風辟署參謀，不就。因置酒會父老，焚數千金貸券，飄然回莆。與周嬰等結社唱酬，優遊山林以老。有此奇士而不見用，甚矣科目之限人也。

晏坐

晏坐衡門掩，青苔一巷空。江城萬里外，浦樹暮牕中。歲儉依仁政，鄉貧尚古風。微才何足數，只合隱牆東。

晉安大中寺訪鄭周臣

按，寺在福州郡治。

寂寞向招提，城隅春日西。饑烏僧共飯，新燕客同棲。詩老多禪語，書顛似醉題。因君居止近，樽酒夜相攜。

賀公調先生首建開堂之策，盧制府請於朝而力行之，厥績告成，爲賦誌美

護塞軍書急，營田使節勞。春星隨露冕，野雪淬霜刀。報國輸肝膽，憂時換鬢毛。猶言經濟淺，曾未補秋毫。

舟中早發即事

十月吴江徹夜凉，舟人起掃滿船霜。紅顔少婦工摇艣，爭趁歸潮不作妝。

半夜西風白浪乘，孤舟未曉發毘陵。洲塘月落蒹葭亂，賴得江明不用燈。

鄭　郊

字牧仲，一字南泉，茂曾孫，見上。涇子，郟兄，見下。莆田人。崇禎中歲貢生。有南泉摘草。

蘭陔詩話：南泉湛深經術，所著有明易、史統、南華十轉、冰書、折衝偶筆、寓騷、孝經心箋等書，宜黄石齋先生有「飛菟」之目也。詩自闢蹊徑，多奇峭幽僻語，其文太青、王季重之流亞歟。今擇其醇正者録之。

早起

溼露滿楓林，披衣拂素琴。鳥啼殘月隱，人語野烟深。乞火烹沉水，梳頭擁短衾。今朝風日好，花氣上庭心。

秋日和李聖水韻

閒雲亦可愛，冰雪淨荷衣。遠浦風吹雨，新秋熱漸微。竹牀多蟋蟀，茅屋盛蛜蝛。爲有蘭香在，幽心負釣磯。

銅雀臺

漳水長流鳴咽聲，銅臺夜靜百花明。平生兒女英雄淚，化作西陵楓葉鳴。松柏蕭蕭似有情，夢回月白枕邊聲。登臺一望秋如水，輦路蛩啼落葉平。

鄭　郟

字奚仲，一字皆山，茂曾孫見上。涇子，郊弟見上。莆田人。崇禎末歲貢生。有皆山詩集。

蘭陔詩話：皆山博學多識，與兄南泉齊名。所著有易測、春秋表微諸書行世。

柳湄詩傳：郟高介有節。值世變，隱於壺山，讀神農、虞夏、商周之書，知古今治亂成敗倚伏之數，有著述百十卷。

寄六弟

年來常遠别，一别一沾襟。貧賤已如此，亂離直到今。棣華空並蒂，池草冷成陰。最是愁人處，臨歧風雨侵。

恭謁先師黄文明公祠感賦

百折難柔一片心，英風蕭颯到於今。故山誰復培松檜，冷魄猶思溉釜鬵。雨灑宫牆塵盡洗，霞清俎豆蟻皆沉。後人過此空瞻仰，不見生前感不深。

憶昔夜深侍立時，至今落落負鬚眉。出師未捷人興歎，避世苟延我自癡。敢道鉉翁存教澤，徒傳皋羽解歌詩。精靈鑒此一腔血，落日祠前涕淚垂。

湖上竹枝詞

蕙帶蘭橈隔岸迷，嬌歌急管亂鶯啼。遊人不解江南調，猶唱陽關月影西。

黄虞稷

字俞邰，居中次子，見上。虞龍弟，晉江人。崇禎末廩生。有我貴軒集。

閩小紀：俞邰能纘其家學。余采詩於白下，盡發其所藏，以資搜擷，又汲汲表章父兄之遺文，其有志如此。

池北偶談：金陵黄俞邰，徐都憲元文疏薦，以諸生召入明史館，食七品俸。予時向之借書。

姜宸英葦間集：題錢孝修山中採藥圖卷：「題詩舊日東華侶，好句初看淚滿襟。恨識斯文猶未盡，九重泉下幾知音。」自注：「前有亡友黄俞邰七律四首極精工，中有『抽書盡日向東華』之句，讀之泫然，故末章及之。」

柳湄詩傳：虞稷，康熙十七年詔舉宏博，應召，丁内艱未試。左都御史崑山徐元文薦修明史，以七品俸召入翰林院。二十三年充一統志館纂修官，力疾竣事，歸，卒於江寧。所撰千頃堂書目三十二卷，皆明一代之書。虞稷父居中爲南京國子監丞，籍於江寧。虞稷父子藏書至八萬餘卷。惟「制舉」一門亦被採録，實屬繁猥。其兄虞龍，有二陵雜著，邵武謝兆申爲之序。」

隴頭水

隴頭水，千古湯湯恨何已。角聲嗚嗚夜半起，萬騎征人來踐水。水深天寒没馬骨，酸風吹面如箭鏃。將軍令嚴點行頻，迴望長安不敢哭。行行欲近受降城，離家漸遠水漸清。上阪下阪嗚咽鳴，只疑中有妻兒聲。

清涼臺

荒亭猶記翠微名，幾度憑高繫客情。人以登臨增感慨，天於秋霽倍清明。藏林雨氣全歸壑，繞郭波光欲動城。俯仰江山今昔異，滄茫翻覺百憂生。

讀李舒章遺詩賦弔

嘆息才名四海知，那教臨老嫁燕支。烏頭不白生還後，墓草猶青死去時。凝碧烟深空悵望，河梁日落更愁思。飛揚信爾平生志，不願詩名異代垂。

次林茂之先生八十自記韻

八十才名遍九州，七朝遺老至今留。聽談舊事開元載，早識先人萬曆秋。藜杖尋詩荒徑外，松風坐客小樓頭。乳山咫尺能招隱，我欲從公一遡遊。

柬長林沈思鴻、十洲昆季

新詩寄我九芙蓉，早識平輿有二龍。夜雪相思剡水棹，春風迢遞秣陵鐘。花開古寺鶯啼幌，夢到千峰月照筇。聞道織簾常閉户，吴差山下擬相從。

秋中過王汾仲江樓小閣

市喧中有讀書聲，河畔蝸廬得野情。賣字錢能留客醉，尋詩屐愛逐僧行。波明小艇魚初上，秋老蒼葭水漸平。已近重陽新酒熟，還期高閣看霜晴。

京　口

江潮日夜撼江城，北府年來未罷兵。萬歲樓空邊月迴，五洲山近陣雲生。吴兒學作健兒語，獵馬常嘶塞外聲。投距日看山下士，何時休甲事躬耕。

送贇玉之恒山

征衫着就聽離歌，三月春殘花事過。暮雨瀟瀟人欲別，愁聞此去渡黄河。

秦淮竹枝詞

夫子門牆落照紅，闌干新漲碧波中。忽吹草氣牛羊過，芻牧歸來坐晚風。
濃垂雙鬢似吴娃，衫樣新裁杏子紗。本是教坊親養女，却言身出故侯家。
窈窕文牕映緑叢，珠簾一面倚東風。兒家夫婿誰能識，佐史新參憲府中。
分藩交戟擁輝光，故府牙門盡改張。騎馬行人多過此，向人猶問大功坊。

悼辟疆姬人

蓮坡詩話：「龍眠方復齋先生爲江南望族。予年二十，復齋已六十九矣。方氏諸名宿往來水檜園最久，故復齋談冒氏掌故，尤詳所言。同人贈答詩文多有本集、他書所不載者。辟疆有姬人董白，字小宛，金陵人，善書畫，兼通詩史，早卒。辟疆作梅影庵憶語悼之，一時名士吴園次以下無不賦詩以贈，温陵黄俞邰虞稷二絶更佳。冒見之哀感流涕。」

珊瑚枕薄透嫣紅，桂冷霜清夜色空。自是愁人多不寐，不關天末有哀鴻。
半牀明月殘書伴，一室昏燈霧閣緘。最是夜深淒絶處，薄寒吹動茜紅衫。

贈毛西河

麗藻清辭鄴下逢，西湖才子氣如龍。頻年變姓常爲客，是處移家欲賃舂。

題馬瑶草

半間亭上草離離，尚有遺蹤寄墨池。猶勝當年林甫輩，弄麞猶笑誤書詩。讀畫録云：「馬瑶草士英，貴陽人，罷鳳督時，僑寓白門，肆力爲畫。學董北苑，而能變以己意。王貽上云：『蔡京書與蘇、黄抗衡。瑶草胸中乃亦有丘壑。』題云：『秦淮往事已如斯，斷素流傳自阿誰。比似南朝諸狎客，何如江令擘箋時。』瑶草爲後人揶揄如此。」

過河間懷北齊李元忠

瀛海山川古要津，高齊曾此建經綸。風塵舉目今誰是，濁酒彈箏憶此人。

趙北口

烟柳湖隄別一天，鳴榔處處有漁船。心憐頗似江南景，只少吴娃唱采蓮。

過符離集

茅屋數家餘破壁，百尺危垣猶卓立。不知兵燹幾燒殘，想見平成萬金室。今古由來此戰場，水聲東去思茫茫。堪嗟隱逸東湖叟，蚤決粗疏西蜀張。南風不競士氣喪，五國城人虛悵望。盡抛陣上錦兜牟，誰慰宫中鐵拄杖。戀殺三秋桂子風，無心北上醉黄龍。男兒死不言和議，只有區區一魏公。

阜城縣

青城帝子着青衣，翠華遥遥去不歸。金人書掌示朝士，相公即日登帝基。宫中小醉着半臂，今日官家那得避。後來謫死向潭州，至今説著令人恚。當世何人更效尤，阜城又有阜昌劉。八年僞位旋遭黜，後來遺穢空千秋。我過此邦心爲恥，如此山川生賊子。安得挽彼清泠泉，一爲此邦洗顔泚。

張鹿牀邀同湯荆峴太史及周雪客泛舟秦淮

文牕綱户繫踈舲，柳色毿毿拂岸青。簾影翩姍人杳杳，花枝罨合晝冥冥。緑蕉折蠟心猶捲，素柰簪鬟酒半醒。却恨黄塵催驛騎，桓郎清弄倩誰聽。

重陽後六日周雪客招集中山廢園世恩樓

檻倚秋空見塔尖，凌雲縹緲盡能淹。瓜疇菜圃新畦畫，霽日輕風逸興添。爭席已憑閒客過，窺牕猶怕美人嫌。名園洛下誰能記，榮落還應借此占。

過白下贈曾青藜

十載幾相見，重逢鬢欲皤。客裝千里薄，行脚半生多。詩卷留天地，功名付釣蓑。窮途猶飯我，不敢數經過。

贈黄石谷

松老鍾山廢苑空，六朝遺跡散飛鴻。冬晴幾日閑驢背，寫出荒寒落木中。

李時蓁

字則韡，侯官人。崇禎中諸生。

漳溪夜泊和陳孔亨韻

漳溪今夜泊，風景盡他鄉。船渡前村樹，猿啼古岸霜。波光流月小，客思入秋長。何處蕭蕭葉，聲敲萬馬狂。

山居春吟

幽谷新開一徑奇，物情春意却相宜。五更林静鳥啼早，二月巖深花放遲。落落夜吟山鬼泣，閒閒心事白鷗知。東風爲我添清况，頻送溪聲過短籬。

周鴻漸

字子序，侯官人。崇禎中諸生。有同遊草。

送君實

按，孫學稼，字君實。

亂離無可説，慘慘送君行。一片西湖水，數家古冶城。讀書能避世，將毋急逃名。愧我迂疏甚，長聞鼓角聲。

黄標

字子樹，一字遇潭，莆田人。崇禎中諸生。有霜湖集。

蘭陔詩話：閩中自十才子稱詩，高廷禮論列唐人源流，不差圭黍，遂傳爲閩派。至隆萬間，景陵邪説盛行，吾莆如宋比玉、姚園客諸君皆與鍾譚定交，而不爲所染。厥後如頤社、紅琉璃社、遺老社諸名流，多降心從之，風雅漸替，故其遺集具在，所取特少。標與周聞、黄擔、黄綺皆景陵派。

聞秋

細響從牕外，開門入翠微。紙窮書竹葉，裘敝製荷衣。屋角雲初至，林端鳥乍歸。誰通誓墓意，未與出山違。

周聞

字無聲，一字去聞，賀子，見上。莆田人。崇禎中諸生。有白湖集。

蘭陔詩話：無聲工草書，波磔峭折，文筆亦豪宕可喜。體羸善病，早歲而卒。嘗與林子山同選莆陽風雅，計百七十人，得詩五百六十首。二君皆學景陵。

病

病與生皆至，生存病亦存。長時不見病，半世獨居村。膚髮既如此，文章何足言。回思稽古力，未信達無門。

黄擔

字任者，一字素心，莆田人。崇禎中布衣。

蘭陔詩話：任者工草篆，善寫生。鼎革後以不薙髮見捕，亡命湖海，後客死晉中。詩多變徵之音。

雜詩

誰謂哀不聲，誰謂淚成血。淚濕百花飛，血流寸草結。日月移光輝，草色亦歇絶。草死能爲香，人窮亦見節。佩之可忘憂，是憂終不滅。

殷勤題落葉，因風寄遠飛。葉飛摶九天，下着帝子衣。洞庭不可渡，寸心遂相違。化爲雙白蝶，欲採芙蓉歸。日出芙蓉美，月出芙蓉稀。芙蓉自不久，豈關日月非。

黄綺

字僧聖，莆田人。崇禎中布衣。有道山居士集。

蘭陔詩話：居士少好禪學，晚值國變，自稱外僧，披緇終身。其論詩云：「寫出無句，吟來有聲。」然亦服習景陵派者。

讀高士傳

道在漁樵共一身，燈前名亦未爲真。病惟白髮能從我，貧有青山不賣人。何處老翁耕漢壟，無端男子釣江濱。種桃亦屬吾徒事，豈必當年是避秦。

陳日浴

字子槃，侯官人。崇禎中布衣。

柳湄詩傳：日浴性跌宕，學優博，凡方技之書，無不詳覽。詩文新拔，以雅健勝。據高兆集：「子槃於西鏞解組歸，喜其治縣有廉吏聲」，則日浴曾爲將樂令矣。互見高兆詩中。

七夕

處處待針樓，迢迢望女牛。微雲淡似水，初月小如鈎。銀漢將催曉，星橋幾度秋。年年機杼上，不斷別離愁。

初夏越山寺眺望

越王舊宫殿，傳在此山巔。天地空塵跡，關河鎖暮烟。寺迷林鳥外，鐘響澗花邊。無那登臨日，物華已屢遷。

邵園看梅

按，邵園即邵捷春宅。

西園踏遍又東莊，百樹杈枒入小岡。無限寒香來水面，一般冷豔襯山光。天留殘雪千山白，我亦幽人兩鬢霜。安得醉眠呼不醒，布衾林下夢羲皇。

徐鍾震

字器之，榻曾孫，㘭孫。延壽子，俱見上。閩縣人。崇禎中諸生。有雪樵集。

柳湄詩傳：鍾震欲續晉安風雅，未就而卒。

題象陸翟先生桐園

行吟應不倦，處處聽催畊。翠色山當户，寒光水浸城。魚翻蓮渚動，鶯織柳條輕。一枕薰風至，渾忘貴後情。

和介山林先生江頭別業

江鄉深處水平隄，社結榆枌日解攜。細草碧波橋内外，清風明月港東西。狎殘鷗鷺閒爲主，幻出烟雲總入題。豈是功成同少伯，不聞歌唱翠眉低。

重遊雪峰道中

山靈愛我不怱忙，一輛芒鞋百里霜。怒瀑瀉溪爭犖确，幽禽學語似笙簧。蛇延徑入秋林赤，鱗次田分晚稻黄。又到前朝雲際寺，老僧先掃竹間房。

雪峰寺

雪積閩南第一峰，義存曾此首開宗。庵中苔繡千年木，關外濤翻萬壑松。蘸月池涵殘夜水，梯雲嶺度夕陽鐘。石函金骨空瞻禮，寂寂香燈古塔封。綠陰夾道影交加，流水聲中石磴斜。龍象當年瞻佛地，雞豚隨處見人家。階前簸竹猶生筍，瓶裏優曇正放花。法祖手栽雙樹在，霜皮溜雨幹槎枒。

崔 嵸

字殿生，一字五竺，寧德人。崇禎中庠生。有瑤光集。

柳湄詩傳：嵸年十三能詩，自稱西竺村童。長與侯官王子彪、漳浦趙潛、長樂陳肇曾等唱和。喜遊覽，遍歷廬山諸勝。侯官林埊有送崔殿生遊武夷詩，序曰：「庚辰七月十五，觀海至五虎山。崔殿生亦自海上來，示我遊支提記一卷，且言有武夷之行。」據此，則崇禎十三年嵸已遊覽登陟，與名宿往來。鄭昌英以嵸詩入國朝詩錄，傳曰：「順治中貢生」，嵸明生員，未仕，應入明朝爲是。

僧樓晚同戴而玄坐雨

萬事息僧樓，樓間氣自秋。叢篁時起籟，小雨日啼鳩。雲重山容失，泉添石語幽。一燈相對坐，靜裏似無求。

再遊圓通庵同王素毳、陳則見按，在福州郡治烏石山。

青衫濕翠微，風景尚依稀。難得無官老，共能曳杖歸。澗松當幾翠，石竹滿籬肥。浩蕩乾坤裏，休令心想違。

洞庭秋

烟水雲帆一幅圖，秋聲長嘯滿菰蘆。雨過湘浦餘斑竹，龍去軒轅賸鼎湖。岳州有軒轅臺，相傳黃帝鑄鼎其上。自有波濤迴漢沔，至今舟楫遍荆吳。客心不盡離鄉恨，何處青山叫鷓鴣。奔流萬壑此中央，浴日吹濤水氣飈。肇路開疆全澤國，砮丹厥貢自荆方。每從鶉尾占星漢，思駕黿鼉作石梁。縱讓强秦誇飲馬，只今湘樹幾滄桑。

遊辟芰巖

萬城削玉幻祇林，綠樹交藤劈澗陰。盤磴偶尋鐘磬路，看泉各證佛禪心。雲封鳥姓幽苔閟，月署僧寮古洞深。多少悟猿傳梵句，雪溪投足對峰吟。

輿中遇雨

葉香亂打冷霏霏，輿夢尋秋雁影稀。煙雨滿溪行不了，渡頭賸得一僧歸。

遊大悟室

曉起扶筇訪幽谷，千峰繞徑萬竿竹。隔溪何處木魚聲，一片雲中露僧屋。

蔣　玢

字絢臣，閩縣人。崇禎中諸生。有玉笥堂集、紀遊草。

閩中錄云：絢臣志宏學博，窮萬卷之藏，校讀不勌。蒼按，明朝閩中藏書者，懷安馬森，閩縣林懋和、徐𤊹、蔣玢，晉江黄虞稷五家爲最。尤能辨古書畫名物之真贋，不愧通生之譽。

龍興寺

曾道潛龍日，山書第一碑。布金傳帝力，卓錫選僧持。獅吼禪心静，烏流刼運移。滄桑原有數，塵界總難知。

六和墖

崔嵬寶墖碧雲齊，直上層層萬象低。布地還傳錢氏讖，豐碑猶記宋朝題。潮聲撼落魚龍現，王氣銷沉雉蝶迷。祇有江流長不斷，獨浮倒影夕陽西。

湘干訪應姬不遇

尋春特過苧蘿鄉，不見桃花掩畫堂。樓上巢空飛燕子，瓦中霜重冷鴛鴦。遠山遥蹙雙眉恨，曲水還飄粉面香。三竺兩峰雲雨地，更於何處覓襄王。

煙雨樓

鴛鴦湖上泛蘭舟，獨眺離離芳草洲。寶塔雲移天半斷，石橋影落水中流。登樓有客懷王粲，看竹無人識子猷。興盡莫嫌歸去晚，千山林木暮烟收。

林徵材

字魯生，連江人。崇禎中以例貢授藩幕。

重過田公園

門巷春深碧草齊，花枝大半委黄泥。林鶯認得尊前客，依舊飛來恰恰啼。

觀妓

雲染鴉鬟翠染眉，春愁無主却如痴。一聲檀板鶯喉澀，正是周郎欲顧時。

咏竹

淇園秋老緑筠寒，九月霜多紫籜殘。記得瀟湘明月夜，數枝清影捲簾看。

無題

舊年曾醉小橋西，多少桃花襯馬蹄。今日重來湘水上，蕭蕭風雨竹枝低。

溪竹

千尺丹崖葉葉秋，天空霜白壓扁舟。耳邊水響停杯看，前面灘高月亂流。

全閩明詩傳　卷五十一　崇禎朝六

侯官　郭柏蒼
　　　楊　浚　錄

林　簡

字子山，原名玉燭，字子將，嵋從兄，見下。莆田人。崇禎中諸生。有房江集。

蘭陔詩話：子山與佘希之、鄭牧仲、葉白生、周無聲、曾叔祁、柯宓仲、方章弢結琉璃社，又與黄子樹、林台正、徐羽鼎、許又米、方八公、弟小眉結七子社。一篇脱稿，雕板流傳，亦盛事也。

讀曲歌

夜夜樓前月，照儂白如雪。作詩報郎知，儂白未到髮。

林　嵋

字小眉，一字蕊齋，長茂子，簡從弟，見上。莆田人。崇禎十六年進士。初令吴江，魯王入閩，官禮部營繕司員外，擢禮科給事中，死於難。國朝乾隆四十一年賜謚「節愍」。有蟛蜞集。

柳湄詩傳：林嵋亦稱奚道，其著書名犂眉，蓋慕劉文成之爲人云。年十二，從其父參軍宦京口，金河張明弼一見傾倒。弱冠，以詩文謁黄石齋、黄東崖二先生，交口稱借。以從朱相國繼祚起兵，及師敗被執，在榕城獄中嘔血卒，年三十七。徐𤊹子延壽爲含殮衾櫬，厝於西郊。嵋詩力追古人，近代則慕何景明、李夢陽。黄景昉序其集。姪鳳儀，字鄰叟；向哲，字君十；子人中，皆能詩。

貞女引

青青茂木守冬榮，有鳥處山夜長鳴。感彼柔條含蕤英，連娟寒態與之并。夕風四至無人聲，木偃鳥鳴恒怔營，孰處中閨淚交傾。羅幃薄月鑒不明，安得爲生全令名。

定情詩

按，此詩雖倣繁欽，而寄託宏深，故錄之。

自我出城門，得承君光輝。躊躇臨歧路，邂逅遂忘歸。未充後房寵，嘗虞中路移。歡情勉自竭，華色誰能如。皎皎何所綴，秦珠抵明月。娥娥何所揚，阿錫飄蘭香。盈盈何所會，芙蕖交長帶。翩翩何所承，白紵光如銀。纖纖何所結，素縷飛迴雪。粲粲何所盤，秦銅錯雙鸞。離離何所矚，九華艷明燭。拳拳何所思，綠綺組朱絲。宛宛何所致，珠環襍金翠。脈脈何所傳，雙針連縷緜。區區何所報，蘭袖鬱金草。與我期何所，乃在西路隅。日旰兮不來，百草芳已衰。谷風何習習，望子心徘徊。與我期何所，乃在東門側。日夕兮不來，飛鳥振羽翼。衣帶動涼飈，微軀不自惜。與我期何所，乃在南山曲。日暮兮不來，繁霜凝裳服。奄奄日已冥，中懷安能副。與我期何所，乃在北堂中。日暮兮不來，高樹撼鳴蟲。浮雲流華席，千里安可同。妙顏昔所晤，中情傾迴顧。儀態自有餘，結言無新故。侵星不知晨，冒霜不知暮。謂君不我欺，崎嶇兩相慕。一朝失所期，金石不改固。

太原道中

青壁倚寒空，雲雷興地底。去天曾幾何，齊魯渺千里。松柏列陰森，宛若蛟龍起。天門倏爲開，一望但決眥。長波寫我心，浩蕩何所寄。秋色蒼有餘，車輪輾方始。

青谿

落日映溪花，歸風漾溪水。歷歷舊川原，依依新道里。鳥息流雲前，人歸鳴磬裏。舍舟覓蘭椒，拄杖巡蒲葦。與世久無營，入林始及此。薄暮東流急，濯纓且已矣。

除夕醉歌示君十

雨雪紛紛歲其除，入門愁見梅花舒。鷫鸘典盡衣百結，牀頭空有一束書。我家君十久閉閣，長吟短詠還疏索。高天雲影下樓臺，去雁翩翩隨七澤。人生富貴等泥塵，只憐才子老青春。憂危如我棄官職，五岳尋仙寧復真。邯鄲博徒，高陽酒客。慷慨悲歌，今日昨日。落魄風流兩不羈，歲月由來成虛擲。天風倒下華不注，海水如絲飛煙霧。神龍失宅守泥中，鬐鬣雖全神不具。安得白晝爲我起風雷，移置海中與之遇。

約友人看梅

楊柳未向門前栽，可惜先生早歸來。梅花纔從江上落，可惜先生久閉閣。碧天渺渺白雲孤，萬事安可攖吾徒。少室峰頭留不住，東華霧裏探還去。朱絃已老玉壺乾，霜霰著人猶未殘。與君坦步江潭外，圍籬煖蝶飛相看。

青州道上

重關躍馬地，去路日悠悠。鳥鼠悲空穴，魚龍負壯遊。九華天外削，萬樹日邊收。此意真無極，白雲不我留。

感秋

久絶園林信，秋風盡可憐。不知歸雁下，可是故人邊。初月留殘照，新衣憶舊年。長河情渺渺，牛女各淒然。

太湖

八月蘆花早，湖光奪練漪。地分夢澤闊，天向具區低。黛色浮晻曖，晴嵐出逶迤。沿流七十二，何處覓鴟夷。

憶謝生茂秦

黎陽十載獄，感爾雪煩冤。邂逅鍾期操，尋常越石恩。白雲依帝里，青鬢遇王孫。今夜梁園月，應悲宋玉魂。

尋天台山

涼風來倏忽，共作洞門秋。松子經年落，藥苗遍地收。居人多阮姓，遺跡即台州。一杖藤蘿外，蒼茫未可求。

行經華陰

仙臺高拂五雲城，武帝齋居俯絳楹。丹竈玉泉皆杳窕，靈胡毛女自天精。琳琅寶樹雲中擁，霜露翠華物外迎。一自金銅辭漢後，真人何處説長生。

贈徐闇公

詞客飄零共此時，南州徐子倍相思。清江累月依芳杜，寒夜一樽伴子規。灌灌鳥鳴聲自遠，丁丁伐木意何悲。可憐張儉無家在，不但梁鴻賦五噫。

居庸關

萬堞層城抗上都，二陵東望鬱松梧。天風吹斷黄河落，海色擁來明月孤。當夜鳴弦諸校尉，臨秋祭馬小單于。文皇此地曾三出，不但重關可備胡。

哭黄石齋夫子

讓皇飛道在當年，夢裏分明擁被前。大地聞歌迴易水，夜臺奏事倚通天。儒冠誤溺今何在，帝業遥憐昔已偏。縱使台州焚史藁，華朝風雨總悲懸。

此地休將半壁論，燕雲古道滿苔痕。幅巾相送臨花市，匹馬獨來下水源。十月詔書何太緩，千年鐘簴豈無尊。會稽太史先歸地，忍使頭顱負國恩。

獵火旄旗下帝城，可憐丞相枉提兵。三江不少龍蛇恨，十廟尤多風雨聲。珍重當時誓將語，倉黄今日看碑情。廣陵八月飛濤急，從此朝朝訴不平。

封祀千年歎孰從，金門一詔出雍容。爲裁雲樂清霄下，遂捲龍旗濁路中。吾道滄波心共適，舊京蔓草意何窮。風烟著處皆迷目，翻笑秦人賦小戎。

天作高山倏轉移，崩崖不復悔當時。七遷殷室煩多誥，九死周臣繫短詩。夢裏迴鑾黄竹動，江干飲馬白楊悲。可憐虎旅三千衆，旌旆飛揚不自支。

故宮和謝皋羽

翳翳江城草欲交，野猿引侶下危梢。光門十二平如水，可有空梁定燕巢。
江南三月宴流霞，梅雨紛紛到酒家。最是女冠人冷落，玉蓮庵裏掛袈裟。

林　垐

字子野，一字恥齋，侯官人，福清籍。崇禎十六年進士。授户部主事，選海寧縣。唐王時授吏部文選司。國朝乾隆四十一年，賜謚「節愍」。有居易堂詩集、海外遺稿。與卷十一閩縣林垐同名。

田中和尚張利民譔林恥齋先生傳：林公子野，諱垐，恥齋其別號也，公爲諸生時，感激時事，便有撐持宇宙之志。讀書不專事帖括，天文地誌、兵法書算，日夜窮搜。董崇相、夏緩公二先生咸推重之。崇禎癸酉舉於鄉，與同年蔡道憲慷慨相期許。既而道憲聯捷春官，爲長沙司李。公後十年始第，而道憲已罵賊死。公授邑得浙之海寧。時南北交訌，所在風發。寧有奸民李刀三，聚黨爲暴，狡黠難制，急治且生變。公至，若置不問，衆皆易公。一日忽詣鄉約所，計擒而捶殺之，威名大震。更創置關廂戍樓，令民自爲守，四境晏然。因而興學課士、浚河溉田諸善政，次第具舉。乙酉南都破，公聞變投袂起，亟召邑中父老子弟爲城守計，而寧民夙仇二三大家謀不合。公知事不可爲，又不欲徒死，乃決歸，封府庫，籍而藏之，秋毫無取。寧民戴公甚，時道路梗塞，有從間道送公抵家者。隆武帝即位閩中，召對便殿，公因區畫時務，大稱旨。會閣臣黄道周督師，疏請與公偕行。遂授公户部員外，轉餉軍前。旋以浙西戴公使往宣諭，擢監察御史。具劾奸臣馬士英，詞意激切，士英聞風不敢入。行至處州，又以典銓重任非公不可，召回，除吏部文選司郎中。當是時，鄭芝龍恃翼戴功，遍置私人。公執祖制，引當否，毫不爲動。特疏請募兵福寧，既得兵三千，復屬之他將，滿腔熱血，公已不知灑在何地矣。未幾，三關撤戍，扈從至建州。上以江右來迎，單騎西行。潰兵蔽江下，群臣皆不能從。公號慟欲絶，有「少陵無計達行在，淚盡啼鵑半夜聞」句。於是挾鐵函、晞髮二集之海濱觀變，歌泣相續，其遺稿至今令人酸鼻也。丁亥秋，魯藩航海入閩，郡邑響應。公拜别老父，荷戈而出，家人環泣，公書優孟傳後示之，遂起兵。旬日間，集者數千人。九月十七日薄福清城下，麾纛前驅，身受數創，猶勒兵搏戰以死，年方四十有二。死後，籍没令下，家無餘貲財。

林之蕃撰林子野先生傳後：子野死且十年，友人方具蒙按，具蒙名潤，詩見四十三卷，始爲之傳，傳成，余讀之，涕泣失聲，追感今昔，有不忍忘者，因載筆附傳後。子野長余六歲，與余同受業司空董崇相先生，先生教以古文，勖以節義。於是兩人相勸勉，同舍爲學，筆硯几案，枕席書籍同；性情嗜忌，喜怒好惡同；讀經則剖悉聖賢道理，細大淺深同；讀史則設身處地，議論古今成敗、得失興亡之故，則又同。然子野性聰敏，十倍於余，絶塵而奔，余瞠乎後之。崇禎癸酉同舉於鄉，又同出竟陵楊夫子之門，甲戌擯禮部，同結茅積翠山中，萬壑千峰，兩人相對，松風溪月，烟雨暝晦，虎嘯猿啼，蓋無不同焉。子野集中山居諸詩，實與余唱和者。崇禎癸未，復上春官，同宿仙霞嶺草店。夜半，子野呼余曰：「頃夢日輪墜吾懷中。」余方夢高皇帝召對荒殿中，儼然有黍離之色。子野駭曰：「吾兩人夢寐亦同耶？」感嘆久之。是秋，同登第，先皇帝臨軒賜進士。子野班行中顧余曰：「與子十年在白雲洞中同聽瀑布，今又在五鳳樓頭同聽鼓鐘耶？許國自今朝，欲似昔時高枕空山，不可得矣。」既又同觀政户部。大司農鴻寶倪先生以吾二人可語也者，每以國計日窮，歔欷不已，曰：「不佞老矣，以一死報國，二君勉之。」及銓選，子野得海寧，余得嘉興，同浙地，相去一水。每以事入公府，則時時相見，不異疇昔。未期年，南北都相繼淪陷。余以黨人獄起，先解綬歸，子野亦隨返里門。適隆武帝立，黄石齋相國薦余二人於朝。上召諭曰：「朕駕經兩淛，父老紳士，咸稱汝賢。」即時同拜監察御史，宣諭淛東。未幾，復召歸，諭曰：「惟汝塗，天付清廉之骨，其授汝吏部文選司郎中；惟汝之蕃，敦大老成，爲令有廉聲，其授汝吏部考功司郎中。」當是時，小臣以不能死，無顔立天地間，乃蒙知遇之隆如此，涕泣受命，同入銓曹。子野方掌選事，曰：「國家三百年養士，一旦至此，吾輩何所逃罪？今何等時，更以官爲市耶？」鐵面冰心，矢公矢慎。乃權臣方欲挾天子，擅用舍，作威福。輿臺皁隸、鷄鳴狗盗，盡收爲腹心，加以顯官，吏部奉命，唯唯惟謹。子野壁立萬仞，毫不爲動。權臣銜之，方欲甘心焉。乃疏請召募福寧，得兵三千，請略温台，不許，以其兵屬他將。既而三關撤戍，子野完髮海澨以觀變，招余偕隱其家，飄摇破屋，麥飯且不給。閲數月，先大夫被執三山，余踉蹌赴難。適魯藩航海至，子野集義士應之，奮勇率先，竟死於陣。嗟乎，子野可以見高皇在天之靈矣。余空作西臺之慟，偷生此世何爲哉？然一死於十九年之後，其必有以見子野也。子野生平大節，詳具蒙傳中，千載下若見之，無庸再述。而區區於此者，使兩家子弟見余與子野自少至老，親厚無間如此也。

海寧查昇明吏部郎中恥齋林公墓表：有明國社既屋，天命已更，而猶手植綱常，捐軀遂志，是爲故吏部郎三山恥齋林公。公登崇禎癸未進士，首筮仕吾寧，絶苞苴，杜請謁，丰采肅然。值甲申變，所在蠭起。奸民李刀三憑勢聚黨與潛掠，吏莫敢問。公以計縛捶殺，威名大著，豪吏悍卒咸悚懼聽約束。又度地設險，創爲關廂戍樓，令民自爲守。故其時四方洶洶，而寧獨大治。逾年，南都潰，集闔邑爲死守計。而民仇二三巨室，謀不合。公知事不可爲，解綬歸，民哭送者幾萬人。唐藩立，起爲吏部郎。值鄭芝龍專恣，公求募兵福寧，既而兵屬他將，鬱鬱不得志。王師入，公完髮海濱，齧指飲血，歌哭無時。讀其海外遺稿，足以知其志之有在也。丁亥九月，魯藩至閩，郡邑震動。公曰：「吾今獲死所矣。」聚鄉旅數千應之。薄福清城下，戰死，年四十有二，以康熙乙巳歲葬公於井郊東山。戊寅歲，公孫起渭以選拔貢京師，按：起渭乾隆府志失載。出諸名公誌傳，屬余爲文表於墓之原。維公涖吾寧多異政，大者載於邑乘，其軼事猶傳誦於父老不衰。始則有惠澤及民，終則能舍生取義。與黄石齋諸公前後同符，其可欽也已。公諱垐，字子野，世居福清平北里，後遷於會城。有居易堂集若干卷，已行於世。

侯官陳兆藩文選郎林恥齋先生墓誌：予與林恥齋先生，聲氣之交也。庚辰、癸未，同上公車。迨予待罪司寇，而恥齋已自户部改侍御史，又改銓曹矣。先後追趨七八年，議論未嘗不合，意氣未嘗不通，蓋甚悉恥齋之性情嚴正，遇事擔當，心實許恥齋之足當一面也。恥齋初拜董崇相先生門下，談時事，深蒙許可。董嘗語人曰：「他日天下有大事，非此人莫任。」嗣閣部黄石齋、相國路皓月二先生交薦之。而予房師文忠夏綬公先生最重恥齋，嘗曰：「作人須學林子野。」實敬之愛之，輒呼其字以告人。而恥齋又深喜其同年蔡元白道憲，每語必呼「我元白」。既元白盡節長沙，恥齋痛之甚，時誦其與元白往返之詩，以招其魂。今恥齋竟以節義死，與黄、路、夏、蔡死相先後，真無愧也已。但惜予以未死之身銘既死之人，搦管能無汗下乎？按狀，先生諱坙，字子野，别號恥齋。先世福唐平北里磁窑人，祖遷居省東門，父肇炫，母趙氏，生公於河東之罾浦坊，誌所云「罾浦坊中人挺生」，其爲公言之歟？登崇禎癸未進士。生平氣節自許，廉儉持身。爲孝廉時，不輕謁官府，郡縣經年不覿面也。授生徒，取束脩以自給，環堵蕭然，諷詠不輟。遇公議所不可，輒持論侃侃，雖大敵不避。性能飲，多而不亂。草書幾步鍾、王，人得一箋一箑，如拱璧焉者。有居易堂詩集，多慷慨，無漫興。登第南歸，過山東，作哀山東詩十首，類賈生之痛哭流涕。官海寧，絶苞苴，杜請謁，有懸魚埋鹿之風。時糧務孔亟，胥吏緣爲奸，耗費百出，公廉其弊，痛抑之。民常額外無分文溢輸。甲申變後，邑有奸民李尖刀，能飛檐緣壁，藉權貴爲暴，四出剽刼，前令莫敢誰何，欲乘勢聚黨爲亂。公至，託行鄉約，擒而捶殺之，士民稱快。乙酉南都破，守衛士驕悍，欲先給餉一年，環署讙譟。公出，莊詞正色曰：「爾等欲何爲，法不可越也。」衆知公不可挾，哀請一季。公曰：「即請給一季，而聚衆以譟，終當治。」乃推爲首三人，公重創之。斯時公尚執法如此者，公久置生死於度外也。及公行，民環泣曰：「公去，吾何恃？」追送數百里。就中有壯勇數十人不憚跋涉，直送公從間道抵家，其愛戴於民如此。隆武改元，初以户部轉餉，繼以御史宣諭，又繼以文選主銓。而公特疏請募義勇於福寧，謂時事之急在兵也。三關撤戍，公深隱海隅，叫號悲歌，真有求死不得之意。其詩有「易捨妻兒惟有父，無慚膚髮但多頭」，又云：「種種數莖休見德，此頭尚在亦吾仇。」如此等語，合數十首讀之，令人泣下。丁亥秋，魯王自浙入閩，郡邑響應，屬望於公，願聽約束。公哭拜別太翁曰：「兒垐當死久矣，若再延喘須臾，恐以不令名貽父母羞，不如死。」遂苴屨負戈，雜徒旅中。適與鎮兵遇，身被數創，猶勒兵血戰，竟矢入喉間以死。死之後，妻孥饔飧不給。嗚呼，廉吏忠臣之身後如是乎？公生於萬曆丙午年十二月十七日卯時，盡節於順治丁亥年九月十七日卯時，年僅四十有二。公父肇炫，封吏部員外郎；母趙氏贈太宜人；元配魏氏，贈宜人；繼黃氏，封宜人。公二子爵、哲，將以康熙乙巳年正月初十日奉公柩合魏宜人於井郊之東山。墓坐巳向亥，而以公之老友方具蒙狀示予請銘。方亦世外古君子也。予愧而誌之。銘曰：不知其人視其友，不知其生前視其死後，不知其必死之志視其詩之立言不苟。嗚呼恥齋，節義自守。千古與山川同不朽。

柳湄詩傳：林垐世居平北里磁窑，自福唐遷省會之晋浦坊。甲申國變，杖緋麻繩慟踊，耳聾目瞖，狂走不省人事，請自効勤王，不達。南都立君，上書相國馬士英，痛言國難君仇，規責中興要略，不報。數月，京陵破，垐與紳民議固守。適魯藩入浙，唐藩入閩，相持水火，垐審去就歸閩。寧人立碑肖像，且從間道送歸。黃石齋先生疏請，授爲農部轉餉，又以御史改文選司郎中。唐藩以諸鄭挾重，妨其旦夕不測，單騎而行江三右，兵潰。垐以延歲月，全膚髮計，潛隱福清山中。適魯藩自海道至，乃哭告其父曰：「兒夙不死海寧，不死扈從，偷生久矣。狼瞫死所，今其時也。願父自安，得報教忠之勤舉。」頭上詠曰：「種種數莖休見德，此頭尚在亦吾仇。」又題詠云：『一瞑已矣復何求，魂往千山只帶愁。易捨妻孥惟有父，無慚膚髮但多頭。報仇到底落人後，做鬼應居最下流。門外長江知我恨，年來風捲海濤秋。」投筆而起，荷戈雜徒旅迎敵，被數鎗，矢貫喉，陣死。時順治丁亥九月十七。數日獲其屍，香氣襲襲，葬會城井樓門外。碣曰「有明死國之臣福唐林恥齋先生遺骨」。按，垐友何晉卿，坿葬垐墓右。康熙二十一年纂修明史，俞旨取垐死節事。恭奉綸音，「一切忌諱悉除，寬大之典，烈魄忠魂，咸闡幽於一時。」著有居易堂集、恥齋集。其曰哀東山者，疾當事不能未雨綢繆也。海上遺稿，則甲申以後之作。弟舉人懋勉，著儀存堂集，以節終。子鍾爵，郡生員；鍾哲，著有龍津草堂集。懋勉子弼。俱入山終隱。按，垐書負薪歌後曰：「人臣不貪，猶女不淫。本分之事，原無足言。如此則子孫窮餓，亦屬本分，非異事也。己有廉名，又能必子孫之不飢寒窮困，有是理乎？孫叔敖，楚國稱賢相，家無餘財，子孫被褐負薪，宜也。何必臨絶預料，而諄諄以見優孟爲辭？堂堂大國相，而屬身後於優伶，見蓋鄙矣。予意叔敖殆不至此。或優孟途見其子負薪，心有所感，向楚王發爲慷慨之歌，感動楚王耳。宋都統密佑被執不屈，請刑，其子泣曰：『父死，子安之？』佑曰：『汝行乞於市，第云密都統子，誰不憐汝？』父死子即行乞，亦豈必受人憐？都統之言，亦爲不肖子言耳。予今即死，負薪行乞，兒輩有不免，當蚤知爲本分事，莫受人憐可也。」

七月十五日五虎山觀海

觀海盡於此，高天氣已明。白露當候至，萬波一時澄。西角日未去，猶與我心平。有山遠水上，不聞長松聲。暮色青蒼來，知有草木生。自此千萬里，生物亦天情。一片秋紛落，魚龍意不爭。人世卑虛處，天光盡下并。高持一杯酒，四空立自傾。

舟行懷人

雨餘山自好，適在放舟先。古木澹虛壑，孤村靜遠煙。懷人落日後，搔首數峰前。秋葉紛思亂，推篷未可眠。

鄉　思

草草出門事，看來客已深。孤城一片月，萬里幾人心。鳥動驚巢冷，鐘寒過水沉。繁霜平野靜，獨立起微吟。

晚登塔湖寺 按，在福州洪塘江。

風起空江暮，維舟獨上臺。蒼茫千古色，澹蕩一人來。塔影沉波冷，禪房對月開。煙光風水氣，應共老僧猜。

客途懷陳開仲依寄韻答之

煙水澹何際，微風相與清。鐘虚古寺月，星掛隔溪城。人已前山遠，懷偏靜夜生。吟殘淒絶句，涼露又三更。

重宿勝果寺，每以無聊至寺，寺僧時喜我來何也

乾坤酬浪跡，此地我重來。小犬三周喜，庭花一笑開。松風縈舊夢，山露長新苔。記得鐘聲處，月痕步幾回。

辛巳十月十四夜宿居易堂起賦

一月上於天，空堂照獨眠。夢無今世事，情爲古人遷。寒籟歸聲後，霜鐘入聽先。冷灰應懶撥，寂寞守吾玄。

初秋江上作

秋從何處至，江上獲秋心。山斂容將肅，葉吟意不禁。天高入雁遠，露重感琴深。千里

蒼蒼色，月明沙際尋。

重九後一日同林文善、方具蒙、林孔碩上金粟臺

秋事登高少，山行尚可裁。依然寒色在，也有雁聲來。楓葉無聊老，菊花有待開。每懷虚度感，能負此高臺。

題畫竹寄蔡元白長沙

是處傷心竹，湘江聞最多。何當將别恨，積與洞庭波。

送王愧兩民部罷官歸遊武夷

拂衣今日即雲岑，去國飄然一葉心。恩重死生緣主聖，跡渾清濁信臣深。囊空宦署原無鶴，身被流言已賣琴。無節高名非了事，青山那可便投簪。

相逢作客又離群，月傍家山旅雁分。兩世情深芳草思，多年露泠芰荷裙。武夷秋滿心猶水，玉女峰高夢是雲。安石風流閑未得，蒼生此日正須君。

山居按，山居二十首，乃與林之蕃未第時結茅鼓山積翠庵唱和之作。

難言歸到便無憂，抱得殘書上故丘。長借片茅依佛國，憑誰隻手復神州。夢魂今不思鷄肋，骨相由來非虎頭。牢把一鋤春雨足，山中肥蕨勝嘉羞。選一

輕寒驟中薄衣裳，半日高吟不下牀。曾約巖僧評製茗，自敲石火續殘香。詩成病後寧辭酒，雨積山中近絶糧。取筆試書嫌手冷，腰鐮親去割松肪。選六

抛書起去即園丁，短柄鑱鋤斸茯苓。種藥數畦依本草，開函半卷是黄庭。堅留小病消清福，拜取高松學典型。披得道衣臨水看，天然一個野人形。選七

熱心未死冷泉邊，幽憤懷書石上眠。春盡曾無三日雨，愁多併入五更天。插秧風度歌猶苦，半菽晨興意尚慳。拍几大呼傾淚注，楚中昨夜有新傳。憂旱，正聞楚承天之信。選八

樹根老偃板橋形，白日荒荒鹿度陘。三道江平圍檻白，四山松翠迸天青。溪虚常作雷霆響，風過微聞豺虎腥。傳得數聲巖磬落，僧居片瓦誦心經。選九

狂言盡付祖龍灰，自此天年養不才。虎試道心留跡去，僧因月色送茶來。詩成呈與佛先看，花密移從雨後栽。驚動山僮歡喜報，門前竹筍茁新胎。選十四

棲身何必問吾廬，應世文章亦養狙。枕上得詩頻走韻，溪邊看水每忘書。無心放屐妨傷

筍，割愛删花要長蔬。喜是門生能送米，半還僧去半山居。時黄乘之叔姪送米至。選十七

聞達堪求走馬遲，莫將寸草望天支。載人是水皆名利，何處斯山忍別離。時事難言傾暗淚，閒居深念亂題詩。紛紛爭奕旁觀壞，郵得還吾一著棋。城中有問北行者，答以是詩。作山居。

哀山東

甲申春歸，過齊地而哀之，五日驢背耳，山東之哀不盡此也。後之人讀之，其必有感焉。

兵旱由來理亦因，上天我未敢稱仁。長原盡日惟荒舍，大地孑遺有幾人。驛柳皮空春似水，山花血漬夜成燐。胡中百死歸來後，土室門開絶四鄰。選一

鮐背門開向日蹲，空村問有幾人存。老翁一語垂雙淚，短髮三年經兩髡。恨不與妻同死餓，誰知殞子但將孫。殘生何惜干戈鬼，願乞清夷與後昆。選三

牙戟參天建旆旌，將軍兀兀喪名城。聲言索餉先焚掠，尾拾遺貲且送行。避敵燕鴻終不見，縱兵蟣蝨篦還輕。更聞土穴逃家者，列炬高熏逼買生。選七

長淮飲馬且經春，戰守難言國有人。債帥賣邊償腹裏，撫軍獻馘借飢民。肆淫端不思孫子，妄殺也應有鬼神。每向西風悲楚豫，何堪近事復三秦。選八

揖僊橋和曾弗人壁間韻

蹺足南牕也是僊，出門費盡賣文錢。丈夫不事儀秦術，卿相還須負郭田。

海外遺稿先大夫海外遺稿，當籍没令下，間有藏於親舊者，輒亦棄去，以故多散軼，今所存僅半。大抵皆君國縈懷、長歌當哭者。爵於中簡數十篇付之剞劂。庶幾先大夫百折孤忠，視死如飴，託於詩以傳，而不至於湮没。非敢謂太虚浩氣，爭光曩哲也。康熙戊子男鍾爵謹識。

送姚黄客歸海寧

天地荒荒已如此，君今歸去去何方。山川麥秀傷心淚，日月刀頭照血光。屠狗市中聲忽變，採蘭澤畔志徒芳。寄言父老休相念，吾死魂猶到是鄉。蒼按，垐以曾宦海寧故云然。

次陳孝廉寄伯奮弟來韻卻寄

懷多蘭芷句生秋，大海風吹不散憂。黄石未來閒隻履，元龍今在最高樓。咸陽筑裏藏光眼，廣柳車中快壯遊。除卻青山知己外，何妨聽世作深仇。

蘭死當門豈怨秋，楚囚泣盡也空憂。拚將七尺酬千恨，何必三年卧一樓。月肯照人雲作怪，龍方潛壑蚓遨遊。誰能終古留高響，博浪聲中五世仇。

伏枕有思

一瞑已矣復何求，魂往空山只載愁。易捨妻兒惟有父，無慚膚髮但多頭。復仇到底落人後，作鬼應居最下流。門外長江知我恨，年年風捲海濤秋。

痛王來聘將軍不已，作亂竹數枝題其上

福寧召募，時聘爲偏將，後入據福清海口城，爲大兵所獲，噀血不屈以死。

碧血殷殷亂掃雲，王家今日有將軍。彼哉滿目何爲者，莫令時人識此君。

戲寫朱竹因題

時竹醉日也。

根託朱方久，不醉亦顔丹。雖被北風吹，葉葉自向南。

方元會

字仲極，莆田人。崇禎十六年進士。官山東道監察御史。有澹園集。

旅懷

幾回疏雨濕垂帘，馬首西山隱半尖。國士相看驕郭隗，美人何處夢江淹。丹楓日落紅塵迅，青草烟浮白浪添。極目不堪頻竚望，誰憐旅夜獨巡檐。

郭符甲

字輔伯，南安人。崇禎十六年進士。官户部給事中。戰没，葬海島中。國朝乾隆四十一年賜謚「節愍」。

静志居詩話：顧漢石懸首錢塘，六月無蠅。郭輔伯戰死海澨，五百人屍糜爛，而四體不腐，忠義之足以感天地萬物也。

竹間十日話：郭符甲，南安人。崇禎癸未進士。國變後逃建寧山中。順治五年建州變，被執不屈，身受數刃，脱永春山中，絶粒經死。有丐者義之，撫屍而慟，負齒髮頭顱瘞山麓。僧性原時見精魂往來山間。通志載：「符甲死於馬得功之手。備棺衾禮殯之。乾隆四十一年賜謚『節愍』。」或云死於海上，節義文章亦以爲自經於永春山中，今上場堡，求符甲葬處不可得。時當變革，二百年來復無好事者爲之訪求，後人何不於上場堡立石識之，亦具衣冠葬之遺意也。

題寓園松徑

長風何處起，清響落層湍。忽聽晴空雨，翻飛午院寒。蒼鱗移漢殿，鐵幹老秦官。即此開三徑，徘徊盡日看。

何九雲

字舅悌，喬遠次子，晉江人。官漳平教諭，陞應天教授，後登崇禎十六年進士，選庶吉士。按，九雲甲申後南歸葬父畢，杜門不出。詳通志。

漳平縣志名宦傳：何九雲，晉江人。端嚴率士，綽有古風。嘗捐俸爲布衣先生構專祠，且構廛税以供歲祀，又於東山寺側構堂講學，皆有功名教之大者。每釋奠，先期出簠簋，令諸生盥滌陳設畢，必親視其豐潔與否，而後安置陳列。前後居官者，鮮有如此誠敬也。復登崇禎癸未進士，官翰苑。平人至今思之。按，崇禎十二年何九雲建布衣祠於鄉賢祠右，祀成化間鎮海人布衣先生陳真晟。康熙十三年，邑諸生以九雲袝焉。

漳平十詠

提舉起窮陬，翡翠鳴禽族。既領開封解，還司浙江穀。版輿一何榮，銜恩聽繡服。廬陵昔資賞，紫陽亦見録。名論嗟不傳，當時照場屋。劉提舉棠。其論册爲場屋楷式。在宋元祐中，群材咸奮作。處士工詞賦，文林羡金雘。青雲胡不施，漁釣老深澤。自是天網疏，恣意出廖廓。邈矣溪南烟，谷口同寂寞。陳處士俌。書數雖小道，古禮興三物。員外通九流，成均昔鼓篋。内府鈎泉賄，精勤帝心悅。度支遂含香，青究仍驅節。兒曹困無資，清風扇閥閲。陳員外雍。都運眈尚友，釋褐慕江門。出麾三典郡，諸生惠計論。播厥非嘉種，何由好與堅。獨於絶學中，微究伊洛源。講堂今雖蕪，祭菜尚未寒。曾運使汝檀。天台禀介獨，手揮温直資。到官僅八月，悽惻救癃疲。拂衣三十載，父老款門扉。番番應尚書，千里緘苦詞。外迫倒懸困，中表去後思。陳天台茂芝。陳君需選人，簿領羞齷齪。慷慨天官前，轉授聶都牧。利病靡不聞，意在四方活。歸來老且貧，藜羹不飽腹。固窮永自甘，杳然似干木。陳崇義應元。處州本真淳，韞璞猶未傷。所乏希世務，陸沉返田桑。束髮服師訓，終身眷廟堂。偃息東林下，抱道日徜徉。媿彼車上儛，華軒竟茫茫。陳太守九敘。吏部昔爲縣，每書陽城考。及乎來陪京，含英推國寶。矯矯歷銓司，孤標門可掃。澄敘招衆咻，家貧廪常倒。有弟守蓬蒿，何必滅次道。蔣吏部時馨。

皋魚擁鐮泣，千載尚心哀。皇皇陳孝子，終廬土一坏。麋鹿走我側，烏烏鳴其隈。歲時暫返舍，群從卹然來。遺風猶在口，令人痛南陔。陳孝子思齊。

葉君鄉祭酒，諸生半在門。師道久不立，馬鄭章句繁。君乎討性學，言行必有藩。庫里非一社，獄訟消囂昏。私謚擬貞曜，足使清議存。葉貢士時親。

全閩明詩傳　卷五十二　崇禎朝七

侯官　郭柏蒼
　　　楊　浚　録

林之蕃

字孔碩，一字涵齋，堪曾孫，材孫，弘衍子，俱見上。閩縣人。崇禎十六年進士。官吏部考功司郎中。有藏山堂集。

塔江樓文鈔明御史涵齋林先生傳：有明遺臣涵齋林先生，諱之蕃，字孔碩，别號積翠山陀，又曰涵齋。登崇禎癸未進士。曾祖諱堪，舉孝廉，授邑令。祖諱材，號楚石，萬曆癸未進士，與先生同科名，同觀政。以忠諫建言國本，彈時相奪情戀位，謫戍邊方，光宗嗣位，一歲三遷，擢銓垣，擢通政，擢都御史。郡誌名臣：父弘衍，號得山，援忠諫廕官，歷浙江副使，備兵温台，政多平恕。閩人稱四世簪纓，忠孝經術萃於一門者也。先生守清白，貧約自檢。楚石公最愛其靜默持重若老成，不以才學衒人。屬文之下，旁及山水、墨跡、方言、禪理。楚石公清介，於物無所好，惟珍藏一彝鼎，篆「箕子受命」文，斑駮陸離，價重千金。公没，遺囑歸先生，先生泣受。每遇公諱辰，捧鼎焚香涕奠。有富室黠而暴者，索父得山公官逋，探鼎爲質，往復百計威刼。先生償以所遺屋，不許；償以遺田，又不許。先生曰：「若窘我者，爲鼎故也。鼎可碎，不可奪。」睨富人捶鼎，富人心戀鼎，退去。又使人諂進三百金，並破前券。先生曰：「彼以利誘我不得，必殺害我。留此身，不可以鼎自戕。」召富人予鼎，陰給之曰：「吾鼎受先資政，無輕予汝，待焚香廟告，令破券耳。」富人喜，心怦怦動。先生抱鼎告曰：「孫蕃不能守傳器。」向富人一擊，頭幾碎，竄去。成進士，釋褐，授浙之嘉興令。一巨商挾重寶屬巡鹺李公門下，橫恣奪清節故宦墳，且誣巇其子孫。牒下嘉邑，囑訊抵罪。先生溽暑走百里驗山界，圖畫井井，坐富商罪。李公怒，駁覆。瀝血誓辯，全故宦墳，會計典罷。先生無幾微怏悒，攜故劍遺琴，束裝就道。浙人賦清風歸去辭以贈。甲申變革，天傾地折，恨不即死以殉，痛哭不食數旬，與同譜子野先生發大誓，終身斷葷，願世世生生報君父地下。家居不接人，時自歌哭，謂徒存食息，不可赧面玷人間。唐藩入閩，故相朱公繼祚、黃公道周造廬請共事，謝以勢無可爲。二公徑以銓曹舉薦，不數日，復以御史屬。先生扶病强應，遂决意高隱。世居吴航唐嶼。出海門，江心流湍，有潭曰淠濟，元晦朱夫子避跡處也。日汲潭洗耳，牢騷感憤，咸於詩文發之。嘗作悲秋詩云：「吾道固應窮到底，青山不意肯相容。」又曰：「斷續遠聲哀北雁，蕭條落照怨西山。」又曰：「寒巖亦是長安月，獨少千家響暮碪。」又曰：「哀楊近遠孤臣骨，千載何人表墓門。」讀者如空山夜半聽哀猿啼鵑。其著述盈篋，不以示人。恒傷閩俗嫉善如讐，謂千載後自有知者。値海氛震蕩，不遂寄跡，返三山故廬。制府諸公謀以地方人材勸駕，先生驚愕，以老病白，咏漁況見志。其略曰：「自是老翁生計拙，風波未至把帆收。」又曰：「别港漁肥招不去，綠蓑惟戀舊溪山。」諸公亦遂其高尚，不强致焉。日與方密之、金道隱、爲霖和尚，精研禪理於鼓山白雲洞中，彌月不倦。所畫山水，筆力奇恣，方之黄大癡、梅花道人。醉後潑墨，幽致淋漓，爲石田、雲林所不及。癸丑元夕，夢雲間臥子陳公，以故明冠服令主功曹。覺而歎曰：「吾遇故人，獲故物，何歸根復命之速也。」是秋，岁崱峰頭有里民盜葬，先生以全閩風水持論，忤鄉之權貴，一時附者交訌。先生性烈積恨，一夕，疽發背卒。

明晏如居士姜紹書撰林涵齋畫傳：林之蕃，字孔碩，號涵齋，閩縣人。崇禎癸未成進士，授嘉興令。自幼喜畫山水，落筆蒼潤，韻致更自蕭疏。其爲吏清廉有聲，惟知奉公潔己，不喜逢迎上官，遂爲鹺使者所劾，竟拂衣歸。一瓢一衲，寂隱山中。因寫山水一幅寄余同邑荆毅庵，蓋其同門友也。煙雲潑墨，點染精工，題絶句曰：「與君隔别幾經秋，雲水無緣接舊遊。若問故人生計在，石田茅屋隱山丘。」亦足想見其詩中有畫矣。其父弘衍，號得山，由恩蔭擢民部郎，亦深解畫理者。孔碩殊有鳳毛，故足述云。蒼按，涵齋喜山水，兼工墨竹。

柳湄詩傳：道光己亥，蒼於王友道徵書肆中得藏山堂兩鈔本。共詩四十二首，因與邑人黄熥、閩縣戴茂才成芬，檢鼓山志、長慶寺志、閩詩録、竹牕筆記、居易堂集、九仙觀石碑、可閑堂雜稿、賴古堂尺牘新鈔二集，得詩五十三首，得文八篇，合刻爲林涵齋集。蒼撰事略刊於卷首：先生諱之蕃，字孔碩，號涵齋，閩縣人。性行醇正，狀貌奇偉。曾士甲閩詩傳稱其爲人博通今古，明興廢之道。工詩文，閩詩傳云：「詩文極多，不甚概見。陳軾道山堂集有妙峰寺和林涵齋二律，集中無此原唱，可知散佚者多。善繪事，林坙居易堂集有題孔碩畫卷一古，中云：「文心託筆墨，筆墨未落紙。」又徐鍾震雪樵集有林涵齋畫扇贈別一古，中云：「貽我雲樹圖，筆筆成絶技。藹然丘壑姿，出入懷袖裏。」公之善繪可見。與侯官林坔善，曾與坔結廬於鼓山之積翠巖，有詩文見鼓山志，今採入。公與子野同姓、同師，公爲子野傳後云：「子野與余同受業司空董崇相先生。」鄉、會同年，又同觀政户部，後同出爲浙令，公嘉興，子野海寧。復先後辭官歸。子野盡節，公亦不仕。居嵩山，有堂曰藏山。閩詩傳：公退居嵩山，從容澹静，不喜交接，好佛經而辯宗論，是爲達義之至，識正之深。年六十有二卒。公爲子野傳後云：「少子野六歲。」子野生於萬曆丙午，公當生於萬曆壬子。林涵春塔江樓文鈔有林涵齋傳云：「公卒於癸丑。」癸丑，康熙十二年也。招魂自註又云：「公卒於辛亥。」若癸丑，則年當六十有二，辛亥則僅六十。未知孰是，存以俟考。公崇禎六年癸酉舉於鄉，以生歲計之，時年二十有二。癸未三甲進士。時年三十有二。曾祖堪，嘉靖癸卯舉人，入省志人物傳。祖材，號楚石，萬曆丙子舉人，癸未進士，選通政司，授右都。道山薛老村有石刻七律一首。父弘衍。號得山，援忠諫蔭官，歷浙江副使，備兵温台，曾與徐𤊹同修雪峰寺志。子二：長弢，次暄，按，暄名霖培，雍正間拔貢生，工部七品小京官。郡志失載。早逝。孫二：長球，次盛，皆夭殤。曾孫登。墓在福州南門外高蓋山。福州郡治于山九仙觀右廊二像，乃董見龍與公也。附記。

光緒辛巳蒼又撰明御史林涵齋先生詩文後序：明御史林先生之蕃，崇禎癸未進士，其梗概已詳道光己亥授梓時所撰事略中。越四十二年，始識林都閫寅於墟墓間，諗爲御史玄孫，尋覓親近數祖墳，卒於數年得之，其人之篤厚可知。乃以御史詩文集板歸焉。御史曾祖堪，祖材，居官居鄉有風節，事詳明史及郡志。父弘衍，援忠諫蔭官，歷浙江副使，備兵温台。御史以勝國遺臣，鼎革後自號積翠頭陀，與故老李元仲、張能因輩皆似僧非僧，以終其身。所作字畫，多於寺觀得之。都閫以武舉人起家，通文墨，承累代忠厚之遺，又講求根本。蒼因錄其先世事蹟散見諸書者，使輯爲家乘。御史之詩文傳贊，蒼爲之傳於前，都閫爲之廣於後，此亦天道人心之不泯没者也。

丙戌中秋與徐拙庵先生别於延津，迄及甲辰四月拙庵再入閩，訪余藏山，撫今追昔，倍增感慨，爰賦短歌，以志平素，且訂登石鼓云

十圍古榕覆一老，安貧守困存古道。茫茫舉世孰知心，平生惟與徐子好。徐子産在江以西，文章直與北斗齊。長源早慧負經濟，年少名姓登金閨。丰采稜稜動朝宁，選擇賢能佐天子。山公啓事凛秋霜，不肯逶迤媚狐鼠。余亦賦性疎且迂，當時權貴爭揶揄。叨陪郎署佐銓政，肝膽多君最契乎。吁嗟天運忽改移，大廈難憑一木支。延津雙劍各飛去，百丈灘頭愴别離。孤高君作何天鶴，匏繫余惟藏一壑。艱難彼此總備嘗，心緒每將雙鯉託。孟夏山中草木肥，茅檐闃寂來往稀。鶯啼不住鵲更噪，何期有客叩荆扉。開門驚見疑是夢，握手未語心轉痛。别來瞬息十九年，留得餘生竟何用。沽濁酒，摘園葵。日既夕，燭繼之。千愁萬緒語不盡，兩人志氣皇天知。愛君留君歸勿疾，同登石鼓捫名筆。攀躋更上絶頂峰，夜半海門看日出。

雪譜

閩服極南，天暖少雪。丙申正月之望，始而微霰，既而雰霏。二儀混合，萬有皆空。原隰間積可數尺，蓋百年來未見也。余聞世欲治，天氣自北而南，造物其有意乎？憶自古明君良相、義士忠臣，憂勤惕勵，多於雪中見之，而豪傑因以建功，儒者因以修業，賢親孝子、良友高人，每於雪中表芳軌以垂不朽，誠不負此雪矣。彼梁園之賦，謝庭之詠，扁舟訪友，騎驢尋梅，逸韻高懷，代不乏人。既無益於德業，將何關於世道，余則奚取焉。即大者如雪夜蒙幸，熾炭燒肉，夫妻行酒，君臣一堂，可謂盛矣。然送孤寡之江山，成叔姪之瑕釁，雖際會一時，終貽譏千載，亦義所不出也。作雪譜十二，使後之覽者知所興起云。按，順治十三年正月望後，福州大雪三尺。

周宣王命南仲代玁狁勞還率詩曰：「昔我往矣，黍稷方華。今我來思，雨雪載塗。王事多難，不遑啓居。豈不懷歸，畏此簡書。」

周德天所眷，中興有宣王。如何彼驕子，故故侵朔方。社稷仗大帥，南仲推賢良。簡書命撻伐，國威是用張。名分正夷夏，經綸見安攘。戎車奏凱還，大旗映雪光。山河表裏淨，天子坐明堂。椎牛饗壯士，作樂聲瀼瀼。追念行役時，辛苦如親嘗。展轉播歌詠，感人入肺腸。

曾子耕泰山之下，雪凍旬日，思其父母，援琴作梁山吟

泰山高崔嵬，荷鍤耕其下。上天乃同雲，朔雪飄四野。凝陰不肯霽，裂膚凍牛馬。懷我堂上白，望空淚空灑。淒切一操琴，至性指中寫。風聲爲之悲，鳥聲爲之啞。悠悠千載後，誰讀孝經者。

羊角哀、左伯桃相與爲友，俱適楚。遇雪，宿空柳中，度不得俱全，乃併衣糧與伯桃。角哀死樹中。桃至楚語王，王令人往葬角哀

人道有大倫，朋友居其一。君子慎結交，所以尚質實。吁嗟風俗澆，容易成膠漆。雲雨翻手間，金蘭化荆棘。有美二丈夫，平生寡相識。意氣素羞稱，落落惟悃愊。舉世莫己知，相將適楚國。大雪撲面飛，飢寒誰見恤。同死乃本心，所恨無建立。解衣推餘糧，行矣應努力。汝去我目瞑，何必相對泣。至今枯柳枝，猶帶別離色。

蘇武使單于不屈，單于幽武置大窖中，絶不飲食，天雨雪，武嚙雪與旃毛並咽之，數日不死。匈奴以爲神

寧斷漢臣頭，不改漢臣節。衛律口齟齬，子卿顔凜冽。胡天無日月，陰山一片雪。沙場不生薇，只有雪堪齧。一齧眉目清，再齧肝腸潔。不是雪不寒，志士心血熱。匈奴牧馬來，相見驚咋舌。分付李將軍，勿復多言説。「勿復」，閩詩傳作「不必」。

袁安常積雪僵臥。洛陽令按行至安門無路，謂安已死，令人除雪入户。問所以不出，安曰：「大雪皆餓，不宜干人。」

大任降斯人，艱難先歷過。四世萃五公，當日偏轗軻。積雪斷孤烟，空牀但僵臥。埋没白板扉，縣官驚踏破。空谷聞足音，使君情自深。固窮乃素志，干人非本心。閭巷多枯槁，己饑奚足道。但願濟群生，毋煩念一老。何時際豐年，庶幾舒懷抱。

焦先當漢末，行不由徑，目不與女子迕視。及魏受禪，結草爲廬於河之湄，或數日一食。野火燒其廬，因露寢。雪大至，先袒臥不移，人以爲死，熟視之如故

漢祚已如此，一身亦覺多。縱留殘歲月，總是亂中過。野叟見幾早，累心固非寶。田園與室家，都作黃葉掃。結草河之湄，饔飧但採芝。未嘗有四壁，不畏狂風吹。狂風號萬竅，茅茨遇野燒。杖屨日暮歸，不覺付一笑。露處臥太虛，天地作蘧廬。玄陰凝皓雪，鬚眉盡瓊琚。

陶侃家酷貧，母湛氏紡績以資，使結交勝己。時大雪積日，范逵投侃宿，僕馬甚多。侃家如懸磬。湛氏謂侃曰：「汝但出外留客，吾自爲計。」因撤所臥薦剉以飼馬，伐柱爲薪，密截髮賣以供調，從者皆無所乏

富家偏好財，貧家偏好客。客多家轉貧，客去心不懌。老婦訓子孫，意不在刀尺。柴門閉雪風，門外聲嘖嘖。僕馬何悤悤，不棄草堂窄。呼兒出周旋，聽母自擘畫。竈冷柱可薪，馬嘶牀有簀。欲結天下士，寧惜頭上髮。咄嗟得美酒，次第列肴核。回頭顧兒曹，虛心受三益。晉室使人愁，問客將何策。

孫康素性清介，交遊不雜。家貧，常映雪讀書

樸拙無一事，但與書相親。未嘗輟寒暑，豈肯離昏晨。藉以理情性，詎云仗致身。荒村茅屋古，雪照紙牕新。入夜不忍睡，開卷生精神。造物遺我厚，我輩何曾貧。光輝留後世，尚有讀書人。

朱百年偕妻孔氏隱南山中，以樵採爲業，每束薪置道傍，待需者留值與之。遇大雪，樵不售，輒自榜船送孔氏歸母家，雪晴然後迎反。及百年卒，會稽守蔡興宗餉之米百斛，孔氏謝讓，終不受。時人美之，比漢梁鴻、孟光焉

幽人有素業，乃在深山居。深山多古木，蒙密列敝廬。垂釣傷天和，石田不可鋤。枯枝滿巖谷，裁薪頗有餘。市道固所恥，負擔置路隅。隨緣換升斗，不用輸官租。優遊友黃綺，勤苦憐陶朱。丈夫貴知止，經營何時已。同心有老妻，飢寒常歡喜。空山飛雪花，絕糧不必賒。前溪橫小艇，載婦還母家。含笑已入地，平生妻能謚。爲謝太守賜，恐違夫子志。

李愬平蔡，會大雪，偃旗裂膚，馬皆縮慄，士多抛戈，凍死。吏請所向。愬曰：「入蔡州，取吴元濟。」士皆失色。行七十里，夜半至懸瓠城，砍墉先登，殺門者開關，留持柝傳夜自如。黎明入駐元濟外宅。蔡吏驚曰：「城陷矣。」檻元濟致京師

將軍報國心，皎如天上雪。朔風吹雪來，天意助豪傑。蠢兹跋扈徒，久爲廊廟孽。敗德不足恃，所恃山巉嵲。兵機秘鬼神，難與衆人泄。制勝在用奇，乘時貴明決。洄曲橋已斷，朗山道亦絶。寒光照馬蹄，迅若雷電掣。柝聲終夜鳴，談笑入虎穴。豎子醉夢中，倉皇心膽裂。一組獻闕庭，三章安煢孑。赫濯歸至尊，微臣無閥閲。同時梗化者，聞風氣已折。

韓愈以諫佛骨謫潮陽，途中遇雪。俄有一人冒雪而來，乃公猶子韓湘也。湘曰：「憶花上之句否？」初湘侍公家居時，聚土以盆，頃刻花開，中擁一聯云：「雲横秦嶺家何在，雪擁藍關馬不前。」公因詢其地，即藍關也。嗟歎久之

諫書闢佛去，投荒帶雪來。古關作新色，蒼松抱白苔。蠻海望何極，君恩浩蕩開。君恩安敢負，霜雪皆雨露。衝寒策羸馬，躑躅不可度。羽衣憐忠貞，翱翔來相顧。指點昔時詩，惆悵今始悟。孤臣多苦辛，佛教還如故。文章日月光，千秋生景慕。

楊時與游酢一日見程頤，頤偶瞑坐，時與酢侍立不去。頤既覺，則門外雪深三尺矣

尼山去我久，斯道將淪湮。有宋生諸儒，淵源得其真。木鐸聲再振，日月重光明。洛陽門風峻，海内宗二程。大程大難學，小程如山嶽。及門瑚璉器，一一受琱琢。先生方静息，閉目會太極。入德在存誠，肅恭見矜式。絳帳坐高深，森森立兩人。空庭涵雪影，照見天地心。

悲秋

萬株松頂一峰尊，峰半禪龕古佛存。石磬敲醒生死夢，蒲團坐斷往來魂。頽雲掩洞龍方臥，苦雨侵林鳥不言。獨有寒流清徹底，落花隨去了無痕。

蓬户纔經兵燹餘，架頭猶賸幾殘書。村墟死徙烏啼屋，阡陌荒蕪鬼荷鋤。乞食孤蹤追五柳，招魂雙淚弔三閭。道人久矣忘機事，家傍深溪不釣魚。

空林疑聽舊時鐘，回望天邊倚短筇。蔓草詎能成遠志，殘雲無力起奇峰。百年人對千秋史，一室燈明半夜蛩。吾道固應窮到底，青山何獨肯相容。

金風翦葉墜雲關，愁思千重不可删。斷續遠聲哀北雁，蕭條落照望西山。新霜向晚凌寒

骨，微月初生映道顏。欲撫素琴修未得，懶移蹤跡到人間。

山河留恨樹留烟，淒切蟬聲亂葉邊。好夢難成虚夜夜，流光易擲惜年年。層巖縱險無非地，落日雖低不離天。汀畔蓼花紅似血，斷腸莫認作啼鵑。

愁鬢難銷雪有恨，隔山可忍又啼猿。玉堂已没卿雲散，石馬空悲薦草昏。事業無成羞小技，纖埃莫報負深恩。衰楊遠近孤臣骨，千載何人表墓門。

極目蒼涼生苦吟，空廊閒踏碧雲深。日從天上分盈縮，事向人間問古今。霜菊開殘存晚節，香萸摘盡抱秋心。寒巖亦是長安月，獨少千家響暮碪。

簷前絡緯報秋中，漫道推遷盡至公。經術邇來惟牧馬，書生悮事但雕蟲。冥鴻自欲依高漢，勁草何曾畏疾風。無可決疑聊揲卦，山深偏與鬼神通。

雲暗溪山日色沉，泬寥誰可共開襟。插天風木流丹葉，照磵霜花見素心。烈火總然燒到玉，謀身何用積多金。半生俯仰皆成愧，秋水寧如滴淚深。

牆角芭蕉秋自聲，樵歌過後絶逢迎。若非拄杖誰同老，除是輕鷗孰與盟。白骨驚看空浩歎，黄庭不讀厭長生。名心已斷文焉用，詩草聊將紀雨晴。

遊靈石寺

谷口聲幽石徑斜，招提别逢有桑麻。千章怪木森寒殿，百折清溪斷落花。孤嶂春深流白雪，虚亭天際倚蒼霞。連朝遠上觀滄海，不許浮雲向眼遮。

壽方巨蒙

河湄結草便爲廬，聞説焦先百歲餘。竹榻夜燈同影宿，山園春菜任兒鋤。意中朋友窮愁好，世上公侯禮數疎。腹笥便便千萬卷，總無一字應時書。

芰荷風老正懸弧，元氣長留仗腐儒。但使心腸同鐵石，何妨霜雪滿頭顱。問天傲睨登名岳，賣藥踟蹰過舊都。最喜向平婚嫁畢，白雲攜手傍浮屠。

漁況

張子同居江湖間，篛笠蓑衣，幽人逸致，千古如見。予家傍大江，宛然烟波釣徒。每所歷風景，輒圖尺幅，繫以短句，志漁況也。傳稱子同酒酣乘興，舞筆飛墨，應節而成，天水混合。然則子同固善畫者，何至今罕見之。豈有道之士自有卓然不朽者，不因一藝以傳也。余欲企仰古人，此圖尤覺多事，何論工拙耶？

晴釣

秋江如練貼天平，漁火鬚眉照水清。風靜蒹葭孤艇穩，綸竿不釣世間名。

雨泊

驟雲驟雨没沙洲，結網家家逐急流。自是老翁生計拙，風波未至把帆收。

濯足

岸草無邊春已闌，午風新沐懶彈冠。人生何必窮途哭，萬頃滄浪放足寬。

晚唱

晚晴雲盡見天心，欸乃猶存正始音。幾度隨風吹蕙草，千年澤畔起行吟。

狎鷗

葦風泛泛自忘機，鷗鳥無猜稱意飛。每到夕陽斜遠渚，一群齊伴野航歸。

樵話

心事經年寄水流，負薪人歇喚孤舟。相逢細話溪山勝，最愛桃源洞裏幽。

霜笛

滿船明月照冰心，鐵笛寒吹振夜沉。水底魚龍都喚起，獨憐人世睡方深。

汀火

元氣涵虛夜渺冥，熒熒一火照寒汀。明河倒浸空江裏，却認漁燈作客星。

夜雪

雪壓孤篷山水殘，酒旗雖近笑賒難。西風夜透蘆花被，瘦骨由來耐得寒。

故港

一綸舒卷水雲閒，閲盡浮沉意思閒。別港魚肥招不去，綠簑惟戀舊溪山。

題越山種竹口占十絶，併爲寫數叢

公自注：「時戊申二月十七日也。」按，戊申乃康熙七年，公所畫越山竹四幀並題，咸豐初年尚在華林僧舍。

移得瑯玕數畝寬，一春微雨長千竿。後生箇箇皆龍種，抹月披雲也不難。

鳳尾何須截作笙，凌霄豈是世間情。最宜清夜踈鐘後，牕外蕭蕭帶雪聲。

勁節凌霄色更青，平生風骨自亭亭。入林莫惹劉伶輩，免得龍鍾醉不醒。

寒梢如玉本清癯，一片虛心愛老夫。嶺路嵚嵚防屐齒，多君隨處許相扶。

金谷招攜畏出門，託根偏喜傍祇園。禪林自是忘情地，不染湘江血淚痕。

石杖相依更有誰，籜冠猶與道人期。一枝分贈嚴陵去，好向桐江挂釣絲。

草木瞻依作表儀，風姿那許俗人窺。諸孫善護柴桑菊，每到秋時倩補籬。

高才亦作棟梁時，禹偁樓居盡雅宜。大木愕然稱巨室，飄飖風雨有誰支。

一遇香巖道不孤，悄然悟徹本來無。歲寒舊友長松在，可惜無端作大夫。香巖禪師，聞擊竹悟道。

欲寫君真愧末工，和烟和霧影朦朧。漢川太守誰能手，傳得丰神迴不同。

呈贈永公大師有序

湧泉開山於五代國師神晏，禪燈相繼，凡七十餘代，嘉靖中厄於回禄，而寺遂鞠爲榛莽。至天啓間，博山無異和尚重開闢演法，猶草昧乎林間樹下。及永覺大師來主是山，不起於座而百廢俱興。棟宇翬飛，金碧相映。禪衲雲擁，石鼓雷鳴。衆咸以爲國師再來云。

石鼓重開播祖風，莊嚴殿閣碧霄中。二時展鉢千僧靜，半偈傳燈萬刼空。岳頂雪明松影白，海門日出浪花紅。靈源不混諸流去，豈用當年一喝功。涵齋先生詩，見鼓山志、長慶寺志及他書者，兹不重錄。鼎革後，仍居般若庵，與永覺、爲霖師徒談道。二僧皆建陽文人。剃度後，嚴於戒行，興替因革，俱能前知。詩其末事，姑選附於此。元賢秋興詩云：「悄然坐荒塢，風清況益清。茶烟迷竹色，梵韻雜蛩聲。樹古足蟬噪，簾虚掛月明。更闌發深省，孤鶴嶺頭鳴。」又建溪春色云：「勒馬山前鎖翠煙，巖花簇簇錦文鮮。黄鸝唱盡華亭偈，笑殺漁人尚醉眠。」道霈登岃崱峰詩云：「岃崱崛然起，迢迢一逕通。萬峰爭列下，二水竟朝東。日月看馳逐，乾坤若轉蓬。十年何不到，身在此山中。」

郭萬完

字翬侯，龍溪人。崇禎十五年舉人。國朝任永安教諭。有旅聲集。

壬子初度

週庚如石火，兀兀實堪憐。白髮從無藥，青燈尚有緣。蹉跎將壽補，衰腐藉兒傳。可似龍鍾竹，平安又一年。

寒食

一百五朝春事賒，野棠開遍雨風斜。蠮螉燕壘添新土，泠落侯門賸故瓜。丘壟從無更甲子，歲時今正改龍蛇。漫傳禁火存遺令，亂後吹烟有幾家。

除夕

作客三千里，歸途天一涯。難逢烽外信，易別夢中家。

吴駿聲

字先岐，仙遊人。崇禎十五年舉人。侯官學教諭。

冶城七夕

微風淡月竹梧聲，獨客淒清古冶城。牛女不憎寒角意，闗山頻動夜碪情。漫嗟遊子征衫卷，已見星梭碧落傾。寄語歸楂休問渡，蒼茫幾見海潮平。

林尊賓

字燕公，自號餘黎子，益曾孫，莆田人。崇禎十五年舉人。魯王入閩，以獻策授兵科給事中，死於難。有雁園集。

柳湄詩傳：尊賓通六經、諸史、百家，著春秋傳，於左氏、公、穀、胡氏之外，別有發明。又以禮記附和成書，乃翻去陳言，著爲定評，復取朱子未成之志，合三禮而通之，名曰古禮當然。一時倪元璐、張溥、陳子龍、夏允彝、錢肅樂輩折節下之。甲申國變，王家彦死之。尊賓爲位以祭。魯王入閩，黄道周薦授兵科給事中，死於難。國朝乾隆四十一年，與邑人林説，詔祀忠義祠。

陳臥子邀集湖舫，聞鄰舟歌聲分賦

毿毿柳色遠難分，仙侣同舟日未曛。岸草自芳欺緑醑，渚花無語妒紅裙。咿啞柔櫓穿橋響，清脆珠喉隔水聞。今日晴湖風景好，滓妃應識客多文。

將歸莆田留别吴江諸子

贈别臨岐折柳枝，越山上瀨片帆遲。荔支亭下清秋月，還憶吴江楓落時。

林説

字傅公，一字小築，莆田人。崇禎十五年舉人，死於難。國朝乾隆四十一年與邑人林尊賓詔祀忠義祠。有寸草堂集。

柳湄詩傳：説爲人淡泊寡營，喜吟詩，不沿時調。甲申之變，作詩自矢云：「誓死髮膚不毁，舍生豈爲令名。雖云未膺圭組，但念已歌鹿鳴。」唐王敗走，入深山餓死。清風諒節，可以遠希西山，近比疊山矣。明紀誤作「福清人」。

偶成

怨咨天下滿，一士歎云微。棄置如陳曆，衰殘類破衣。兵戈軀命賤，水旱妻孥饑。數骨同柴瘠，惟餘蟣虱肥。

禮數今人重，老生拜答寬。長年無奏記，久坐省衣冠。服藥饔飧半，茹蔬肺腑乾。科頭成日日，有鏡不曾看。

侯世淮

字元定，一字晉水，龍溪人。崇禎十五年舉人。官涇川知縣。有椒園詩藁。

月夜偕諸子登景山

四望皆無際，蒼茫獨有天。清光依木末，笑語出山巔。石鏡明苔髮，松岑淨野烟。夜深孤月淡，恍惚倚雲邊。

汰山有感

豈有入林慕，山深性自宜。難逢世眼熱，爲結野夫知。地以桃源古，興當梅發時。溪聲頻漱耳，澹意足相師。

響　山

川原高隰衍，突兀出奇巒。幽洞緣空響，巖亭近郭觀。佛慈馴隱豹，山勢作飛鸞。始悟虚能應，徘徊仔細看。

過省潭庵即事

磴道紆迴欲問奇，喜開梵宇在河湄。千山翠色侵僧几，一水澄流映佛帷。木鼓頻敲山鳥聽，石牀入定野猿窺。省潭日省知何事，渡口溪聲不斷時。

登迎江樓

巍樓勝據大江高，俯瞰長流氣象豪。地接三吴雄澤國，勢連全楚表神皋。時瞻雲日輝宫闕，更看蛟龍舞怒濤。聞道皖封稱舊服，憑欄遠眺水滔滔。

宿琴溪

空林蒼靄藥苗肥，聞道琴師控鶴飛。人泛波流諸相盡，橋横溪渚一峰巍。龍湫長護丹爐在，漁艇猶傳赤鯉歸。梵刹鐘聲子夜響，喜偷半晌證希微。

登明遠樓

危樓聳拔幾經秋，不數英豪此勝遊。地踞河淮龍虎壯，光衝星漢鬼神愁。雲山滿目披襟攬，麟驥齊驅一網蒐。卻羨風流江左擅，明珠照耀與誰投。

慧山用李青蓮韻

雲樹迷離露壓花，夕陰藹藹散晴霞。孤峰片石堪爲侶，天上人間總一家。

林　泉

字六一，閩縣人。崇禎十五年舉人。國朝授漳浦教諭。有數堂詩文集。

宿孟采半樓

半樓足看山，俯視多竹石。六時挹風光，一家蔭清碧。短榻幾卷書，入座二三客。江湖多寇盜，臣僕少良策。亂中日過從，憂危羨安適。不寐夜綿綿，無言情脈脈。萬里荒鷄鳴，燈翳東方白。

史　胤

字存劬，閩縣人。崇禎間庠生。

陳叔舉移居侍父

草屋圍天地，中軒寄短牆。硯留深淺潤，花散雨晴香。燕語驚殘壘，鴉聲護小牀。晨昏書劍下，不減老萊堂。

戊戌除夕

蕭蕭琴劍落京華，對鏡看鬢雪欲加。萬里風霜歸爆竹，十年心膽上梅花。殘罏鶴夢誰分淚，隔樹雞聲各有家。子夜春光催客老，何時點首認桑麻。

朱　山

字幼志誤「初」。昆，一字二思，莆田人。崇禎中布衣。

蘭陔詩話：二思與朱胤岡、黄改庵、林燕公往來唱和。閫帥聞其名，累辟不就，亦豪放之士也。

過朱胤岡墓下

壺公山下草萋萋，丞相墳前路欲迷。精衛久知填海去，怪鴟空自向人啼。白楊蕭颯風難靜，青嶂荒涼日易低。愁殺南皮舊賓客，不堪回首獨含悽。

李維垣

字薇甫，福州中衛人。崇禎中襲封千户。有青門集。

平遠臺登高

臺高扶荔上，長嘯振衣塵。天地含秋雨，江山閱古今。草荒霜磴菊，雁唳晚洲蘋。屈指流年感，淒然一病身。

夜　雨

兀兀度長日，昏昏臥草堂。忽聞一夜雨，欲碎百年腸。短劍成頑鐵，殘詩託古囊。明朝青鏡裏，應失鬢蒼蒼。

感懷

卜居貧病日相兼，古荔垂藤壓短簷。看雨不知江水闊，望雲漸失嶺頭尖。竹知古徑斜穿石，燕啄新泥快入簾。閒倚柴門長發嘯，前村微露月纖纖。

陳曾則

字石人，莆田人。崇禎中諸生。

蘭陔詩話：石人滄桑後着壞色衣，自稱僧權，亦稱權和尚。醉後放筆作蘭竹，俱有生趣。其鄭所南之流亞歟。

送從弟遊澤州

太行天險仄，匹馬五更遲。去國流離後，傷心雨雪時。酒多防自醉，技小畏人知。門有倚閭者，歸期可早期。

林喬材

字世臣，古田人。崇禎中諸生。有秋霞子集。

柳湄詩傳：喬材慷慨尚氣節，所著有四書集説、禹貢註解。

溪邊坐石

圓石當蒲團，坐破松陰冷。橋不鎖寒流，瀉出孤峰影。

立秋

倏爾涼風至，行看暑氣收。有泉皆覺爽，無樹不吟秋。山色隨雲淡，桐聲帶雨幽。飄飄吴楚雁，何日到南樓。

鑑園雨

積雨妒春妍，陰陰别有天。花光疑墜露，柳魄欲吞烟。鳥入樓闌靜，雲歸石磴懸。主人近悟道，晴晦自便便。

方　䑸

字章弢，一字太真，又字金人，莆田人。崇禎中諸生。有紅琉璃集。

蘭陔詩話：崇禎己卯秋，章弢與弟八公馳檄全閩，修社荷亭。素魄當空，美姬前酒，柔絲急管，響動林木。士大夫聞之，以爲建安蘭亭再見，洵豪舉也。

九日社集紅琉璃

高懷直與遠山平，同憶渡江涕未晴。無數野雲天外落，一輪新月水中明。琴書易得高賢樂，歌吹不知西宿傾。且讓時人説富貴，亂離何事競浮名。

曾世爵

字叔祁，一字乖巖，楚卿子，世袞弟，俱見上。莆田平海衛人。崇禎中諸生。有此山集。

蘭陔詩話：叔祁早卒。鄭牧仲稱其詩集「比之佛家舍利，仙家金丹，點滴之光，千年不敗」。予閲其昆仲詩多抝字僻句，各錄一首，以存豹斑。

木棉庵

艷冷遺人恨，西湖與此庵。平章憑蟋蟀，禦寇只黃柑。忽舍歌姬去，空隨縣尉南。杭州秋後曲，山鬼至今慙。

張階

字平子，侯官人。崇禎中諸生。有詩規。

閩中錄：平子才調宏富，詞質而腴，興近而遠。中壽後，雙目俱眇，而詩益工。有石鼓文四卷，搜索亦極該博。

擣衣篇

秋氣何潛入，幽閨冷獨知。愁心謀寄遠，衣擣夜深時。一聲兩聲恣淒絶，擊碎空階一片月。征鴻嘹嚦掠潭影，芙蓉江上怨離別。別緒如絲解獨難，黄沙紫塞不勝寒。可憐拴束去萬里，碪痕點點付君看。君若有新勿棄故，君若有縑勿棄布。留待春明行役歸，看此年年搗衣處。

春宵悼内

雨點春香冷不知，官街隱送漏聲遲。衾寒已濕當年淚，夢淺猶描昨夜眉。寶鏡何堪留古字，湘裙空憶繡唐詩。碧桃穠艷朝來望，似亦傷心損幾枝。

徐胤鉉

字羽鼎，號磯史，莆田人。崇禎中諸生。

秋懷和林羽伯韻

四山一夜起秋聲，萬木孤居擬竹城。水閣曾容新漲入，草堂原是覆茅成。杜陵風雨愁無睡，鄭國魚龍鬬不情。君看雲中如雲鶴，空天豈爲失群鳴。

曾餘周

字子民，永福人。崇禎末布衣。

曾士甲稱餘周「性行端謹，學術精明，雅負氣節，嘯傲泉石。讀其詩，糠秕世故，超然自往，不可羈紲者也」。

不寐

古酒入寒夜，孤燈伴鳴蟲。空階猶細雨，殘葉更西風。雙眼乾坤外，一身醉夢中。天涯同戰伐，無事泣途窮。

老來

老來無所好，田舍及漁家。倚杖數歸鳥，行舟逢落花。魚吹蘋葉動，燕拂釣絲斜。已自忘喧寂，無心問歲華。

仲秋同陳昌箕、杜蒼略集千頃齋讀李舒章甲申、乙酉詩，命題同賦據此詩，則曾遊京陵。

南冠空戴恥爲奴，每向西風老淚枯。松菊昔曾存晉室，烟花今擬弔隋都。殘山賸水燈前客，破帽青衫亂後儒。因憶當時尋髮者，笳聲拍拍怨烏逋。

即事

清齋岑寂閉蒿萊，破硯殘書濁酒杯。黄葉帶霜隨鳥下，濕雲拖雨過江來。眠因被薄衣兼覆，坐恐爐寒火屢煨。卻憶昔年高臥處，紙牕重障不曾開。

江北道上懷白下諸友

微軀敢復厭棲遲，短策單衣任所之。高下轍平天步改，淺深水渡馬蹄知。風生古道草香起，日轉空江山影移。回首故人烟樹隔，斷腸應在月明時。

全閩明詩傳　卷五十三　崇禎朝八

侯官　郭柏蒼
楊　浚　錄

林　蕙

字孟采，一字直哉，賓嘉、皦父，文英祖，侯官人。崇禎中庠生。有讓竹亭集。

烏石山志人物傳：林蕙，字孟采，一字直哉，侯官庠生。他書作「布衣」，誤。其先由同安遷省會。早歲與邑諸生韓錫交厚，同讀書於福州郡治烏石山陰之榕庵。錫，篤行君子，與蕙終始無間言。錫與郡人李時成、鄧景卿、齊莊等結社鄰霄臺。陳兆藩與蕙年少，特與焉。林先春兵部序稱其詩「温厚和平，有陶、韋之致」。蕙終身佩服錫之人品學問，蓋師事錫，而錫不敢以弟子禮之。錫没後四十餘年，蕙自訂其集曰讓竹亭，乃取菖蒲拜竹之意。蕙懷晉之詩云：「執志雖云友，傳經實我師。」崇禎末錫卒，順治中錫子覲侯亦夭，榕庵地屬他姓，蕙遂宅黄巷。其地與黄樓隔街，南北相向。中爲讓竹亭、介亭、半閣、玉磬齋，與張利民、齊莊、林先春、王子彪、廖琪、陳日行、陳兆藩、林泉、張留輩歲時往來，唱和爲樂。又素喜靜，釋子、羽流過從者二十餘，獨與城東北二十里石林僧青林、即如鑑。蕙贈青林詩有「吾師八十三，龐眉雪滿顛。坐撫十丈松，手植不記年。淨土課實修，永徹三昧禪」之句。俗侯官芋源人，塔在鼓山舍利窣。莆陽南山僧二勝、蕙詩二勝和尚遍遊名山小憇雲門贈詩云：「高風千載峻，大道是誰肩。」俗吴門人。福清靈石僧曹源、曹源俗福清人，重興靈石。蕙贈詩云：「廣長舌裏老婆心，竪義談宗徹古今。九疊峰前留雪霽，不教鐘磬蘚紋侵。」鼓山道僧爲霖、怡山詩僧輔曇爲禪悦之交。嘗自題半僧圖小影。康熙己未年七十七卒。按，蕙七十六始喪偶。蕙風骨姍姍，修眉玉貌，交友親摯，一往情深。鶯花烟雨，非在至交，别館即在野寺衲牀，其於世事蓋漠如也。嘗於初度題詩曰：「閉户不知逢世術，出門强半過僧家。開襟桐下收寒影，種石階前度落花。」其閑逸如此。韓錫卒後，榕庵凡五易主。至蕙子賓嘉字松心、皦字竹筠，復得而修葺之。查慎行、朱彝尊、毛際可及四方名宿結軾入閩者，多主焉。皦因緝衆作爲榕庵唱和編，亦自名其集爲榕庵集。皦子奇英、文英，皆讀書榕庵。奇英字玉山，詩見榕庵唱和編。文英字碧山，拔貢生，康熙丁卯以五經欽賜順天舉人，五經中式例自文英始。戊辰成進士，選庶吉士，累遷禮部郎，出守保定，有宦績。後卒於瓊州，瓊人祀之名宦。著有碧山雜録、所重録。文英孫守鹿，乾隆壬申進士。

秋齋

秋色開林園，澹然愜幽意。兀坐如山僧，修竹勞參侍。涼風自南來，青青動寒吹。畹蘭惠輕香，海棠倚羞媚。對此閒心魂，名利欣然置。夕陽斷疏雨，清暉接遐思。翹望二仲車，落我白玉麈。

孤舟雨宿

群山忽迷蒙，雲垂江欲暮。疎雨響孤篷，點點若可數。襆被不成眠，潺湲自吞吐。兩岸夾扁舟，蘆花凝白露。懶生胡爲來，八口累相趣。鷄鳴漏曙光，晨煙生古渡。寇盜滿江山，跼蹙心魂怖。羨彼小舠漁，上下煙波泝。

課香童洗竹

風日明媚春正暮，瘦筇扶我竹林步。晨夕愛君如愛友，畏使塵埃染君素。香童洗垢知洗骨，寒陰半畝清輝露。解衣盤礴懶出門，永矢寤歌風以雨。我却不令子猷過，眼裏無人焉足慕。

榕庵尋梅有懷韓晉之先生按，晉之，錫字。

山隈尋舊隱，腸斷故人思。執志雖云友，傳經實我師。榕疏陰不滿，竹少籟方遲。獨有梅花白，枝枝欲向誰。

過李明六先生禪東故址按，李時成，字明六。

傍鐘半畝地，僧指是禪東。鶴去霜烟外，松孤霄漢中。子雲生事寂，伯道一朝空。惆悵天難問，蕭蕭起暮風。

同諸子集神光禪室

何處堪投跡，上方花正明。春濃山色重，地僻世緣輕。入定無留影，聞鐘不在聲。諸君多靜者，應共證無生。

同諸子集越山，時法堂重興

森然千古秀，盡向越王臺。林密鳥聲細，牕虛山意來。盆蘭清淨几，爐火暖寒灰。遊興漫云偶，欣看法宇開。

祝陳衛公比部

落落乾坤一布袍，艱難風雪氣猶豪。知君有恨忘寒暑，兀坐更深看寶刀。

贈廖攻瑕按，廖琪，字攻瑕。

聲名知最早，歲晚始交深。一見便傾膽，兩懷共此心。唱酬風雨夕，意氣雪霜襟。相與難言處，風吹月滿林。

初晴喜諸子偶集半閣看梅

雨掩柴門久，新晴喜客過。人間開徑少，梅放得詩多。覆閣枝成蓋，浮香花似波。筍蔬倘不薄，盡興意如何。

新月同諸子集林道敬齋頭，隨過湖心寺訪草庵和尚次韻

曲卷風輕澹竹門，春盤細飣侑芳尊。老來素抱誰相識，醉後貧交可盡言。出郭青連湖北寺，扁舟綠蕩水中蘩。高僧麈拂殘暉落，隔岸疏煙幾樹昏。

答懷林狷庵先生次韻按，林先春，字狷庵。

東山高臥久，雅抱託長林。三徑雪花響，一樓風雨深。靜中聞是道，老去見惟心。領此真消息，清輝薄素襟。

喜陳衛公比部夜光堂新成

此地當年孝友居，數椽草草守傳書。乍看棟牖雖非舊，却羡行藏不異初。片石移隨蘿碧靜，小園空積月明虚。寧辭軒冕深三徑，晨夕敲門半是余。

九日同諸子登越山，因與林涵齋先生宿道目和尚禪房

按，林之蕃，字涵齋。

此日登臨爽氣清，松林半入夕陽明。客心不爲聞濤冷，道意非關見佛生。菊點霜華分月影，秋歸山夜集寒聲。禪燈靜照高人致，草榻蕭蕭百感輕。

過林涵齋先生藏山

按，藏山堂在福州郡治嵩山。

深巷榕陰寂，翛然有道居。名山藏户牖，積翠下階除。經世惟存古，閉門多著書。偶來尋杖屨，梅放數花初。

石林去城北纔二十里，青林大師習靜其中，余每向往，因循兩載未得參侍，谷口豈有白雪封耶。賦此誌愧

佳氣鬱林邱，開徑面平田。梵室僅環堵，繁花覆簷前。吾師八十三，龐眉霜滿顛。坐撫十丈松，手植不記年。淨土課實修，永徹三昧禪。數欲扣雲關，抖衣行且旋。新梅自皎素，晚菊老霜煙。我先寄塵心，一洗寒流川。淨得川中月，來依古佛眠。

同陳衛公天寧寺看梅宿藏六庵按，天寧寺在福州臺江。

古刹曾經刼火殘，獨留一室一旃檀。梅開幾樹空江冷，鴉亂疎林落日寒。不向塵中分俗眼，居然山半任僧看。我來十里尋香路，短榻深燈意未闌。

雨中林狷庵先生招集天心閣按，在福州郡治文儒坊。

高樓百尺下修帷，涉水褰裳過問奇。對面危峰藏宿霧，一天殘雨落荒池。憂時揮盡他年淚，論道深爲後進悲。佇見昇平風日近，老臣冰雪遍鬢眉。

同青林大師偶憩雪溪上人禪房

市廛斷處即山隈，茅室深深磴幾回。一丈葵花紅似錦，六時都爲老僧開。

雨中攜舊茗過心持上人山庵夜話

盧仝茶興劇，盡日瓦罏聲。雨壓前山暮，階添新水平。僧貧烟火暗，人靜佛燈明。借此高樓臥，分君一夜清。

南樓望榕庵，予與韓晉之先生舊讀書處也

烏峰覷面碧煙扃，似有書聲出草亭。半世儒冠頭已白，三株榕樹葉猶青。鍾期死後琴難撫，太傅生前路不經。我負名山終負友，一樓風雨不堪聽。

同陳衛公、張田中先生、廖攻瑕、林道敬諸君怡山避暑，喜定者和尚歸自粵中按，田中先生，張利民也。

此生誰地得清涼，銷暑聊同叩上方。既喜荔枝藏古刹，況逢杖錫返西堂。回頭不覺三秋別，彈指猶聞一炷香。借問半肩何所有，曹溪鉢裏水如霜。

立　秋

幾番細雨幾番晴，天地中分肅氣生。燕子不知秋意早，梧桐乍落老心驚。夜眠露冷初銷暑，曉踏林寒漸有聲。從此煙霜無限好，看山選勝逐雲行。

中秋同周次律、王世符、吴雲渚、陳燕臣、外孫趙元昭玩月有感

明月翦秋水，微雲何處來。嬋娟雖蹔晦，懷抱固常開。交永露心血，情深入酒杯。我歌君屢舞，傾倒漫相猜。

雪中同林六一、陳衛公、林道敬集越山禪室

天氣降山隈，昏昏凍不開。僧圍爐火語，人帶雪花來。冬至猶看菊，寒深好養梅。此中堪偃臥，懶遡朔風回。

再别衛公比部

征鞍奚事尚停延，離緒千條柳絮牽。縱可暫留終是别，何如迅發早言還。長途廿載風塵異，短棹三人枕夢連。我獨臥遊深竹裏，倩收江月寄雲箋。

過石梁舊蹟感懷孫子長先生

自注：「時玉皇閣新建。」按，孫昌裔讀書烏石山，築石梁書屋，題石曰「大明孫子長讀書處」。後其子學稼、學圃搭爲道山觀，建玉皇閣，今呂祖宫亦其址也。

城裏藏山獨古閩，石梁曾度幾遊人。鳳凰一去梧桐老，仙子初來環珮新。閣湧中天臨野迥，巖懸絶窟與霄鄰。讀書名蹟蒙青蘚，空使千秋感慨頻。

中秋十三夜集趙閬仙明府宅上玩月分賦

共醉青樽迭和歌，長天一碧夜如何。階無細草鳴蛩少，宅有南廊貯月七字却佳，然「貯」不如「受」。多。遠杵數聲催雪鬢，斷鴻孤影落寒河。漫云此夕尋常會，片片秋心翦玉波。

送陳則見設絳温陵按，陳日行，字則見。

友皛陳子夙負奇，半世才名臥茅屋。一杯飲盡詩百篇，柿葉横灑枯毫秃。晨夕不厭叩柴門，好我虚齋數竿竹。竹尖新發破蒼苔，深碧寒涼似空谷。忽思命駕走清源，折柳爲鞭驚輔轂。清源茶嫩甌正香，清源泉洌手堪掬。絳帳紅於春山花，函席丈前書帶馥。伏生談經卓東漢，孔璋語刺英雄目。官衙清淨坐冰壺，無數風光貯殘簏。煙水蒼蒼可奈何，卻寄詩筒比雙轂。江干別去我負鋤，種得秋畦待看菊。

玉磬齋之下，地僅盈咫，有竹數十竿，盤根食砌，青梢壓簷，林子悲其志之不舒也，拓地數武讓之，移小亭於其前，名之曰讓竹亭

湫廬三兩間，兒曹居八九。隙地老天潛，種竹不及畝。竹孫日就繁，盤根逼予肘。碧梢礙青天，參枝磨簷口。鬱鬱風怒號，蹙蹙摧心手。感君結伴深，移亭讓吾友。六月炎風生，酬我清陰否。但得耳目寬，何妨室如斗。道侶不過三，風雨常聚首。興來率意鳴，任地笑覆瓿。樂哉古張翁，浮名視芻狗。白首託深篁，胸中何所有。

答懷陳則見次來韻

別後空酣臥，慨慨意謂何。祇因人跡少，但覺竹聲多。冰署榕陰合，清源山色過。宜君健詩興，踏遍幾蒼波。

竹醉日周其皇招集平遠臺眺望

平生結意在禪關，況得佳晨消我閒。無竹可看誰共醉，有僧相對便開顏。郊坰五月寒侵野，笳鼓連天響撼山。盡興不禁頻眺望，輕歌人帶暮雲還。

汲蒙泉按，在福州郡治烏石山。

別去蒙泉三十霜，今朝來汲沸茶鐺。山翁面目都非舊，一勺何曾改冷香。

九日高右公招同陳衛公、馬任公、張恫臣、徐器之、林果公讌集草堂

何必遠登眺，詩懷五岳收。碧蘭當户秀，黄葉北山秋。不飲神能醉，相看韻自幽。分題酬令節，時事付滄洲。

歲宴

歲事聿云暮，閒者形亦忙。草堂羅舊器，瓦缶露新香。親交餉雞黍，知我不責償。逢逢西鄰臼，札札擣衣裳。勞人嫌晝短，老大苦夜長。殘雞聲不高，曙鐘徹寒霜。群孫爭棗栗，破鼓伐中堂。我性惡喧煩，避入深竹篁。紅梅落片多，黄葉走回廊。簡澹貴適意，安用求皇皇。

同映水、孟通讓竹亭坐雨

竹牕正寥寂，兩箇道人來。細雨閉春色，深寒釀雪胎。忽疑塵世遠，似覺淨心回。此日豈虚度，禪機一茗杯。

次輔曇上人見訪韻

古巷棲遲小蓬屋，斜徑蕉花紅簇簇。閉門抱膝踞藜牀，日夕虚亭晤修竹。忽聞竹響有人來，遠公瀟灑破幽獨。眉端時露棲霞青，衲頭新惹怡山綠。揮麈不屑幻機鋒，冰雪直濯我心曲。年少徹悟惟阿難，輕擲繁華等毛羽。抛我歲月是阿誰，蹉跎白首空嗟暮。百年瞬息莊生夢，霽曉枝頭一葉露。從前錯認汞爲金，隔岸咫尺終無筏。願君撥開朦朣雲，指我長天一輪月。

次徐器之雨中同高右公、陳感庵過讓竹亭韻

參差修竹護寒亭，大士龕前一卷經。煙雨迷濛三客話，但聞香靜不聞腥。

韓晉之

自注：諱錫，閩縣人。著榕庵集。

耿介矢平生，皜潔若處子。結庵烏石隈，百丈榕陰裏。讀書鄙章句，經史領奥旨。述作陶謝風，元音追正始。遊心及篆文，妙得六書理。笑口雖日開，嚴峻流能砥。羞顧鋤下金，厭曳侯門履。當塗求識面，掉頭掩雙耳。白眼傲風塵，閉户乾坤邇。鍾公江漢來，相士獨與爾。空博身後名，磊落青衫死。予也奉教深，廿載連牀几。知音既邈然，揮絃難下指。回首疇昔懽，拔劍中宵起。

李明六

自注：諱時成，閩縣下濂人。著白湖集。

濂水一清狂，嘐嘐慕皇古。文義矩王錢，風雅師白甫。臨池草聖字，變幻如螭虎。自許

旁無人，禪東吟獨苦。刎頸惟韓君，心膽相傾吐。蓋代董司空，韓李推道羽。抱璞數見別，歸隱白湖滸。湖光碧不休，千秋君未死。

鄧叔表自注：諱景卿，閩縣竹嶼人。

鄧林多奇材，君獨脱泥土。醇懿渾未雕，心古貌亦古。一字不猶人，追琢工良苦。多士半在門，文風反鄒魯。方正少廉隅，安貧無困忤。雲水等浮名，師生樂環堵。吾道賴斯人，後生式前矩。

齊望子自注：諱莊，侯官齊坑人。著雅作堂。

望子天下才，敏鋭孰敢擬。强識多所聞，萬古灑如水。作法軌先民，八代衰能起。海内鍾竟陵，擊節稱知己。慨慕柳下風，援止欣然止。清濁懶分明，諧俗青尊裏。揪緼軟角巾，公輔每自矢。瞠目似驊騮，伏櫪志千里。矯首空長鳴，壯心終難已。

題葉子尚池樓

習池清碧擬僊洲，新種繁花夾岸幽。晝静只容山入座，夜深偏許月登樓。才過董賈藏三徑，節慕王梁湛一陬。滿架牙籤銷曠逸，不教名字混狂流。

臘望陳衛公招集夜光堂看梅，喜徐器之歸自吴越，次韻

夜光堂北一株梅，不到嚴寒不肯開。散雪全供高士臥，留香似待故人來。囊頭繡句藏山水，身上氈衣帶草萊。試問武林壇坫盛，誰當孺子角雄才。

清明掃先塋

雨露濡春候，肩摩拜掃同。柳分村店綠，花傍墓門紅。樵唱悲斜日，江聲逐晚風。誰憐衰病子，已是白頭翁。

桑溪禊集

連夜聽春雨，禊日天氣清。樂得煙霞侶，攜手東門行。出郭未五里，芋田咽溪鳴。臨流祓塵想，枕石濯垂纓。橋邊春草輭，衣上松風輕。前林萬重翠，新鶯三五聲。悠然心眼寬，直與青天平。芳蹤紀蒼壁，剝蝕難分明。騁懷貴及時，何事勒空名。此四語指萬曆癸卯趙世顯等題石，以石刻爲虚名，自孔子題吴季札墓以後，金石皆可删矣。老僧茗蕨香，飲啜歡平生。今昔迅駒隙，賢達隨化更。但得山水意，千秋掌上觥。

牛星巖明府招集天秀巖避暑喜晤遂拙、至印二師按，在福州郡治烏石山。

葛衫何處辟炎煎，蘭若高懸別有天。百丈蒼巖寒烈日，萬竿翠竹繞青泉。臥聽隔浦槔聲急，坐見群山郭外連。况得遠公真解脱，不禁陶令醉花邊。

答懷林道敬次來韻

青衫破帽負鬚眉，衰憊於今倩杖支。閉户畏看秋色老，憶君多在月明時。倒聽浦口千楓雨，盡捲江雲一卷詩。我有醇醪藏瓦斗，逋仙何日款疎籬。

憶王素毳按，王子彪，字素毳。

談詩王素毳，直上輞川堂。貧有才堪樂，節因疎似狂。交懽嗟日暮，豪氣冷秋霜。十載吟魂隔，相思幾斷腸。

仲春同陳衛公、廖攻瑕、長虹登鄰霄亭，訪三非和尚茶話

絶頂晴明澹曉烟，春花春草望堪憐。松濤白日疑風雨，客嘯蒼巖空海天。老衲安貧清磬裏，頭陀煮水夕陽邊。閉門此地氛塵隔，野蕨香蔬好話禪。

半僧圖自贊此作壓卷。

這老漢何不戴切雲之峩冠，髡霜顛而披蘆布之長襦。何不握六經圖史，而手一串牟尼珠。何不乘朱輪登大路，坐下一箇蒲團豎脊梁而跏趺。僧耶非僧，儒耶非儒。他人安知老子之區區，拈筆大笑題之謂半僧圖。請問大家居士、千峰衲子，此意恰是何如。

翁　渭

字清夫，莆田人。崇禎中諸生。

黄州赤壁磯

黄州赤壁磯，不見當年水。斷碑横其巔，慘目黯雲起。江濤薄暮流，城空人畏鬼。洞簫何處聲，安在哉蘇子。

冬夜

四野寂無聲，霜華牕外明。巢高鳥夢穩，梅冷客魂清。妙理存擁被，殘生悟短檠。曉來髮定白，策蹇稱山行。

清涼山晚眺

薄暮清涼山更幽，懸空一望水悠悠。帆飛鳥亂秣陵樹，日落煙封白下樓。慘淡衰蓬枯遠阜，蕭疎短荻冷孤洲。六朝瞬息興亡事，懷古何人獨有愁。

昌弘功

字持伯，號薇泉，莆田人。崇禎中布衣。

蘭陔詩話：持伯才情清綺，惜不永年，遺編散佚。從弟弘策字定伯，亦有詩名。其邊詞有「漢使初通星宿海，健兒遥指崑崙山」之句，藁亦不傳。

花朝

誰道江南花信全，南飛燕子怨經年。青垂菜甲圍城日，寒擬春陰小屋天。楊柳風高吹觱篥，梨花雨重罷鞦韆。何人卻起酬詩興，楚舞秦歌泣酒前。

黄寅陛

字弼甫，仙遊人。崇禎中諸生。

寄懷林自芳侍御、曾長修太史

怒挾天吴海水飛，孤臣飄泊欲何依。鷺銅劍氣腥南極，芳草王孫卻不歸。空餘碧血報高皇，義士蘆中色已黄。孤島梅開知漢臘，蒼天無雨亦沾裳。

陳疇

字洪九，閩縣人。崇禎中貢生。

寄懷林曉升客永陽

寄趾籐山下，相思水一涯。關情春際樹，適志酒邊花。宿雨添新瀑，晴峰釀晚霞。不堪江路渺，夢逐白雲斜。

社集桃溪夜泛

幾灣淺水幾重沙，小艇浮沉勝若耶。十里香風木樨月，一潭明月荻蘆花。烟中細語皆漁族，江上殘燈半酒家。夜靜扣絃招客和，聲聲高遏白雲斜。

唐洞倦

字子膺，顯悦弟，見上。仙遊人。崇禎中諸生，以薦授國子博士。有香潭集。

除夕

幸餘樽酒共承歡，五日追呼暫得寬。歲盡不知新日月，更殘但夢舊衣冠。

陳聖教

字中一，侯官人。崇禎中布衣。

柳湄詩傳：聖教介潔博雅，多識奇字。古搨殘碑，靡不研究。益藩迓爲文賓，贊嘆不置。

雨中集米友堂和許有介韻

薄暮瀟瀟眼耳同，雨聲大半在梧桐。雲迷蘆岸無邊白，風閃楓林幾點紅。濁酒冷温琴劍畔，寒山隱現海天中。階前流水辭人去，獨有鐘聲過竹叢。

張士楷

字端卿，漳浦人，若化子。見上。崇禎中儒生。有濮沿山人集。

閩中錄：端卿少穎悟，數歲即能詩古文詞。弱冠棄舉子業，一意學古。奉紫陽主敬爲學脈，以精一之學九思盡之，作九思注，又著有談學錄、靜學篇、明儒林列傳、藝苑提宗等書。卒年四十七。

馬口溪，相傳宋室南奔，策士於此

宋士臨危貪釋褐，公車射策滿平沙。閣將丞相千行淚，開遍春風百草花。野殿宵衣能立國，宮袍晝錦已無家。空談久被蒼生誤，誰執干戈衛翠華。

高東溪讀易處

東溪讀易幽棲處，只在梁山白石庵。當日闕庭須慟哭，逐臣蹤跡又江潭。年來碧草更開謝，手植青松有二三。到底宋家偏泯滅，杜鵑飛北鷓鴣南。

漳江懷古

布衣陳子出清漳，按，指陳真晟。一紙圓圖感睿皇。此理已通天北極，伊人宛在水中央。如何兩疏經黄閣，只博孤碑鎮白楊。自是大臣多絳灌，至今遺恨李南陽。

過木棉庵

景定咸淳事已非，湖山燈火夜深輝。但聞蟋蟀三秋鬭，誰問樊襄六載圍。北使倒持蘇武節，西河真阻季孫歸。如何一死償宗社，監押猶煩寶劍揮。

太武山

景炎遺跡杳閩關，駐蹕猶傳太武山。御氣海天餘白日，翠華煙雨没烏巒。野花曾入慈元恨，國事深悲德祐間。不是瀟湘還苦竹，春風愁點鷓鴣斑。

高國定

字一甫，古田人。崇禎末庠生。有雪濤集。

古田志：國定以老明經，尚氣節。當有明末造，秦晉、楚豫，俱爲盗區，而門户諸臣始終不解。慨然曰：「今南北交訌，在廷無一亡身發憤以紓君父之憂者，天下事去矣。」甲申後，潔身不出，坐荒村老屋中，與從子奇、世科自相師友，日以吟咏爲事，風雅萃於一門。

柳湄詩傳：曾士甲稱「國定丙戌歲貢，授教於連城。因時有感，隱不入城」。按，國定以明季庠生，至順治丙戌適當應貢之年。授教連城，隱不入城，則其人品可知，何得溷入丙戌取士之内。閩詩傳初集僅四卷，始萬曆，迄康熙。採及閨媛、方外、羽流，並附士甲族人，及其父子諸作。

春　興

村居勝處在登樓，景物多從望裏收。雙眼望窮斜日落，十年愁併暮江流。時光易白馮唐鬢，世態難青阮籍眸。歲歲沙隄千樹柳，生涯仍寄釣魚舟。

訪友吉祥禪室

攜笻獨叩遠公扉，蘿薜牆深剝啄稀。眼底有山皆畫意，枝頭無鳥不禪機。疏煙欲斷鐘聲出，斜日還收塔影微。豈謂白玄嘲未解，閒情安與故人違。

陳希友

字孝兼，侯官人。崇禎間庠生。有蓼巖集。曾士甲稱：「希友好學，以文義著稱，值丙戌變，削髮爲僧。後以蜚語及，乃縶東粤，壯而不屈。曰：『此中是我安身立命處也。』竟卒於獄。」

西湖秋夜同許天玉、林伯奮、梁至玄作

廿年好友話秋深，古寺疎燈起暮吟。雨淨數峰浮遠漢，月明一水澹空林。丹楓葉落漁人夢，黄菊花開野客心。此夜繞隄長不寐，幾回風動響棲禽。

西湖雨中作

暗愁如積與山平，風雨連朝未肯晴。閒我小亭湖上立，看他孤岸柳邊耕。春烟欲起猶沉水，暮色將歸半入城。一問三山今昔異，不禁幽磬佛前鳴。

徐　英

字振烈，侯官人。崇禎中布衣。有鳴劍集。國朝乾隆四十一年詔與趙宗仁同祀忠義祠。

余甸徐五傳：徐英，字振烈，侯官人，寓常豐里。里人呼之曰徐五，孑然一身，膂力絶人。爲傭工，擔穀上常豐倉以餬其口。日晡，則洗足散髮，讀書賦詩，自歌自哭。數年不改，漸有知之者。曹雁澤先生聞而徒步訪之，鐍户不能見。見破屋一間，柴門不正，題聯曰：「問如何過日，但即此是天。」歸而遇諸途，旁人指之曰：「此短衣敝履，高視闊步者即公所欲見之擔夫徐五也。」先生喜而揖之，攜手再至其寓，拂草榻略坐，鎗士無煙，以殘竹支几，几上頑劍、粗硯各一，敗筆兩枝，春秋三傳、管子、司馬法、史記、漢書、荀子、董子、越絶、括地志等書，殘缺零亂，不及四十册。於每册空白處，則皆其所作詩歌、古文也。先生因强之同至石倉園，並攜其雜稿以行，爲具衣巾，延之上座，梓其詩於十二代詩選中。其席上即事詩云云，夜靜詩云云，又上巳讌集有「芳草裁詩公子賦，桃花泛酒美人家」，出西園有「病顔窺水三分瘦，傲骨驚春四十過」等句，爲時所稱。無何，流寇李自成陷城，雁澤先生以里居孤臣殉節。振烈乃伏屍哀哭，自咬其舌，噴血數升，越三日亦絶命。士爲知己者死，如是如是。擔夫徐五，固人傑哉。

羅肅夫席上即事

爛醉風塵豈酒徒，愁聲依舊醒來吁。鬚眉閲世誰能稱，貧賤驚人友自無。説劍杯中容眼白，曳裾市上畏門朱。一飧不忍千秋恥，敢笑淮陰淺丈夫。

夜靜有感

牢落風塵廿載零，燈前顧影嘆伶仃。頭顱賣世誰酬價，姓氏逢人恥乞靈。垂釣江潯終抱赤，鼓刀市井孰留青。生涯獨有龍精在，夜夜光摇北斗星。

擬古戰場

秋老沙平落日曛，暮笳聲斷隴頭聞。貔貅血染黄河岸，虎豹尸沉黑水濆。鬼嘯戰場悲夜月，燐飛荒草落寒雲。遥看敵壘瀟瀟恨，爲哭當年出塞軍。

警懷

吟罷猿公向澤圖，中原依舊骨將枯。憂時買駿人何處，匡世聞雞士豈無。半榻著書長嘯傲，十年鳴劍寄屠沽。靜觀鴻雁嗷嗷日，堪笑儒生者也乎。一荷擔人，笑盡諸生。

上巳社集李子素西樓，次曹能始社長韻

海内烽烟塞外笳，敢從清景託生涯。時逢上巳春將暮，社集西樓日又斜。芳草裁詩公子賦，桃花泛酒美人家。最憐戎馬年來急，空對山山怨落霞。

病起張爾直過訪，步出西園有感

柳葉青青滿樹拖，憐鶯好調奈鶯何。病顔窺水三分瘦，傲骨驚春四十過。竹徑初晴啼鳥歌，柴門長嘯落花多。亂離蹤跡君知否，攜手新亭一浩歌。

陳璉

字子瑞，同安人。崇禎間諸生。

和無瑕詠眼霧

按，眼霧即輭霧。閩産錄異：「叢高二三丈，二、三月開花，四、五月實，大如小杯，蒂尖頭闊，上帶紅色，每結纍纍，一樹數千顆。」按，無瑕有鷺島咏眼霧詩，自注：「叢高大，葉似橘柚，實似桃李，青翠微紅。」

根葉芬芳橘柚同，實如桃李卻微紅。珍禽奇樹非祥瑞，萬里風濤一舶通。

同竹樵訪惠林

僧房見海宇，心地一時寬。不解烽煙裏，何人席上安。雨多新笥脆，風細老梧寒。寄語高軒客，空門仔細看。

按，僧大圭，即圓珏，字恒白，又號無瑕氏，晉江人。乾隆間刊本圓珏詩序云：「無瑕有竹樵草、喫梅吟、夢中吟。」蒼後得無瑕手錄竹樵吟草，戊戌戴子成芬出所藏無瑕手錄鷺門旅吟裝訂成帙。静志居詩話評大圭詩：「不讀東魯書，不知西來意。」乃逃墨歸儒之言。題山居云：「山色宜茅屋，松風滿飰盂。」湖中泛月云：「偶臨湖坐得佳樹，欲傍花行無小船。」均饒風致。按，珏集有冬日遂林春澤居士之武夷薙染云：「不讀東魯論，不識西來意。君於聖教深，知法無異味。一但息機心，陡拋塵世累。禮足投真師，名山養幽閟。是爲法門種，永作禪家器。靈芽發芳春，遇澤堪取譬。老我拙無才，巖頭偶相值。静夜讀新詩，玄談曉不寐。風雪滿前林，初梅開嶺際。持此一片心，知君不遐棄。看山不是山，浩然養靈氣。」白鹿洞云：「白鹿古精藍，長倚虎溪側。展轉十年間，叢條幻丹碧。佛座瞰長江，層樓吞曉日。鑿石種靈草，引泉通地脈。惜哉遊蹤多，接待費人力。可笑布地金，買此繁華客。」並遊夏日同許氏兄弟遊龜山云：「閒情素乖俗，樂彼中林居。林居未云果，幽賞意有餘。出郭多青山，佳木亦扶疏。

得良友，策杖隨所如。翠微薄炎景，蘿風泛凉裾。雲徑行縹渺，石門涵清虚。蒲團藉芳草，宴坐閑以舒。叢柯翳鳴鳥，石澗澄游魚。形神一蕭散，疲勩亦已袪。路緣龜巖東，遂即歐陽廬。懷賢仰高躅，撫蹟驚廢墟。願留石室中，畢誦人間書。兹焉恐遲暮，眷眷空躊躇。」按，通志以圓珏入國朝方外，住延平香爐寺，工詩，善畫，著有罏山詩集四卷。按，圓珏有和袁中郎雁字詩。游鷺門有寄鼓山爲霖和尚詩，自注：「壬戌，年四十四。」當是天啓二年。是則圓珏生於萬曆七年，至丁亥尚存，則年六十九。明詩綜以爲「晉江人」，當必有據。

林　璟

字台正，莆田人。崇禎中諸生。有簡園詩集。

蘭陔詩話：台正同遊諸君皆惑楚咻，獨能不墮時趨，取材於漢魏六朝，亦磊落之士也。

門有車馬客

門有車馬客，車馬何軒軒。問是故鄉人，披衣不及飧。延客登我堂，稍稍叙寒温。客心乃自悲，對我淚傾盆。云當出門時，辛苦猶宵奔。故族已彫喪，親戚無一存。巍巍舊第宅，蓬蒿翳朱門。昔時歌舞地，今日聆清猿。君家有丘壟，狐兔遊其原。還憶平生親，跡往惟孤魂。聽此未及終，氣促聲已吞。勸客飲此酒，感慨涕盈樽。

陳涓

字涇伯，侯官人。崇禎中諸生。諸書稱涓所學原本子、史，殫精註疏，以及禪宗、道旨，靡不深究。櫟下周亮工稱其文有深厚之致。通志不載年代。

臥雲無聊，有介索詠，次答

無端消雪漫荒亭，高臥連朝歎獨醒。數曲短歌千樹暝，不知天際幾峰青。

送徐存永遊大梁

歧路相看人易老，憂多送別語難工。旗亭貰酒催新句，雲樹春深寄片鴻。

楊鉉

字穉白，侯官人。崇禎中布衣。工篆法。

溪上早行

步出孤城早，江天杳未分。斷巖呑曉月，怪石吐晴雲。客舫依魚火，鐘聲起雁群。蒼茫人不見，農語急耕耘。

陳發曾

字世承，侯官人。崇禎中諸生。入通志隱逸傳。

柳湄詩傳：通志稱發曾「不求聞達，留心文獻，凡授命諸臣，咸紀其事。子孫淪落，集不傳」。

上庵塔觀海

但憑孤塔影，直射老龍區。風浪連天壁，閩甌割地圖。島夷青一渚，樓艣白群凫。待得波揚息，蒼生已血枯。

玉泉古刹

玉泉空曠處，祇在寺門東。清磬傳幽澗，斜陽挂老楓。詩敲疏竹裏，月注澮烟中。賜額三朝在，荒涼憶懿公。

花朝集得水園按，發曾居近荔水莊。

古巷蕭蕭草徑斜，籬疎仿佛野人家。幾多山色池光養，一半寒香蝶影遮。梅子實成還似蕊，石榴葉出亦如花。鄰庵不用别尋供，隔圃尋來供已奢。

暮春泛河

遊子清歌過短橋，牧兒呼伴聽吹簫。幾竿輕釣連鷗起，一半溪聲亂海潮。

王鼎九

字象九，侯官人。崇禎間庠生。有見山樓集。

新秋感懷

端居非好懶，抱道爲時艱。身以貧驅出，才思拙復還。醉看花自笑，兀坐月同閒。老去誰相念，愁來但閉關。

仲秋西湖夜泛

夜登湖舫晝登山，酩酊湖山未肯還。水面波紋風月舊，池邊墨蹟蘚苔斑。芙蓉到晚向人醉，鷗鳥忘秋獨自閒。蕩漾清光燈影裏，東方欲白七松灣。

黄澂之

初名師先，字帥先，晚字波民，又字静宜，建陽人。崇禎間布衣。入通志隱逸傳。

柳湄詩傳：漁洋感舊集：「澂之，福州人。」按，「澂之以布衣爲史可法幕客，奏授以官。可法殉國，澂之遊大江南北，没於揚州，無子，同人醵金以殯。人稱其才略似王猛，節義似謝翺。世傳可法報攝政王書爲澂之筆。

小桃源山居

枘鑿方知入世非，幽尋勝蹟豈全違。琴清夜月留僧宿，酒熟春山待客歸。自製竹皮籠短髮，親裁荷葉理初衣。平生羞乞胡奴米，橡實寒泉可療飢。

林佳璣

字衡者，一字履齋，莆田人。崇禎中諸生。有東山集。莆風清籟集作順治中諸生。

蘭陔詩話：衡者少擅詩名，有「鸜鵒倚籠閑説夢，杜鵑對月憶前身」之句，爲人所傳誦。值閩中亂，遊吴越間，與姜如須、吴梅村、金孝章、朱錫鬯定交。梅村贈詩云：「夾漈草荒書滿屋，連江人去雁飛田。」後衡者客死。連江人以爲詩讖云。

柳湄詩傳：衡者才高行潔，放遊江湖間，詩多沉雄歷落之概。吴梅村送衡者還閩序云：「爲人質朴修志行，詩文雅健有師法。其叔父小眉公以前進士隱居著述，衡者能世其家風」云。朱竹垞有送衡者還莆云「林生磊落無等倫，鳳雛驥子誰能馴。一朝慷慨辭鄉里，幾載飢寒傍路人。平生崖嵬好奇服，流離恥作窮途哭。往往詩歌泣鬼神，時時談笑驚流俗。林生林生骨相奇，昂藏不異并州兒。看君富貴自當有，不合憔悴留天涯」云云，其推重於吴、朱二先生如此。

古　意

衰年急清商，玉階風不歇。秋來萬恨生，非但怨明月。明月滿帝城，樓高鴻雁行。愁心異秋草，霜雪下還生。

青麥嘆

烏啼啞啞日未曙，驚弓彈烏烏飛遽。孱男弱女抱衾裾，愁眉屏息易麥去。衣不可粲何論錢，抱麥好與健兒語。叩首路傍不忍啼，平時門户何敢著。滿目蒼黄色酸楚，此生應讓太倉鼠。

客中寫懷

高原蕭瑟晚風生，客路愁心落葉輕。樹裏行人時見笠，花間流水但聞聲。山峰雲氣占晴雨，車馬天涯幾弟兄。極目吴宫渺何處，長洲芳草不勝情。

子夜吴歌

採蓮鏡湖裏，羞見菡萏花。薄命妾自怨，畏入吴王家。回舟明月上，惆悵滿若耶。

漫　作

二月桃花夾路新，幾多兒女鬬芳春。怪來爭佩宜男草，自有佳人不嫁人。

楊白花

楊白花，滿行路。行人辭故鄉，楊花辭故樹。行人日思歸，楊花更天涯。二八紅顏女，掩袂旦暮悲。早知楊花飛不歸，不如長守霜雪時。

朱家嘴夜泊

蘆葦暮蕭蕭，西風斷岸遥。雲封淮上樹，江入海門潮。孤月鳴碪杵，清霜落板橋。金陵來往客，若箇憶南朝。

南　方

南方方震動，越嶺久堪悲。海内親朋少，兵間道路遲。無衣霜落後，不寐月明時。孰伴城頭柝，烏啼向北枝。

音書能不寄，萬嶺鳥空回。壁壘連三楚，乾坤動七哀。江聲風正急，秋氣雨相催。日暮悲歌客，爲歡暫舉杯。

過仙霞嶺

關塞憑天險，安危託武臣。千山湘竹雨，三月杜鵑春。

陳應邦

字紹敬，閩縣人。崇禎間布衣。

柳湄詩傳：應邦博學，尚氣誼。好流覽，長於詩詞。

康山晚眺

秋色黄昏近，登高眺望頻。江容消日月，馬跡壯風塵。天地原非我，蜉蝣類此身。應憐無活計，何處是棲真。

九日同林元之鱔潭懷古按，即鱔溪。

青蘚重封石上名，松杉依舊夾濤聲。秋高白馬空潭冷，日暮黄花古殿明。征雁一行棲遠渚，寒煙萬井起孤城。龍山霸氣銷前代，歷落西風短髮生。

曾　毅

字克任，侯官人。崇禎間庠生。

秋集諸同社夜泛星槎

晚風吹棹過松灣，遠色蒼茫野意閑。霜落平湖人載酒，秋深古寺月横山。一泓流水家何在，兩岸含烟草未删。嘯傲聲聞雲外響，許多詩句落篷間。

劉　錦

字爾南，侯官人。崇禎中諸生。

舟次劍津寄别林雲孺、彭眉雪

鷄壇冰雪意何如，策蹇辭君出敝廬。塵世斷腸芳草别，天涯回首緑樽疏。空濛雨憶雙龍劍，飄泊人留一紙書。思我但看江上水，鯉魚尺半寄閑居。

陳　溯

字克洄，閩縣人。崇禎中布衣。

過明西道入野鶴巢

篳門高士榻，雖設未嘗關。片石非輕置，繁枝不苟删。奪君花下累，分我客邊閑。即此成真隱，無煩覓遠山。

月夜遲郭宗貽

皓月不遺影，思君豈偶然。松花閑自落，草徑淡如煙。茶熟已先啜，詩成尚不眠。人間有此夕，豈忍獨流連。

全閩明詩傳　卷五十四　崇禎朝九

侯官　郭柏蒼
楊　浚　録

阮旻錫

字疇生。同安諸生。世襲千户後裔，鼎革爲僧。有幔亭遊草、夕陽寮詩稿。

柳湄詩傳：按，晉江丁煒阮疇生詩集序云：「勝國亡於李寇，疇生方弱冠，避居島外，師事遜荒士大夫曾二雲，傳性理學，又得曹石倉友池直夫，按，名顯方。講習風雅，如是十七八年。康熙三年遊京師，賢士大夫皆願下交，恬然不屑。卒從燕山祝髮，稱大輪禪師。著詩文名幔亭遊草。」按，旻錫晚有夕陽寮詩稿。他書以旻錫爲崇安人。丁煒序：「疇生，予同里也。」鄭昌英收其詩入國朝。按，旻錫，明亡爲僧，應入明朝。」

宿邯鄲

邯鄲山色濃如酒，邯鄲女兒纖似柳。夜深走向邯鄲道，城下寒風襲兩肘。主人索莫客不歡，且把空杯持在手。繁華豪俠一時間，過眼雲烟復何有。昨朝有客大梁回，爲問昔時舊屠狗。

渡白溝

渡口喧舟急，棲棲落日中。燕山空向北，溝水獨流東。遠岸徒秋草，長天但晚鴻。客心悽絶甚，舊事片雲空。

過趙州題壁

久雨頹郵舍，荒涼此地偏。泥深平馬腹，風急側鳶肩。來值三冬雪，歸逢八月天。輕裝餘布衲，頗會趙州禪。

傅石漪舟至都門按，南安傅爲霖字石漪。

輕車滚滚渡蘆溝，又作長安三月遊。香氣隨風花入市，酒烟如霧客登樓。來方隔歲鬢毛改，話到深宵涕淚流。如此天涯休易別，泖湖春水待官舟。

報國寺松歌

蛟宮老龍愁偪窄，騰身飛落梵王宅。碧爪蒼鱗不敢張，屈曲空庭低數尺。當時海内歸龍種，手挈乾坤曾再闢。宣府槐龍十丈高，江山幾處留遺跡。百年烟雨動波濤，五夜霜鐘秋月白。我傍松陰伸腳眠，颯颯松風吹日夕。寺裏雛僧掃落花，笑指龍鍾老襏襫。

還　家

盡室遯江村，乍歸不識路。卻問路旁人，爲指門前樹。癡兒各長成，有弟亦同住。病妻久臥牀，淹淹迫歲暮。獨客苦思鄉，還鄉如客寓。二親掩重泉，哭墓感霜露。回首望禾江，舊廬杳無處。淒淒別妻兒，又復出門去。

宿古葉縣

令尹遺封邑，蕭條荆棘生。夕陽迷舊國，秋雨下殘城。古塚聞狐語，空村見虎行。山川徒滿目，孤客畏晨征。

巫任忠

字臨侯，清流人。崇禎末布衣。有八不居詩文集

弔三忠墓三忠者，乃充華陳太妃、大學士傅公冠、忠誠伯周公之藩也。丙戌，隆武陷汀，三人前後死節。汀人爲封塚於西門羅漢寺嶺下，列而葬之。

荆棘銅駝柳色嬌，當年播越景蕭條。六宮泠泠蒼龍杳，八陣零零赤幟銷。碎首相攜甘鼎鑊，剖肝接跡豔宮貂。湛深三百年恩義，再拜西風謝九霄。

鄭重

字山公，莆田人。崇禎末布衣。

蘭陔詩話：徵士與建安少司寇同姓名，其字亦相同，而出處不同。唐王嘗徵授職方主事，辭不就，隱居荒村，以著述自娱。吴黄生稱其詩「秀飭有矩矱」。

漂母祠

一飯猶思報，君恩豈忍忘。可憐鐘室裹，千古恨高皇。

江　村

道鞋僧帽與儒衣，閒坐江頭看夕暉。紅蓼洲邊鷗鳥起，隔林人語釣船歸。

高日章

字子齊，一字政庵，莆田人。崇禎末布衣。

霜降日同柯恥園登高

懸巖東望海潮生，斜日登臨眼倍明。怪石幽禽時作伴，閒花野草不知名。三秋風急淒笳落，九月天高寒雁鳴。但得煙霞消俗慮，酒杯到處許同傾。

林昂霄

字君若，一字君山，莆田人。明季歲貢生。

辭墓詩

側身天地自徘徊，謝涕耘頭愧老萊。謀國未能空有恨，著書無補漫言才。不聞執杼庭中韻，猶記授經膝下來。欲擬招魂魂已斷，秋風蕭瑟獨悲哀。

曹白

字子章，晚字子復，學佺次子。見上。崇禎末侯官庠生。

柳湄詩傳：能始長子孟嘉，天啓丁卯舉人；次子表，即白也。白詩見閩詩傳初集。按，余甸曹子復詩序：「曹丈爲雁澤先生季嗣，能讀父書。當其爲童子時，親見第宅園林之盛，而江干車馬，竹裏行厨，與夫鐘磬管絃之聲，略無停日。比滄桑以後，勝事銷歇，一時家人星散，彼此存亡不可知，園宅凡幾易主矣。按，石倉園入林崇孚，不久又入王國璽。二三弟昆，方且溷跡於漁樵，棲遲於窮巷，雲遊於吴越、齊魯、衡湘、蒼梧之區，索把茅蓋頭不得。此豈他人所能堪，而曹丈甘之如飴焉，可不謂賢矣。」曾士甲稱其「博通經學，慷慨有大節，襟懷灑落，遁而不仕」。

十八日先子靖節之期焚香頂禮

乾坤存正氣，今日向誰論。冷炙邀靈爽，遺書付子孫。峰西已無宅，地下定存魂。小子空瞻禮，哀哉罔報恩。

寓大穆溪夜宿

離家無幾日，黄葉滿頹垣。恩怨殘更集，驚疑一醉渾。蟲聲催客夢，瀑響亂詩魂。矧有孤村月，盈盈到竹門。

季冬七日諸同社小集

霜氣吹雙鬢，方知已老翁。衣冠雖世外，山水尚閩中。落魄過斯世，清言見古風。梅花伴客立，骨相是終窮。

盧灼

字蕡仲，侯官人。崇禎末庠生。

曾士甲稱：灼博學，多記前代故事，善屬詩文。然其剛毅之氣，如鄧撰緇於聖廟，而先生常懷憤憤，波及下獄，無憂懼色。事平，結茅於武夷山，嘯傲自娱，竟忘世念。蒼按，盧灼居武夷，武夷志失載。

野田黄雀行按，此詩即述學變事，詳竹間十日話。

黄雀食稻粱，志嘗在千里。胡爲避矰繳，反入羅籠裏。長安美少年，按，此指范提學平。挾彈遊都市。憐此瑶光姿，贖以明珠珥。白玉作巾厢，黄花親摘飼。一朝羽毛新，奮翼隨鵬徙。古來重結交，急難恒相倚。生死且不辭，貧賤焉足恥。翟公門下客，交情徒爾矣。慷慨魏侯嬴，一劍酬知己。

再入武夷

名山何似舊相從，秋骨春姿各澹濃。溪北溪南纔共語，峰頭峰底隔千重。花催鳥韻紅聲亂，水染烟光翠黛慵。喜得苧翁茶事了，六旬經紀盡遊筇。

臺　江

日暖沙鷗戲水眠，春花春草自芊芊。美人遲暮傷南浦，回首臺江正可憐。

高兆

字雲客，一字固齋，侯官人，崇禎末諸生。有遺安草堂集。

閩中錄：先生在吾鄉，不獨文辭詩賦及小楷卓然名家，而器識深邃，立言接物，沖和之氣，飫人肌髓。嘗著六經圖考，淵博精覈，足羽翼箋疏。維時閩中丞許公深重先生學品，延爲西席，訓其子孝超憲使。公且力爲剞劂圖考一書，未竟而中丞已棄世矣。許君由中秘監軍粵滇，僉憲霸邑，思竟圖考之事，不憚數千里，迎先生抵燕。執禮之恭，無異及門日，都中詫爲友生盛事。先生又有端溪硯石考、觀石錄、蒼按，皆載壽山石品。續高士傳，又手校錄杜律虞註等種，皆有刊本行世。

柳湄詩傳：兆世居東門後嶼。林從直閩詩選云：「雲客詩名籍甚，吾閩稱詩家者無不推雲客。予未得其全集，遍搜他選，俱不甚恆意，豈予所見者隘耶？」道光間，蒼得趙孝廉在瀚手錄高兆所撰啓禎宮詞並註一百首。所載兩朝宮闈秘事，皆非外臣聞見所及，可爲修史之助。熹宗以沖人踐阼，居深宮之中，習阿保之手，逆璫竊柄，群陰蔽日，固無足怪。而烈廟聖敬日躋，畏天法祖，憂勤宵旰垂十七年，則可謂上不愧於屋漏者矣。是編存徵信於巖穴之中，寓諷刺於吟詠之外，先朝得失，後世勸懲，意甚遠也。今附錄於末。尚有荷蘭使舶歌，消夏錄稱其「見微知著，可作一篇策邊策讀」，已見通志。

張敬止使群守秦川三月，蘇息其民，旁郡因之而化。予自束髮學詩，獨不善頌。今日爲使君賦此，蓋使君之陰隲於民，人不知予知之匪佞也

翩翩張君子，風雅世共傳。吐辭凌顔謝，揮毫飄雲烟。曠懷事折節，真氣行高堅。以故鮮嗜欲，所篤惟仁賢。求善若不及，心於飢溺先。皇皇爲己任，一麾守秦川。山海有孑遺，兵燹久棄捐。撫摩廢退食，化强解倒懸。溝壑一朝起，耕鑿還當年。側聞鄰封黎，水深火益然。小心陰勵相，委曲同扶巔。力行寧忌器，惟期廣旬宣。嗟哉霜雪日，乃見陽和偏。嘯詠有高山，飢渴足清泉。願君長無倦，修職化九埏。

送趙雪余還南都

海雨綿綿春已暮，連天江水浮烟霧。豫章公子白髮垂，刺船欲返金陵去。金陵只在烟霧中，石頭浪打陵樹空。清涼寺前人耕地，夕陽返照朝天宫。公子無家今住此，爲客飄零來萬里。江南米貴江東饑，日夜歸心向妻子。停君驪駒且莫催，爲君沽酒臨江隈。酒色如波青梅大，勸君且飲三百杯。沙鷗群飛江魚躍，我爾如今何落魄。眼前莫惜立斯須，天邊他日丹陽郭。

三月晦日同十叟、天水、即庵、草臣、麗軼、木巖西湖留春分賦

三月晦日郊外行，春風習習湖水平。青山白日城陰靜，燕子鳧雛沙際明。畫舸徐開中流去，蕭寺荒洲回綠樹。浮雲冉冉出岫飛，戲蝶娟娟隨幔度。玉盤行羹紫蕨香，小童侍立皆清揚。杯中酒瀉春水媚，簾外波摇湖日長。急開笑口共相對，高談雄業生感慨。今歲春光今日歸，故人天涯幾人會。樽前努力醉莫辭，人生聚散同鳧鷖。百年青春九千日，復過九十當須知。君不見前隄夕陽下芳草，垂楊陰陰啼子規。

壽余賡之吏部

按，莆田余颺字賡之。

蘆中先生人之師，七十著書垂龐眉。道南一世真照曜，詩成萬首俱離奇。早年通籍傾海内，文章吏治傳當代。山公藻鑑清風長，敬亭棠樹繁陰在。風流遺愛祇今存，聲稱矯矯衆莫倫。里中名壽推前輩，江左君宗盡及門。藥地、愚山皆出公門。中原陸沉經百折，澤畔行吟從苦節。躬行孝友訓趨庭，身作綱維持覆轍。家風恭謹萬石君，堂構宅相俱能文。鷲人繡虎聲震世，參天玉樹勢干雲。東南耆舊孰强健，先生黄髮存隆萬。五福豈惟應壽昌，百年長使徵文獻。

辛亥八月五日日中聞兒童喧呼看星月

蒼按，辛亥，康熙十年也。《書影》：晝見星斗，名笪日。

赤日爲秋旱，州城氣欲焚。一星出亭午，片月度層雲。宇宙驚心盡，兒童望眼紛。漫嗟身世計，炎暍急耕耘。

賚仲盧丈贈幔亭峰竹杖

按，盧灼曾築室武夷。

君裁幔亭竹，使我倚清秋。水檻添吟侶，風林仗獨遊。壯心違馬策，晚計有漁舟。無限扶攜意，真堪伴白頭。

山中雜咏

孤障斜開處，松林草路新。喜君在精舍，笑我至清晨。金碧增殊相，江山若隔塵。還來磐石坐，與數舊遊人。

代贈鄰翁

鄰翁能好道，市隱若居山。竹杖時過寺，茶杯日閉關。大歡看繞膝，知足得開顏。歲月還應惜，觀心莫遣閒。

同浩子坐月用韻懷時行

四海干戈日，三秋水竹居。喜同倚牀月，靜聽躍淵魚。夜籟摇群息，風光切太虚。與君那得寐，遥憶病相如。

子槃於西鏞解組歸，喜其治縣有廉吏聲賦柬

聞道扁舟返，依然舊僕隨。相過一握手，忍憶道行時。爲縣裝如水，還家鬢有絲。吾徒存面目，真足慰心期。

七月二十五日臥草堂四漏下見月

夢回牕吐月，欹枕對清光。晝鶴棲孤壁，流螢度暗塘。簷星明箇箇，庭樹影蒼蒼。尚得故鄉住，何悲秋夜長。

送張超然兼柬江左諸子按，張遠字超然。

少小同閭巷，兵戈阻不聞。相逢驚妙句，失喜誦奇文。大雅當衰日，高蹤欲薄雲。真爲故鄉惜，不得暫留君。

歎我艱虞老，餘生得所期。伊人那數見，惜别倍相思。江雨浮官舫，山風蕩戍旗。無由送明發，一夜鬢添絲。

四海惟知己，三年絶去鴻。衡門雖足食，京國幾飄蓬。建水分天外，吴山入夢中。生存憑寄語，未敢怨途窮。

郄山廟

新霽郄山廟，風檣獨倚閒。征鴻飛點點，殘菊影斑斑。乍見村中樹，旋登湖上山。江南更千里，只此足開顔。

元日二濟同往鐘山寺訪僧賦詩

老去虚名苦未拋，禪林元日羡貧交。不隨官馬銜泥跡，卻共僧廊看雨泡。境外閒心通玉磬，盤中春色上蘭殽。寺門聞道無塵轍，應許重同許掾敲。

夢有介枕上作示不棄兄弟按，許友子遇，字不棄。

鄰笛傷心十一年，夢中相見只依然。高閒不改生前意，憂樂俱迷死後傳。門巷經過空碧樹，兒童成立已青氈。人間連歲悲彫落，羨汝泉臺有往旋。

雲門寺雨中

泥塗偪側歲將除，三日城西借寺居。守債還憐攻弱子，甘貧誰識累殘書。當簷涼雨蕭蕭密，倚户寒梅得得舒。故向兵戈笑窮困，江湖何處有樵漁。

送黄立卿遊武夷兼柬即庵、世聲

雨後清溪萬頃秋，黄生乘興弄扁舟。西風皛雁澄潭上，涼月芙蓉野渡頭。九曲山家浮綠水，千年仙觀倚丹丘。幔亭峰頂逢吾友，應笑人間白日愁。

喜時行自漳郡至，即送其廷試

戎馬衝泥雨雪寒，驚君一棹至江干。山中朋好欣無恙，兵後詩篇興未闌。苦節久能承太史，明經今始入長安。金臺石鼓堪吟望，莫笑春江行路難。

哭陳篘仙刺史

廿載餘生閉席門，白頭情好李膺存。從君日就看花樹，與客時過倒酒尊。真率盡令忘世相，笑談終亦示人倫。書齋幾日成陳跡，徑草蕭蕭長屐痕。

南歸偶成

漫遊老至倍迂疎，半載西湖日索居。久客齎資無長物，窮交持贈有新書。孫曾繞膝依真喜，鳥雀當階下自如。與報歸來仍薄飯，莫將生事説菑畬。客裏關山是故人，家書一度一傷神。升堂欲復臨歧語，對像方知報逝真。白髮相尋今有幾，青春良會已難頻。碧桃花外經旬雨，助我龍鍾淚濕巾。

答不棄

行徑蕭蕭入市聲，抛書空動歲寒情。詩人窮後梅花少，不見閒牕撲酒清。

贈陳元水中舍

東吴詞客鬢如絲，重過三山異代時。故舊消亡無處問，梁王苑裏幾人知。

口占

一春蹤跡擾心情，夜雨連宵月不明。借得書來貪看盡，又消殘燭坐三更。

舟行口號

西風獵獵起菰蒲，打鼓鳴鑼夜捕魚。沃野年年成大澤，無人能讀治河書。
簫鼓樓船赴上都，中流曉日映金鋪。不知繡被紅牕底，望見村村水宿無。

三宿白雲堂，晨起再至舍利窟，由卓錫峰歸

三宿廣殿陰，悠哉澄萬慮。微鐘落夢魂，寒香滿衾絮。起飯園中蔬，還看巖前樹。泉聲鳴孤亭，江氣滿小渚。依依歲寒姿，行行復來顧。引柯嗅清華，穿林攜道侶。懷新立崇丘，牽霧即歸路。回芳薄吾衣，白雲渺何處。下二濟云：「固齋長篇好爲樂府漢魏體，而此似得之鮑明遠，而簡貴淵會過之。時賢古風，予少推許，今於固齋無間然矣。」柳湄詩傳：「雲客古風酸澀，下二濟阿其所好矣。」

附：啓禎宮詞一百首

按，萬曆間秀水沈德符著萬曆野獲編，明代野史未有過焉者。德符有天啓宮詞，崇禎間嘉興吴統持有正德天啓崇禎宮詞。二詞篇目不多，又無註釋，讀者不知所謂。崇禎間，常熟秦徵蘭有天啓宮詞，自注極詳。

朱衣報喜老宫官，仁德門前舞蹈歡。回奏宫中星月下，銅壺初滴五雲端。熹廟誕生，光廟差年，老宫人柴德女赴仁德門報喜。光廟於星月下徘徊殿陛，禮監陳矩立奏神廟，轉奏慈聖太后，闔宫懽忭。德女還報，光廟乃喜。

祖宗内令守宫人，幾得紅顔事至尊。空把閒情私對食，一同兒女看青春。宫中法最嚴。婆管家司察，關防凛然。惟有菜户代宫眷買置、飲食、漿洗，如漢之對食。

府中奶口貌如花，玉食羅衣學内家。願得鋪宮多喜信，小房移住近文華。禮儀房，每年四仲選乳母。給食料，於奶子府住。候宮中鋪月子房，取一二口，住文華殿西北小房。報生後召入。

鑰庫錢文辨六宮，分明天啓字當中。官人識出蕭梁號，爭把詩書笑相公。司鑰庫積有歷代古錢，忠賢擅政，導上賞賜無遺。一日於御前檢出天啓錢大小數文，色甚古，遍問無有知者。内臣劉若愚於袁氏叢書、玉海等書查出梁蕭莊、魏元法僧並南詔等，曾有此年號，及上凡四矣。一時諸璫傳笑館閣。

詞林教授内書堂，手帕龍涎作贄將。每到芳辰嘗放學，歌詩魚貫兩三行。收入宮人，選年十歲上下者二三百名，撥内書堂讀書，以詞臣爲其師。從長安右門入，北安門出。每學生一名，具白蠟手帕、龍涎掛香爲束脩。遇節令、朔望亦放學，放學則排班詠詩，魚貫而行。别衙門官如司禮老公遇之，俱端立讓行。

金龍印匣疊黄巾，鳳彩門中捧監臣。宣付中書教篆寫，印文傳是客夫人。王體乾爲客氏奏請金印，方二寸，四爪龍鈕，玉筯篆文「欽賜奉聖夫人客氏印」，中書篆字，内官監造，貯以金龍印匣。萬曆間，中宮璽毁。後福王之國，皇后例同貴妃，有誠諭一道宜用璽。神廟節費，命御用監以梨木刻印用之，終孝端顯皇后世，未補金璽。至是爲客、魏造印，從體乾之請也。

暖殿晨趨甲夜回，提鑪香霧滿蓬萊。六宮宮眷誰能比，奉聖恩深莫浪猜。天啓初，客氏移住隆德殿西角盛安宮。每日黎明入暖殿，甲夜始回。

移宮賜膳日尊榮，板轎擡從内裏行。獨有名封難請乞，青紗圓蓋不教擎。祖制，乾東西各設房五所，係大名封宮嬪所居。熹廟即位，客氏住乾西二所。上親幸移居，升座飲宴。客氏自此在宮中乘小轎，内官擡走，如先朝貴嬪禮，止少一青紗蓋。

鬧蛾簇簇帽簷簪，如豆葫蘆貴抵金。爲愛應將元日景，先期分遣外間尋。宫中祭竈後，即穿葫蘆景補，戴「鬧蛾」。「鬧蛾」乃烏金紙翦畫顔色者，亦有用真草蟲、蝴蝶者。最尚。真小小葫蘆如宛豆大者，一枚值價二三十金，先期向外間尋買，以供元旦節簪戴。

小盒黄封馬上持，平巾冉冉共星馳。遥看正義街西去，知賜夫人炙蛤蜊。熹廟最喜炒鮮蝦、田鷄腿、蛤蜊及笋、鷄脯、鯊魚共燴一處。客氏每往正義街私宅住數日，御前三時撤膳以賜，内使絡繹不絶。長隨内使，小大者俱戴平巾，俗名「紗鍋片」，制如官帽，無後山，垂羅一片，長尺餘於後。

玉食三時直監臣，更番添進客夫人。盒房碟局趨如鶩，暖殿朱衣列幾巡。熹廟初年，辦膳者王體乾、宋晉、魏進忠三家。四年以後，王體乾、魏忠賢、李永貞輪辦，遇閏月則匀四十日，惟客氏常川供辦，共四家矣。乾清宫内，每家各有領膳暖殿四員，管酒果暖殿二員，清膳近侍四十五員，皆穿紅；湯局、點心局、葷局、素局、乾碟局、手盒房、凉湯房、水膳局、饋膳局、司房、管庫，及管柴、炭、擡膳内官，各百餘員。

監官教習館初開，紗帽宫袍女秀才。晝漏稀聞春日永，殿門爭望换牌來。選二十四衙門中，多讀書、能書、有德行監官，教習宫女讀女誡、女訓、内則等書，學規甚嚴。文藝通者陞女秀才、女史、宫正，司六局掌印。凡聖母、后、妃禮儀，皆女秀才爲引禮、贊禮官，刻漏房官，直文華殿後，專管日中時刻。每一時至，令直殿監官入宫换牌。牌長尺餘，石青地金字。凡遇抱牌過，皆側立讓行，坐者起立，示敬天之義。

蔗霜千杵似香塵，虎眼絲窩製出新。旋領黄金龍盒貯，御前催進賜何人。甜食房造絲窩、虎眼等糖，於内官監領取戧金盒裝盛，進安御前，以備賞賜。

紅衣玉帶簇紗籠，小轎如雲輦路中。擡過乾清門外去，掌司稱是盛安宮。客氏每往私宅，輒差乾清宮牌子數十員、暖殿數十員，穿紅衣玉帶，在轎前排行。自盛安宮由嘉德門、咸利門、順德右門，經月華門至乾清宮門，俱不下轎。徑坐至西下馬門，換八人大轎，方撥校尉擡走，燈籠蠟炬如晝。

炮鳳烹龍玉食方，代將文雉有成章。一從私進西乾所，東廠嘗閑大膳房。大官膳，例以文雉代鳳，白馬代龍。自客氏寵貴後，御前所進膳者皆客氏名下內官造辦，聖意甘之。其司禮監掌印、東廠秉筆、大膳房所辦酒膳，只具故事，罕進御也。

萬疊琉璃八寶光，黃金合縫號無梁。永陵一閉希臨御，時拾丹沙向玉牀。祥寧宮前向北者曰無梁殿，世廟烹煉丹藥之所，純以琉璃砌成，不著一木。

兩兩金魚玉帶圍，朱絲摇曳午風吹。御前竟日承呼喚，遇節還穿按景衣。內府牌繐，用象牙作管，青絲綫結，下垂紅線長八寸許，內懸牙牌。至熹廟時，牌繐紅線長至尺餘，夏懸玉牌，冬懸金魚二尾。內府及宮眷自元旦節至冬至及聖壽、國喜，各穿按景補子蟒衣。至期，候該司檄移則穿之。

新來秉筆接封章，捧匣先呈各直房。夜半宮門私遞出，批紅清曉進君王。各本章至文書房折開寫略節畢，捧匣官請本，隨到乾清宮大殿內，付王體乾等分看。有涉逆賢者，各鈐紙條，或以指掐痕爲記。日暮，捧匣官仍送日精門、月華門、仁蕩門各監看定，從仁德門縫遞出，交文書房批紅。候五更宮門開，奏呈。

蟒衣騎馬膝飛魚，禮監班崇衆不如。每日協恭堂裏去，牙牌交接掌紅書。司禮監秉筆兼掌東廠，秩視元輔，有次隨堂如次輔，皆穿貼裏，先斗牛，次升坐蟒膝襴，內府騎馬。文書分批，遵照閣中票紅字樣，用硃筆楷書批之。雲臺右門北，隆宗門南，坐西向東房一連，名協恭堂。每日早朝後，掌印公過司房看文書，例穿直身，率隨堂等俱單身入室。有牙牌一面，長寸餘，每日申時交接。

寢官魚鑰下銅函，御幄重興判醉監。不欲分明傷乳媪，魏朝勒病解官銜。客氏先與魏朝私，即所謂「對食」，復通忠賢。熹廟即位後數月，於乾清宮暖閣爭擁客氏醉罵。時上已寢，突自御閧起。司禮監、東廠等官皆驚起，跪御前聽處分。上問客氏曰：「客奶若虔心跟我，我爲汝斷。」明日勒朝告病，旋發鳳陽。

綠蟻香浮琥珀光，廠臣私進御茶房。傳聞貴戚希恩寵，外宅屏人授釀方。熹廟所進酒五十餘種，皆戚臣魏士望傳方於忠賢，外宅造成，轉進御茶房。

千嬰門北玉階長，宮月如燈照直房。一自承恩升六局，朱衣嘗帶御鑪香。千嬰門北爲東長街，在乾清宮之東。宮正司、六尚局，皆列於此。

寶册初成進紫宸，六宮耳目一時新。監官早向南薰殿，烹鹿宣勞殿閣臣。册封大典，閣臣率領中書官於南薰殿篆寫金寶、金册。司禮監掌印，例奉欽遣管待行。御用監預宰一鹿，烝炮作羹，置辦盛筵伺候。

牙章奏密佩監臣，事件新來密似塵。月晦封呈米貴賤，先朝此意爲親臣。東廠廠公有「欽給密封」牙章一方，凡應奏事件，以此鈐封。每月晦日奏報在都糧米豆麪之價。六年後，圓帽、裰褶、白靴番役至千餘名。

烏紗青鬢態娉婷，寶册丹符掌掖庭。近日廠臣多異數，宮監奏發不曾停。寶璽皆內尚寶女官掌之，遇用寶，尚寶司揭貼送尚寶監，監官請旨，付內司取領。歲用三萬餘顆。

聖代相承教養尊，慈寧宮內問安頻。義平門過停清蹕，銅鶴階前立似人。駕詣聖母宮問安定省，例至義平門，停清蹕聲。用近侍在前，執藤條清道。慈寧宮丹陛上有銅鶴高五六尺，神廟臨御時，一日往朝慈聖太后，禮監張明在前清道，誤以銅鶴爲人，以藤條鞭而叱之曰：「聖駕來，還不躲避。」近侍皆掩口失笑。

暖閣聲聞接外庭，崔家小錄最惺惺。内中近侍閑調笑，多説江南浪子星。崔呈秀初擬天鑒、點將等錄，倚許秉彝傳通綫索。至五年，大工興後，忠賢託稱看工、催工，日與呈秀面會矣。

先朝選侍禮非常，賜得紅羅共斷腸。遥哭德陵開寶篋，宫人禮拜向雕梁。趙選侍，故與客氏不合。熹廟即位，矯旨縊殺之。聞命時，以光廟所賜衣飾列案上，遥拜痛哭投繯。

才見鋪宫奏禮儀，宫門絶食又逾期。内家每望雕簷雨，交掩朱衣哭裕妃。張裕妃有娠，鋪宫矣。客氏、忠賢譖之，矯旨閉妃宫内，絶去水火飲食。會大雨，妃匍匐簷間，飲水數口而絶。

蓮花門外任春風，爭寵承恩總夢中。閑數陵園松柏歲，白頭相對曦鸞宫。凡先朝有名封妃嬪、無名封宫眷，皆居曦鸞、喈鳳二宫養老，各有應得養贍銀。病終之日，司禮監題請。宫中中門，曰蓮花門。

長春恩寵冠當時，薄命君前救慧妃。一謫乾西金屋閉，宫街惟有月明窺。貴妃李成妃以范貴妃失寵，爲乞憐於上。客氏偵知，復矯旨閉妃。初，妃於裕妃之死，預匿食物於瓦簷，以防不測。至是，得不死，謫爲宫人，遷乾西居住。

金榜新題永壽宫，赭黄龍幄望當中。厰公蹴踘時來此，喝采聲高散午風。成和門向南宫曰毓德，熹廟易名永壽宫。忠賢時來此蹴踘。

萬歲山前寶殿燈，鼇山高起十三層。笙歌繞讚烟花下，頭白宫人憶定陵。定陵孝娛聖母，每上元節，於壽星殿安方圓鼇山燈，有高至十三層者，每夜派近侍上燈，鐘鼓司奏樂讚燈，内官監供奇花大爆。

龍墀爆竹散春雷，法樂臨風北斗迴。警蹕聲過香霧裏，錦衣千道滚鐙來。乾清宫丹陛内，自十二月二十四日起，至次年正月十七日止，每日晝間放花炮烟火。凡聖駕回宮，俱放花炮。前導擺隊，皆各色滚鐙。

朝退乾清蠟炬紅，叩頭聲徹玉墀中。蟒衣不散金猊畔，知是回身拜廠公。每早乾清宮緋袍玉帶，迎謁忠賢訇若雷，有擠毁衣帶者。宸居咫尺，了無忌憚。乾清宮墀内有大金獅二。

諸陵菓廠獻時新，緑笋櫻桃馬上頻。不及皇船南内進，鰣魚冰養白如銀。各陵俱有時菓廠，每歲辦進松花、核桃、榛栗等菓，係十一陵掌印職掌。留都奏進鰣魚、苗薑等鮮，係孝陵神宮監。

中秋紫蟹進鮮來，琥珀盈匡一尺堆。剔出比誇蝴蝶似，玉簪花畔勸金杯。中秋，宮眷穿月光補子蟒衣，攢坐食蟹，或剔蟹胸骨入路，完整如蝴蝶式以示巧，賞秋海棠、玉簪花爲盛會。

諸司元夕侍天顔，駕轉乾清放直班。一色蟒衣鐙景補，重來玉陛看鼇山。乾清宮丹墀於元夕結七層牌坊燈，是日宮眷、内臣皆穿燈補子蟒衣。

金花官帽柳枝偏，新賜羅衣向御前。彩架遥看天外起，六宮都教戲鞦韆。三月三日，宮眷换穿羅衣。清明日鞦韆節，戴柳枝於鬢。坤寧宮及各宮後，皆立鞦韆一架。

監中御馬賜名封，戲賞刀兒每數重。獨有玄飛光最愛，陞來玉帶勢如龍。熹廟喜乘之馬各賜名封，有曰「玄飛光」等，陞至玉帶，賞抹布、刀兒，如掌事之秩。抹布，用柘黄色紵絲或綾，長五六尺，闊三寸，雙層方角，如大帶，佩於貼裏之右，垂與衣齊。刀兒，小牙筯一雙，小刀一把，皆近臣殊寵之賜。

畫炭泥香造彩妝，宮門安放映春光。年來進得如人似，衣錦持兵列兩行。惜薪司每歲於紅籮廠，督香匠以糯米、紅棗塑炭爲福判仙童，各成對，高三尺，用金彩妝畫，名彩妝。於十二月二十四日奉安宮殿各門，至次年二月擡回本廠。至忠賢時增大，高八九尺，穿以紵紬，佩以弓矢，鬚眉猛惡如生。

法部伶官演岳秦，懋勤殿畔避權臣。一從承應王瘤子，打諢今無阿丑人。上嘗於懋勤殿點岳武穆戲，至風魔和尚罵檜，忠賢輒避去不視。七年，鐘鼓司承應王瘤子於御前插科打諢，搽臉詼諧，則公然稱揚「魏公公」、「魏太監」矣。

銅樓燈火夜青熒，一望宮街似落星。腸斷日精門下路，滿身風露把金鈴。宮中各長街設路燈，以石爲座，銅爲樓，銅絲爲門壁。每日酉時，内府庫監工添油點燈，以便巡視。宮人有罪，或發提鈴。每申時正一刻，宮門下鎖時，及起更，及每更之交、五點，自乾清宮門提至日精宮門，回至月華門，仍還乾清宮門止，提鈴徐行正步，大風雪不敢避。

艾虎青蒲繡絳紗，金泥寶扇畫朱沙。聽談西苑龍舟好，翻羡長隨各外家。五月初一至初五日，宮眷皆穿五毒艾虎補子蟒衣，賜畫扇。聖駕幸西苑鬭龍舟。

木池水戲敞紗屏，宣白時誇小御伶。真有魚龍遊荇藻，更來仙佛渡滄溟。水傀儡，以輕木妝塑仙人、龍王之屬，高二尺餘，只有上身。其下平底，用竹板承之。鑿丈餘闊、深尺餘方木池一具，以錫鑲貯水，放活魚蝦蛙螺及萍藻於中，用凳支架，施列紗屏。承應司於屏内以竹片託人物浮游演鬭。

寢殿春光列監臣，尚冠初進九華巾。宮前水戲重陳列，疋練晴空瀉似銀。熹廟喜御九華巾，日於寢殿前用大銅缸貯水，設機湧瀉，如噴珠，如瀑布。或設伏機運水力衝激木毬，毬如核桃大，盤旋高下爲戲。

齋宮幸罷苑西遊，太液池心蕩鳳舟。天護真龍出波浪，金壺玉案没中流。五年五月十八日祀方澤回，已申時，幸西苑。熹廟與少璫高永壽、劉思源於橋北深處刺小舟，忽風起舟覆，熹廟與永壽等俱墮水，管家譚敬等赴救。永壽、思源溺死，舟中金壺器案盡没。

御前牌子似花枝，宮裏群呼作女兒。太液池中扶不起，龍香親繞法筵悲。高永壽，宮中呼爲「小姐」。既溺死，忠賢體上意，於大高玄殿追薦之，贈乾清宮管事。

聞道回龍觀裏回，海棠千樹殿前開。六宮誰似花枝在，能使年年玉輦來。回龍觀内多海棠，春深盛開，時駕數臨幸。觀中殿曰崇德。

白玉欄杆紫玉橋，侍臣書榜在雲霄。漫誇石上魚龍巧，鱗甲波瀾勢動揺。龍德殿後石橋鑿獅、龍、海獸，水波洶湧，躍動如生。云進自西域。橋南北有二坊，曰飛虹、戴鼇，中書姜立綱筆。

七夕金鍼進印監，掌宮催著鵲橋衫。旋來乞巧山前立，守看蛛絲結玉函。七夕，宮眷穿鵲橋補服，宮中立乞巧山子，兵仗局伺候乞巧鍼。

封過文貍内裏稀，猫房近侍鎮相隨。朝朝肉食關支飽，臥看花前蛺蝶飛。猫兒房，近侍數人專飼御前有名分之猫。牡者曰「某小廝」，騸者曰「某老爹」，牝者曰「某丫頭」。候有名封，則曰「某管事」，隨中官數内關賞。說者以祖宗念繼嗣爲重，恐聖子神孫長育深宮，不知生育，故養猫、鴿，感動生機之意。

貴顯宮人滿御前，尚衣隨直五更旋。管家閑說珠袍事，猶有傷心萬曆年。萬曆三十二年冬，御前失珠袍一件，神廟震怒，命秉筆陳矩親至袍房，拷問掌管内官王乾等。後十餘年，宮中始言是貴顯宮女偷付其菜户，折碎變賣。

歲歲清秋損玉顔，登高隨幸兔兒山。羅衣日暮西風起，擎著黄花對立班。九月，御前進安菊花。初四日换穿羅衣重陽景菊花補子。初九日駕幸兔兒山或萬歲山登高。

四壁塗椒百藴香，紅籠獸炭疊銅缸。内家只愛宮房暖，誰解調和及小王。宮中木做地平，以椒刷壁。遇冬各設銅缸添炭，炭皆按尺寸鋸截，編小圓荆筐用紅土刷筐盛之。乳母畏寒，日夜烘燎，故皇子女多以火氣熾毒致薨。

長日坤寧只習書，化行要使比關雎。六宮七載憑當御，共道君恩亦不如。熹廟中宮皇后性骨鯁，喜讀書習字，宮人皆戴恩化。一日上幸坤寧宮，案上有書一卷，上問曰：「何書？」后曰：「趙高傳也。」上默然。

文樓經廠最清班，皇史宬中日月閑。一自官家眷東顧，圖書將出向人間。皇史宬珍藏御筆、實錄、石室金匱、典籍史書。每年六月初六日，奏請曬晾。文樓在皇極殿左，向西即文昭閣、漢經廠等處，皆有提督掌司。神廟後多爲竊出，公列市肆，無敢詰問。

秉筆紅書禮監尊，梓材丹雘聖人親。萬幾真羨多能事，三殿工成合有神。熹廟喜手自營造，操斧鋸鑿削，即巧匠不及。又好油漆，日引高永壽等經作不倦。每遇奏請，但傾耳一聽而已。三殿落成，亦上好土木，故底成堂構。

至日宮中添綫無，承恩齊向御前趨。金錢銀葉隨宣賜，更賞消寒九九圖。十一月冬至，宮眷穿陽生補子蟒衣。司禮監刷印九九消寒圖，以備賞賜。

鐘磬風微宮殿深，西番寶像坐森森。千枚漢玉爲供養，宣德銅盤細網金。洪慶宮祀烏思藏佛像，皆有機，手足能轉動，觸之則如生人起立。案前以宣德大銅盤列漢玉爲供，覆以金絲網，莊嚴尊重。

内府芳辰賞賜偏，宮人隨例拾金錢。坤寧近日千秋節，只散銀枝寶殿前。祖制，聖壽及中宮、皇貴妃千秋節，自宮官内臣，各有賞賜。至中宮張皇后千秋節，只散銀枝幾個，累年俱不給賞。

深宫欲令識民艱，圖繪屏風列座間。怪底武英諸畫士，高人寫出富春山。祖制，遇節，令武英殿畫士圖繪錦屏安放。欲令皇子女廣識見，拓總明之意。其後多選詞曲整套者畫成，如富春山、子陵居之類。

新學番經祝至尊，法螺纓絡笑傍人。三朝跳步英華殿，誰識弓鞋一寸辛。英華殿供西番佛像。本廠内官於萬壽節設立壇場，俱番僧帽、紅袍、黄護領，執經誦念。妝韋馱者一人，跳步者數十人，牽活牛、黑犬圍侍者十餘人，皆身披纓絡，吹法螺。神廟時亦教習宫女做法事，但弓足不能跳步耳。每設壇或一日，或三晝夜。

銀豆金錢向掉城，御前抛擲角輸贏。開原失後俱消歇，十載闗文賞賜輕。神廟時有掉城之戲。於御前千步外，界畫一方城，於城内斜正十步外，分域，挨寫十兩至三兩止。令掌印、秉筆諸大鐺以銀豆葉、八寶葉投之，中某城，即照數賞之；若落迸城外，便收其所擲。戊午開原、撫順失守，始罷此戲。

直房人語細如煙，暖閣分頭立内員。宫婢下班交耳語，外間封事奏楊漣。四年五月晦日，楊漣疏上。宫中各直房、捧匣官，紛紛行走。掌印王體乾受客氏之請，力庇忠賢，將所參疏不全宣達。

乾清宫裏萬幾餘，牌子坊間日買書。問著詞臣綸閣下，楸枰棋局只群居。神廟以來，常諭司禮監及乾清宫管事牌子，於坊間購覓新書進覽。

端門左去是神宫，灑掃司香領印公。此地不教人畜犬，玉衣虚殿在其中。神宫監在端門左，九廟在焉。掌印太監以司禮監官，或文書房無力者升之。其地禁畜犬，萬曆間掌印杜用養一獬犭八小犬，東廠太監李俊指爲違禁不敬，餽千金，方免參奏。

聖躬自夏未垂裳，八月宫中幸藥房。一色紅紗金壽字，裁衣賜著近前鐺。七年八月後，忠賢諷王體乾請幸茶房、藥房。取庫貯金壽字大紅紗，給近侍爲貼裏，服於御前，以爲禳祝。

金鉼靈露獻樞臣，內裏依方進聖人。匝月汪汪空減膳，懋勤殿外執沾巾。八月，又移居懋勤殿，樞臣霍維華進靈露飲並烝法器具，太醫院官吴翌如等唯唯聽從。服後日漸浮腫。諭近臣曰：「水汪汪的，傳諭不必烝進。」

太監平明入問安，紙花捧出血紋丹。宣來院使薰香過，寢殿前頭跪細看。七年八月二十二日巳時，李永貞等自御前問安回，袖出連四紙大紙花一個，中有鮮血一縷，長四寸餘，闊三四分，似肉非肉，似痰非痰，云「上鼻中出者」。至申時，太醫院官問安，索此血以憑進藥。二十四日申時賓天。凡聖體違和，傳放醫官，每日六人或四人，吉服入宮。不論冬夏，必於殿門內設火盆焚香，從盆上入，叩頭畢，第一員膝行跪診左手，第二員跪診右手。診畢，仍互更診。面奏畢出聖濟殿開方，具本進上。御藥房以金銀罐煎進，罐口以御藥房印封緘之。

客奶承恩出禁門，梓宮辭見斷人魂。赭黃小袱焚燒哭，道是沖年齒髮存。天啓七年九月初三日，奉烈廟旨：「客氏准歸私第。」其夜五更，客氏衰服赴熹廟梓宮前，出一小函，用黃色龍袱包裹，云是先帝胎髮、痘痂、剃髮、落齒、翦下指甲，遂痛哭焚化而去。

令節宮中賞鐸鍼，明珠簇簇鏤黃金。信王府內諸承奉，特賜同關帽上簪。宮中遇節，關領鐸鍼，是小珠珊瑚所穿，或葫蘆，或大吉諸字，單一枝插宮帽中央。

北苑門前見小龍，碧鱗摇日照傾宮。特宣錦覆黃金盒，送入龍潭波浪中。天啓二年，有龍見北苑門河，長尺許，有爪無角，鱗有碧光。熹廟命加錦裝盒中，送黑龍潭。

慈慶宮中日問安，禎祥已數黑龍蟠。誰知躍井黃金鯉，放去江湖生紫瀾。烈廟幼撫視於東、西二李太后。每日必行定省之禮。十餘齡，夢烏龍蟠殿柱，西李太后心異之。烈廟幼時遊宮後園，園有二井，相去頗遠。

親用汲器於井，忽得金魚一尾，旋去。於次井曰：「看此處如何。」器甫下，復得一尾。左右驚異，隨放西苑河内。及大婚禮成，有進生鯉二大尾，畜缸中。一尾躍出跌傷，兩目皆動，命放之。

朱柄青紗曲蓋輕，宫中遮向駕前行。天家豈少珍珠繖，祖制相承不敢擎。祖制，宫中聖母、聖駕、后妃、皇子女，凡晴天，只用絹裏青紗穿檐傘，制不甚大。

龍衣專敕造臨安，近侍嘗誇是美官。一自聖人登大寶，不教差點困凋殘。蘇織、杭造太監，有敕諭關防。秩視秉筆，而富過之。烈廟即位，憫東南民物凋敝，停止不差。

碧瓦雕梁象一宫，高高雙闕北辰中。神孫俱禮黄金像，直殿三時尚膳同。大高玄殿東北，曰象一宫，所供金像，乃神廟玄修玉容。

坤寧宫裏奉恩暉，日日平明宿直歸。前殿鐘鳴回首處，滲金圓頂五雲飛。中極殿滲金圓頂，皇后坤寧宫前，望見滲金圓頂如中極殿者爲交泰殿，殿前即上所居乾清宫。

二氏宫中像設榮，寶幢千尺與雲平。官家恭已如神聖，一日都教送外城。隆德殿供安玄門，有旛竿插雲；英華殿供安釋門。崇禎五年，敕送二殿諸像於朝天宫、大隆善寺等處供養。

秘書寶扇宣臨寫，精一堂邊每日西。花下緋衣環玉檻，風前絳帖壓金猊。文華殿有精一堂，用司禮監年老資深者，掌管中書、承旨所寫書籍扇屏等件。

寢宫安置夜如何，簾外分班跪拜過。散向直房銀燭下，金鈴聲到殿門多。每夜分，該正管事牌子在殿内直宿，其餘掌印、秉筆諸大璫，候聖駕安寢，磕過安置頭，寢殿門闔，始散歸直房。烈廟親閱文書，每至夜分。

暖閣重簾曉日含，御門朝退自辰參。宸居恭默無他好，頗愛臨書虞世南。烈廟居乾清東暖閣，有三重黃錦簾。萬幾之暇，嘗臨寫虞世南帖。

瓊苑春和紫禁深，石山魚沼備登臨。皇家只此爲遊幸，不似劉郎有上林。坤寧宮後有苑，有東西瓊苑二門。中有石山子，及魚池、清望閣、樂志齋、曲滺館、觀花殿、浮碧亭等處。

圓殿南頭樓閣黃，玉河橋下水湯湯。青松數樹還如畫，空與宮鴉坐夕陽。西苑有圓殿，古松渌水，宛如圖畫。

宸翰時濡小墨欄，官人捧定鴨頭丸。案前一硯青綾匣，不是沉香與白檀。烈廟最愛鴨頭丸帖。一近侍嘗捧隨左右。御前常用硯，係青綾表成匣。

臨軒紅日五雲舒，六字高懸聖祖書。西北黃扉離地起，累朝臨御省愆居。會極門東，向南者文華殿，神廟御書「學五帝三王治天下大經大法」十二字。西北有省愆居，其制用木爲通透之基，高三尺餘，下不至地，四面亦不與他處接連。凡遇天變，聖駕居此，以示修省。

年年西内看秋收，旋磨臺前侍冕旒。呈扮農家諸故事，豳風圖亦繼姬周。西内秋收日，駕幸旋磨臺、無逸殿等處，鐘鼓司扮農夫饁婦諸故事，使知稼穡艱難之意。

劉監還朝景物非，舊時老伴對沾衣。大家亦説南邊好，勿戀深宮賜與歸。内官監太監劉有道，以忤忠賢謫南京十二年，詔回至宮中，見先朝婆管家輩，皆相對泣下，云内邊光景非昔，勸令亟歸。懿安皇后亦敕其仍還養老，賜與黃金二錠。

藉田隨侍向郊南，歸把三推禁裏談。宮嬪一時齊望幸，苑中何日看親蠶。本朝二百七十餘年，凡藉田十四次。上再舉，典禮備盛。崇禎七年甲戌二月二十七日甲申，上親祭先農壇，行耕藉禮。十五年壬午二月十九日巳時，上復舉行。

丹碧淩霄俯九重，螭頭雙繞紫金龍。宮簾一一垂黃錦，小監彤墀立仗恭。乾清宮御道直接崇階，上兩金龍各高五尺許，兩銅龜大可五尺，宮門外過東東角門內小房，皆垂黃錦簾。

高品夫人侍起居，角門宣示手精書。仁昭殿内時臨御，笑語毋令近綺疏。乾清宮外東角小門内有帖云：「貞侍夫人傳聖諭：東角門内牕前不許喧嘩。」内即烈廟寢宫也。

兩宮對册一時俱，祖制寧教禮數殊。坐受内家稱賀後，女官宣贊引皇姑。十四年，進封田、袁兩貴妃。部議儀注：皇三子、皇四子、皇七子及皇女、宮夫人、内使，行禮後，令女宮引榮昌大長公主，以次賀。榮昌，上親姑也。

寶牕朝旭映垂裳，御座文書覆柘黃。小樣金罏高一尺，時來宮監跪焚香。乾清宮東暖閣曰仁昭殿。閣僅四丈餘，深不三丈，皆鋪閣。傍有梯，獨御座前去閣板以通高牕日色，御榻上小金爐高尺許，大璫時跪焚香。

紫禁霏霏瑞雪交，聖人祈穀詣南郊。玉階遠望齋宮處，天外玄鐙動寶旓。郊壇設玄燈三竿，候三竿並起，報子時。壬午正月初十日，行祈穀禮。有旨：「亥時正三刻止，升一燈。」至期大雪。亥時一燈起，萬燈齊明，上從齋宮出，至神路之西，降輿徐行。俯念神庫門路深滑，體導駕諸臣，以便步趨。

丹梯玉磴絶人寰，鳴鹿呦呦翠柏間。近侍行過多指説，外家浪道是煤山。萬歲山在壽星殿南，即所謂煤山也。樹木蓊蔚，鹿鶴成群。山前曰萬歲門。山乃築成，年久傳訛，實非煤土。

玉食朝朝薦奉先，宮中製作最精虔。御前皇膳非無及，致孝親承列聖傳。奉先殿每月供養銀一千五百九十二兩四錢，皇膳每月銀一千四十六兩，皇后每月三百三十五兩，皇太子膳每月一百五十四兩九錢。

憂深寇盜久齋居，手閱封章每夜除。慈聖自通瀛國夢，大官始進奉先餘。上自庚辰秋後長齋，純用疏布。辛巳六月，孝純皇太后母瀛國夫人徐氏奏言：「夢皇太后駢集臣家，有『藥補不如肉補』等語。」二十二日奉旨：「除郊廟、祭告、忌辰、朔望齋戒外，其餘日用常膳於奉先殿。收回祭品，酌量進内。」自是用葷。

六瓣青紗爪拉冠，袍房大布製來寬。天家皇子非從儉，要識民間織紝難。皇子帶玄青縐紗六瓣有頂圓帽，曰爪拉冠。宫中常穿袍，皆松江細布裁縫。

兩王出閣館初開，宣使官人侍往來。講罷雙雙紅板轎，青羅小傘日中回。定、永二王俱以十歲出閣。每遇出講，從皇極門左弘政門出。紅板轎用校尉八人、青羅小傘二柄，至尊同。隨侍金帶内璫六人，上仍遣大璫一人侍於左。

畫屏金碧日曈曈，寶鏡光分黼扆中。開著前星門北望，冬寒門道止移宮。端本宫中設太子座，俱金碧畫屏。座左二大鏡屏，高五尺餘，鏡方而長，晶光射人。左右連房七間，門上各堆紗畫忠孝廉節諸像，俱武英中書筆。

翁白

字未青，福清人，寓居浦城。崇禎末布衣。有梅莊遺草。

柳湄詩傳：白通經史，而志氣宏放，有俠士風，以詩遊湖海，曹秋岳以天下士許之。雨中度龍門嶺云：「風雨獨憐經鳥道，布衣空説到龍門。」中秋舟次云：「一天明月閒爲客，十載中秋不在家。」樓頭云：「看竹客先攜酒至，登樓月已渡江來。」皆可誦。洵布衣中之傑出也。

乙巳蚤春發裝吴門留别浦城諸友

歸來暫此共登臨，又擁鶯花過武林。馬首春風正月路，板橋夜雨十年心。愁删白髮還爲客，悔别青山好放吟。記得王門投筆後，五湖飄蕩到而今。

宿金華寄陳止庵客明昭寺

危樓孤燭夜蕭騷，夢爾無能到薜蘿。白髮盈頭知己少，青山作客著書多。江城月入碪聲急，野寺風高雁影過。不識邇來摇落後，少陵詩興復如何。

艾逢節

字際泰，敏父，松溪人。崇禎末以歲貢生任福州府學訓導，遷國子監學録。唐王時辟爲國子監司業，辭不任，隱盧峰老焉。

登白塔按，于山萬歲寺塔，俗呼白塔。

塔意欲到天，來登苦不前。如何頻陟級，又復見村煙。人世無窮事，吾生有盡年。積書六千卷，聊以伴華顛。按，逢節積書、能琴。子敏，亦不仕。

全閩明詩傳　卷五十五　崇禎朝十

侯官　郭柏蒼
　　　楊浚　錄

鄭宗圭

字圭甫，一字瞻亭，閩縣人，崇禎十五年舉人。國朝官烏程縣。卒年九十五。有山圍堂集。入郡志文苑傳。

通志：宗圭沉酣經史，著讀史巵言十卷，又山圍堂集及續讀史諸篇。年九十五卒。

種菜

亂已甘自晦，貧尤信彼蒼。閒知書卷美，饑悟菜根香。瘠壤栽培苦，寒泉汲溉忙。一畦吾願足，計拙始爲長。

遊石松寺按，在侯官縣西。

臘月雲山冷，空房客寓開。有僧能送火，吾意已如灰。雨暗終朝臥，詩成半夢裁。時鐘幽澗裏，寒鳥一聲來。

竟日茗供飽，何殊菊作餐。鳥鳴山益寂，水去石無言。豺虎堪聞道，狐狸欲傍門。誰教溪上月，不照一泉源。

夜泊建溪

寂寞建溪路，倉皇溪上程。客舟遲獨夜，燐火上空城。灘暗陰靈哭，天寒星斗横。遺黎今有幾，繫纜一傷情。

京邸秋月

紫陌回千騎，清輝出九重。檻虚娥影早，杯重露華濃。寒笛催南羽，秋碪掩暮鐘。何時隨皓魄，共倚海城榕。

和周櫟園先生清漳城上感懷

蜃樓隱現隔波遥，鐵騎千群響夜橋。羽扇閒摇溪上月，金弓重射海中潮。荒村有鳥來青冢，赤地何人號碧霄。勤畫芻茭驅壯士，銀河暫挽甲兵銷。

嚴城吹角起飛烏，繞樹難棲皓月孤。大將徐開如虎陣，勞臣獨進哀鴻圖。頻年烽火山千曲，萬里悲秋海一隅。緩帶登陴誠慷慨，乾坤何計刼灰無。

夜泊楊村

海日西懸古岸斜，征帆摇落散林鴉。酒簾動入舟人眼，菊種分來道士家。曲港渡牛喧野水，沿河牧馬吹蘆笳。深林驛路相蕭索，閒聽屯官放晚衙。

曉發泰安道上

錯落山村繞泰安，輕車皓月出層巒。岱峰影動千村曉，海日紅消萬井寒。夾道炊烟連野燒，小溪渡馬響冰湍。南天一望風塵少，豈但東行客慮寬。

送别宋荔裳觀察

每從驛路見名篇，南北山川思惘然。誰道杼投曾子日，卻爲舟共李君年。河梁別騎喧官渡，雲樹懷人短客眠。此去梅花江上發，廣平詞賦起寒烟。

仲春王我玉糸軍招同宋荔裳總憲、張衷瀾郡守、吴司衡司馬泛湖

衝泥策馬出江城，雲裏移舟水岸平。花嶼鳥懸雙翼濕，竺峰僧住半天晴。

林　勉

字伯奮，崇禎間福清人。順治丙戌，唐王聿鍵開藩閩中，中式鄉榜。

柳湄詩傳：曾士甲稱勉醇醇儒者，無書不讀，知世弊時危，遁於山林。

寄陳黄守

來同石畔影，蝶夢渺江潯。蟲作方秋語，風鳴太古音。杖藜心事短，霜露國恩深。不爲寒雲瘦，何緣日苦吟。

西湖坐月

歷歷湖光已不同，烟波萬頃更無窮。山高人遠惟孤月，秋至愁多似晚楓。近岸鷗連蘆葦白，滿林霜重地天空。獨憐殘碣藤蕪外，猶有滄浪舊釣翁。

李贊元

字匡侯，一字素園，崇禎間龍溪人。順治丙戌，唐王聿鍵開藩閩中，中式鄉榜。國朝官河北道參議。有出門吟、師白堂詩、遯園草、悔齋詩、怡老篇、紀年藁、集外錄。

杜于皇云：今之爲詩者，力飾其外，則内乏神情；刳心於内，則外無氣象，所以兩失。而素園獨内外兼勝，所以卓然。

閩中錄：素園觀察河北三郡，遽解組歸，流寓白門，築遯園清涼山麓，俯仰江山，以詩自適。其詩警拔蒼老，漸臻杜境。吴給諫序其詩云：「先生浩浩落落，磊卓不群，於閩越燕齊之區，勝水奇山之際，流連不置而吟嘯風生，觸景成詩。」觀此可知其大概。

柳湄詩傳：贊元罷官後，築遯園於白門清涼山之水西，與杜于皇所居之尊野堂相近。時與杜于皇、鄧孝威、曹秋岳、孫豹人往來唱和。

俠客行

長安遊俠客，結識徧四方。夜宿邯鄲肆，日馳白驌驦。門下多死士，衣履珠玉裝。千金買寶劍，淬礪日光鋩。射獵上林苑，殺人燕市旁。百萬酬知己，一飯不敢忘。解兵用談笑，抵掌屈侯王。小哉秦舞陽，獻圖乃倉皇。請纓事戎伍，何論殺與傷。男兒死牖下，白骨污山岡。詩持云：「從來俠客是血性人做。血性又須濟以學問，先生有謂之談。」

舟中晚望

放棹夕陽下，蕭然一葉舟。鳥啼萬户静，月出片帆收。遠樹連雲翠，空山帶水浮。故園何處問，徙倚暮江秋。

送陳鳳竹歸江寧

相逢意氣重，攜手入長安。征馬一朝去，蘆花滿地寒。雞聲催曉夢，露氣濕歸鞍。君到金陵後，應思離别難。

春日江村雜興

溪水自潺湲，春來不閉關。江空月出早，樹靜鳥歸閒。潮到將吞岸，雲飛欲動山。我行猶未已，長嘯不知還。

春日象山山莊

群峰倚户牖，積翠落庭陰。不入此中路，安知物外心。石橋通澗細，烟火傍山深。爲語武陵叟，桃源尚可尋。

廣陵道中逢友人黄君竹，以倦遊歸隱，賦此贈别

久客頹顔懶問津，蕭蕭衣帶畏逢人。桐溪錦釣長辭漢，楚水桃花亦避秦。雲到江頭帆影濕，雨過嶺上馬蹄辛。風烟欲斷關河路，莫怨空山草木貧。

落花詩

春色將歸不忍看，飛絲落絮已闌珊。因風吹繞朱簾暗，帶雨輕粘繡閣寒。羯鼓頻催難再

發，金鈴長護亦隨殘。相逢又是他年事，坐對銷魂獨倚欄。

送曹司農秋岳歸越

啾啾塵外鳥，鎩翮在江湄。朝餐原上草，暮宿林下枝。自傷羽翼短，天際渺無期。忽有雲間鵠，相呼作等夷。中心雖感激，揣分本非宜。鴻鵠淩霄去，離群獨自悲。思欲隨鴻鵠，路阻不可追。徘徊空貯望，此懷將告誰。

遊靈峰寺，遂登北高峰，至半山而止

紺殿觀已止，形神尚未瘁。移步過東偏，鐘樓亦敞麗。登樓縱遐覽，愜我遊山意。灅灅湖水波，如在堦除際。尚恨湖外江，微茫半昏翳。僧云寺後山，北峰特峻異。煙雲抱禪宮，吴越入胸次。了無禽鳥聲，但識天香氣。看山必搜奇，聞言忻欲至。捫蘿勉躋攀，遑計及巔躋。拄杖聊睇觀，巖岫何迢遞。蒼翠紛糾纏，磴路窈然細。逡巡至山腰，力疲暫一憩。巖風自北來，松花忽滿地。猶幸山意佳，雲日風清霽。仰望北高峰，髣髴天目勢。岡巒鬱嵯峨，衆山亦疣贅。俯觀江與湖，陳陳無障蔽。烟火千萬家，鱗次若可計。思欲窮其巔，未往先驚悸。可知筋力衰，萬慕不一致。仍思陟層巔，祛彼下界累。

閒居即事

幸遂初服意，結廬山水鄉。柴門臨曲澗，薜荔覆我牆。呼僮治小圃，課督循其常。禾黍既蔽野，葵藿亦成行。春來好風至，百草皆芬芳。登高縱四望，陵谷互低昂。長林多榆柳，伏月生微涼。偶逢林下叟，把臂共揮觴。談笑無多事，抵掌話羲皇。聽久坐忘倦，山翠欲沾裳。歸臥北牕下，仰視明月光。傷哉干戈地，白骨浩茫茫。

登報恩寺塔

寶相湧起梵王宫，崔嵬突兀映碧空。倒影駭動魚龍窟，絶頂直與霄漢通。棟瓦參差列翡翠，陸離光怪照流虹。蟠欄曲櫨紛無數，雕鏤疑是造化功。中有舍利時放光，邪魅遁逃不敢藏。九級登攀魂魄喪，俯視下界如毫芒。四面湖山入掌内，恍置此身日月旁。安得時踞層巔上，浩歌長嘯跨八荒。

黄河阻風

急欲凌波去，胡爲大地昏。神龍翻海窟，巨浪障天門。乍聽雷霆鬭，旋驚日月奔。旅懷無賴甚，俯仰欲銷魂。

早　發

五更即放棹，鷗鷺亂前溪。片艇凌烟渺，孤帆受月低。鐘來遥辨寺，村近漸聞鷄。舟楫篙師路，朝昏總不迷。

夏日遯園雜詠

世途多險阻，遯跡白雲邊。花氣簷前過，風光榻外懸。歸鴉奔晚照，老樹抱朝烟。僕僕塵中客，幽人獨醉眠。

散髮長林際，振衣千仞臺。霧消天闕出，嶺坼寺鐘來。茶竈籬邊動，棋枰竹下開。坐談無俗客，興遠思悠哉。

蟬鳴綠葉下，風到北牕時。日坐藏書閣，還吟未穩詩。蓄琴實不解，讀史亦多疑。此意誰能識，惟應達者知。

春日同謝茶村、鄧孝威、宗鶴問登遯園草亭

小築層巒頂，攀躋豈厭勞。俯看飛鳥影，臥聽大江濤。但覺烟雲近，不知霄漢高。西方落照下，極目見秋毫。

早起亭望

夜光已没影，四望自紛紛。日出江湖闊，雲高巖岫分。千帆煙際過，萬籟坐中聞。養拙風塵外，聊同麋鹿群。

錫山晚泊

看山日放棹，向晚暫停橈。初月升東嶺，微風靜暮潮。泉聲入寺滿，峰影到溪遥。長嘯清波畔，愁懷一夜消。

獻花巖

層巖千載在，勝事此時非。頹院茶烟冷，殘僧佛火微。野花閑自發，山鳥逸還飛。惟見人間世，蒼蒼澹夕暉。

燕子磯

危石參差斷復連，翠屏壁立湧江邊。地形長作關城鎮，山勢不隨陵谷遷。數疊樓臺浮島外，萬家圖畫入峰前。傷心六代興亡事，楊柳灘頭起暮烟。

汴梁懷古

汴水東流日夜奔，紛紛宋魏幾家存。鵶啼斷塚玉魚出，雲壓沙場海日昏。蔓草横丘埋戰壘，秋風何處弔夷門。信陵賓客今安在，燐影蛩聲欲斷魂。

冬日鄧孝威見過集飲次韻

花時無事即佳辰，濁酒芹羹亦故人。起坐不離風竹徑，何如醉夢困風塵。

燈夕杜于皇、曹秋岳、孫豹人、葉桐初集飲師白堂

不知已向衰，仍復好蕭散。八載臥衡門，因得遂所嬾。月上已登牀，日出尚未盥。但讀

古人書，無事置長短。良夜集淨宇，重裘釋和煖。烟炬出小村，笙歌動高館。衆人之所艷，吾輩至亦罕。悠悠饑渴心，所思在良伴。有酒不在陳，有坐不求滿。緬昔香山翁，風流恣任誕。相傳千百年，忍令音徽斷。落落有餘歡，何殊絲與管。

湞陽峽

禹功鑿不到，兩壁欲相連。水勢將崩石，濤聲已入天。未聞猿嘯盡，忽過鳥飛前。太息風波險，空傷白髮年。

述懷

步出長安道，車馬何輝煌。傳呼戒馳道，旌旗蔽日光。路人皆辟易，飛鳥亦徬徨。可憐時運改，乞哀獄吏旁。黄犬與鶴唳，異代同悲惶。所以遯世士，高官不敢當。盛衰原倚伏，福滿禍所藏。寄語趨名客，戒之慎勿忘。

舟過安慶

皖國稱雄鎮，東南控上遊。地分三楚勝，水接九江流。巨浸翻天塹，長帆動戍樓。回瞻建業路，雲樹兩悠悠。

己巳初春遯園集飲

居然河北返閩山，如此無能合閉關。新構遥遥藏嶺外，舊遊落落在人間。林花四序隨開謝，谷鳥晨昏任往還。寄語塵中名利客，莫談冠蓋動愁顔。

秣陵春望

江上春來野草萋，翠裾綺袖滿長隄。青山半在雲邊立，黄鳥多從雨後啼。風落晚汀鷗睡早，柳連水檻燕飛低。登高頓覺長安近，皓月當頭路不迷。

曾燦垣

字惟闇，又字即庵，崇禎末侯官人。順治丙戌，唐王聿鍵開藩閩中，中式鄉榜。有即庵詩存、即庵遊草。

竹間十日話：崇禎七子詩，以高兆、曾燦垣爲最。

戰城南

戰城南，連城北，猛火煙飛藏白日。萬家屋燼開戰場，老弱婦女伏兩旁。父求死子，妻求死夫，咫尺蒼茫無故鄉。夜半軍中有女子，雨聲泠泠鼓聲死。超車十乘健年少，火落城頭風激矢。魂魄飛揚欲上天，肉亦隨風寄烏鳶。日暮鬼火生瓦礫，健兒驅馬傍城邊。

幽州馬客吟

北人重驊騮，南人習駑馬。幽州馬客雄北方，年年買馬出西夏。朝聞羽騎馳江南，驅馬千群自南下。千金不惜表霜蹄，百金不惜連障泥。南方土熱違馬性，南方技淺薄馬醫。朝夕掉尾撲蚊蠓，霜毛落盡露筋脊。今年壯士食馬肉，明歲燕臺懸駿骨。東市買馬鞭，西市買馬鞍。錦障秋風裂，荒槽曉月寒。南人款段日馳逐，歸飽豆棧果下宿。馬客朝來出無車，行向人家借黄犢。

飲馬長城窟

飲馬長城窟，霜清馬蹄滑。丈夫何去西築城，築城連連不可絶。但云歲歲點丁男，不見邊城歸戍卒。將軍築城欲到天，將軍蒸土欲擬鐵。朝朝持錐刺城土，土中一半皆白骨。白骨受刺錐不深，猶道土中尚有聲。丁男粗免一日死，健兒走馬索黄金。聞説死人無尺五，魂魄猶能歸故土。早將新骨葬城下，同伴爲農重舉杵。

猛虎行

南山陰風轉山曲，夜夜猛虎逐群鹿。鹿麑子死無遺種，老父啼兒寡婦哭。狐貍肯食死人骨，猛虎但食生人肉。幾家架竹傍巢居，虎亦移穴巢下宿。日出求食暮無巢，府吏當門聲破屋。此詩殆指巡按御史周世科、張秉孝箕斂科派爲虐，户有逋亡，則瓜蔓及親黨。

卜居

野老蝸牛舍，漁翁梭子船。各自不相易，同寄一山川。鯈魚喜浮陽，往往爲餌牽。當其胠泥沙，豈不願深淵。人生各有營，閲途紛萬千。苟欲宅其身，豈不在聖堅。世人尚眉睫，小喜快當前。朝菌與蟪蛄，分爭大小年。因爲曠士憂，玄苦恐難傳。多謝繁華子，厚意似微憐。鳧鶴不相續，賤性靡所遷。不疑又何卜，中情良謂然。

弔江右胡友蠡先生詩。丙戌之歲，先生殉節於劍溪，山水暴崩，漂其棺入芋江。榕城諸君子重先生之義，爲易櫬而卜兆焉

溪雨崩山海倒立，悲風夜半天吴泣。江村曉色慘模糊，忠魂抱柩乘潮入。梧桐碎石石爲裂，絳袍紗帽照顔色。寒濤漬骨宫錦紅，勁髮凌霜如點漆。先生一髮係千鈞，絶命詞懸汗青筆。正氣横江呵百靈，衆鳥環飛不敢集。傷心猶覩漢官儀，遺老沙頭空淚垂。眼光射日陽烏死，山鬼啾啾行客悲。紅玉煉火爍金甕，鐵作心肝終不灰。羇魂夜夜繞行宫，九土淒迷何處歸。自昔男兒重槀葬，壯士不返沙場屍。先生俠骨留天地，萬古寒陵一片碑。

凡僧無衣籍

我聞古人著書立言稱不朽，凡子唯唯曰否否。亦顧其書爲何如，文字沾沾焉足取。古之立言兼德功，兩晝文章天地壽。用之治世爲尚書，都俞朝廷相拜手。用之亂世爲春秋，排擊亂賊心血嘔。自有天地有君臣，自有君臣有朋友。吁嗟乎，山崩地裂日月幽，百川滄海皆倒流。地上生人無生氣，但有尸行與魂遊。吁嗟凡子發憤欲與天爲讐。上書曾經兩刖足，野戰歸來血滿頭。隻身委髮餘十指，獨立蒼茫望九州。大聲疾呼求其友，顧影幽囚誰與語。爾乃上下二千八百六十年，得友四十九人許。起夏六侯列衆賓，徐中山王以爲主。相與揖讓慷慨問中原，戮力肝膽相傾吐。中各有幸有不幸，掀髯裂眥同所怒。横磨鐵硯礪毛錐，譬如借交滄海壯士椎。屋冰伸紙手重繭，又如痛哭秦庭人乞師。夜深四壁英靈集，墨痕筆跡動鬚眉。書成知傾幾年淚，渡江湧浪驚蛟螭。入門血光寒兩袖，曾子捧書再拜又。嗚呼，春秋微言絶已久，不意此中藏宇宙。凡子抵掌曰未也，吾將邀靈數十君子後。磔裂梟魂褫奸魄，醢腊魑魅殘猛獸。日月光華旦復旦，臣某死骨且復肉。

池上曉晴喜二謝至

幽夢不相期，開門適所思。樓當山缺處，客到酒香時。亂草十餘步，閒花三兩枝。忍看今夜月，已隔柳陰遲。

宿南禪寺

所以愛禪棲，境幽不可倦。燈將火俱微，心與道相見。孤磬坐三時，斷山月一片。火飛原上燐，僧入定中徧。

丙申除夕

最是勞人處，殘年待夕陽。憂危身易老，離亂日尤長。臘酒酬窮鬼，文章落戰場。獨憐天地大，醉眼混玄黄。

向夕平安火，千門望寂然。役夫徵隔歲，征吏急窮年。敝屨行荒市，餘生付石田。誰知此日月，數里異風煙。

劍津同孚五登先鋒樓

溪流三面擁城濠，更指層樓天外高。劍氣霜沉寒棨戟，石根雲動轉黿鼉。同來極目山川盡，各有鄉心遠近勞。倚檻不須題往事，乾坤雙鬢老吾曹。

偕吴友聖登吴山

西山突兀俯城隈，客裏同過坐石苔。絶頂風煙愁立馬，百年邂逅幾登臺。海門浪屋潮頭見，郡市魚鱗水面開。吴越興亡俱在眼，那能詞賦不生哀。

岳墳

黯黯棲霞嶺，忠魂今有無。衣冠千載祀，弓劍六陵孤。嗚咽斷橋水，悲號繞樹烏。南枝應折盡，遺恨更西湖。

曾祖訓

字維久，崇禎末侯官人。順治丙戌，唐王聿鍵開藩閩中，中式鄉榜。

柳湄詩傳：曾士甲稱：「祖訓尚氣節，不同時調，與山僧往來，杳然雲水之外。」

圍城兩月，驚秋將盡，讀友人見貽詩有感

秋迫危城坐夜分，燈昏懶讀斷腸文。家餘幾口全難減，篋滿殘書半欲焚。孤劍已沉寒水月，一瓢留貯故山雲。霜楓紅落千村淚，鼙鼓聲聲不忍聞。

方侗人爲余作烟竹，覺有瀟湘遠意，因成短咏

縱横寒碧萬竿煙，成竹能存胸臆先。瀟湘雨色幾千里，淋漓墨妙開楚天。微茫雲暗蒼梧

夕，窈杳叢深山鬼眠。秋空水闊煙相半，欲弔湘娥何處邊。

江上尋梅

斜枝冉冉襲芳原，瘦骨輕籠破衲温。隔岸微雲留月影，空江寒夢遶詩魂。舟迷古渡蘆花渚，笛在疎籬落木村。野客尋春依短棹，臨風無語對黃昏。

何其偉

字梧子，自號鼎石山人，崇禎末閩縣人。順治丙戌，唐王聿鍵開藩閩中，中式鄉榜。有濤園別集。

郡志隱逸傳：梧子流寓連江。明亡，僧帽道帔，隱居教徒，自稱逋民。閒則抱甕灌園，足跡不入城市。

短歌行寄贈陳匯甫

吁嗟吾道樵童牧豎皆可群，况爾讀書坐擁奇峰之白雲。山中老柏叫春雨，門外懸泉咽夕曛，且當從此謝諸君。眼裏人情總善幻，士無伯樂誰能盼。仲蔚蓬蒿春復深，期子之來榴花綻，六十老人歲將晏。

自小嶼復移白鶴西坡

貧適與荒遇，兵兼爲旱先。一身將八口，周歲此三遷。湖海無家日，乾坤失計年。平生清隱願，予奪亦歸天。

遊玉泉憑虚閣

淺閣俯平田，憑虚正欲仙。僧歸山下路，人語石間泉。秋色一江水，風香九月天。松陰到竟日，襟帶亦蒼然。

過上樵人家

巖半爲村落，耕樵一壑同。山門向江水，溪響合天風。路入幽蒼去，人家暗綠中。偶然爲信宿，平昔意無窮。

春日園居

春牕歡衆鳥，蚤起看花枝。天地閒無日，園林及此時。去蜂沾粉露，逐燕翦風漪。物態紛相悦，余情似可知。跡幽人得静，客去日常閒。白晝羲皇上，清風夷惠間。家常隨酒茗，自奉此江山。世外堪行意，巢由豈獨頑。

矗糲真成腐，饔飧久亦便。得閒憑故我，養拙壽餘年。丘壑偏安日，風花全盛天。不禁衰老興，飛動艷陽前。

陳元登

一名龍淮，字爾尚，連江人。諸生。順治丙戌，唐王聿鍵開藩閩中，中式鄉榜。有讜篇、漁村詩文集。

柳湄詩傳：連江自景清工香奩，繼之者林徵材、陳元登。郡志稱元登「以氣節自持，工書畫，其詩歌古文詞類多感慨」。著有漁村詩文集、讜篇，又著譫篇、廣伐山集、茶譜、籠鸚集、海錯圖讚。按，此書每海錯皆作贊。郡志以元登入明文苑傳，其所著諸書，或入明藝文，或入國朝藝文，殊失考。

菊花

衆卉亦終歇，秋花晚更妍。可知千古士，不受一時憐。烟老寒原氣，霜開曉圃天。數枝高自傲，但覺汝能賢。

印得寺

青林看初夏，永日又清風。雨過蛙聲動，雲歸樹影空。孤燈群動後，一寺四山中。夜氣禪關足，起看篆火紅。

戲贈某納侍兒

斜飛燕子鎖裙團，輕撲垂鬟淺黛攢。欲奪搔頭佯卻立，佹留半臂忍寒看。翠衾短夢防終熟，花路驚羞竊近歡。十指染香秋橘綠，隔屏偷喚送郎酸。細腰禿袖繡紅鴛，錦約雙鈎覆小褌。暗背宜男藏點慧，笑調鸚鵡欲銷魂。敢將低喚含微怒，劣得逢迎款細言。閒侍小牕無一事，將郎青鬢覓銀釭。阿婆未老已哺孫，嚬笑無多視所存。少恕輕狂容別妒，欲消舊恨暫留恩。枕衾屢換還增慮，苦樂難調卻費言。管是心同荷露轉，片時新故向誰論。

臘月立春日從濂溪領家歸里

江雲冉冉弄晴暉，溪度樵聲出翠微。梅向雪中辭臘去，人從天外帶春歸。閒知鳥舌翻新響，喜覓花枝長舊圍。陶令兒驕須棗栗，故園桃李正芳菲。

雲居觀日 按，在連江縣。

天星澹澹海門中，遠籟閑吹萬里風。獨立雲居丹嶂上，下觀日出碧波中。冶燒銀的千重啖，輪湧金光百道紅。此際下方方熟睡，雞聲曙角亂霜空。

林崇孚

字永中，一字介山，玠玄孫，文瓚曾孫，俱見上。璧孫，侯官人。崇禎中增生。國朝任惠州府。有可閒堂稿、響山樓稿瓿餘。

鄭杰人云：介山才藻卓絶，論事剴切，官有能名，未幾，退歸。放棹洪江，泊西湖，日與文士宴集酬唱。

柳湄詩傳：據洪塘未刻志稱：「崇孚，明季增生。順治丙戌，貝子王入閩，沙洲校取，辟任廣東惠州府尹。」按，順治丙戌，唐王聿鍵開藩閩中，所云「貝子王」乃唐王之誤。年八十四卒。按，崇孚得曹能始石倉園地，創響山樓、可閒堂於中，素能取譬鄉黨。順治十五年，以周司農事，部徵質訊。洪塘童叟千百人籲當事懇留，不允。設匱投錢贈行，出其餘備牛酒餉甲士，泣告曰：「吾儕小人，沐林公恩厚，萬里戒途，不能身代，願諸君善護。」甲士唯唯。子曇春，後改名涵春。按，涵春著作甚多，受耿逆僞官。甲寅遺事亦言：「曇春與林嗣選、倪銓、鄭泓、周鴻儀、趙爾槃、翁鑑、阮峻、林經國、張鉉、蔣衡、鄧雲岱等十二生，爲耿逆建生祠於西湖。」

西峰早春

東風舒柳眼，疎瘦未藏鴉。烟暝嵐光薄，雲低雁影斜。晴峰來次第，岸樹立參差。緩步看春色，閒情冷對花。

江頭別業

非學功成泛五湖，舟居但覺半塵無。數行岸柳催詩句，一幅烟波入畫圖。撥草乍驚魚隊散，開牕遥接鳥聲呼。夜來繫纜蘆深處，載酒何人訪釣徒。

懷歸

閉閤抛書儘日慵，强支病骨倩枯筇。療饑豈必二千石，選勝何如四百峰。老矣尚煩天子聽，歸兮深愧古人蹤。籬花徑竹皆招隱，穩作昇平十畝農。無官可繫成嘉遯，有子雖孱亦發蒙。祇欲賦歸多不寐，起看涼月在孤桐。經年生事藥爐中，倦寫鄉書付遠鴻。遊伴蕭疏仍結社，故山荒落且編蓬。黄金未散休談俠，白髮徒多畏薄遊。喚取小鬟低顧曲，尊前笑殺老風流。旅懷鄉夢總關愁，瘴海驚濤又一秋。自是虚舟能不繫，故將閒鶴且爲儔。出澗閑雲應有脚，投林倦鳥不論枝。半間茅屋欹斜在，付與山翁分外宜。烟雨滄江日暮時，牽衣欲語笑兒癡。衰顔易向忙中老，歸興休教别後遲。

夏杪遣兒曇春先歸，攜至江干而别。兒恐予歸之不早也，以菊爲期，期將屆矣，望秋水而興思，履霜叢而如擣

離家咫尺石倉園，此日方知隱逸尊。澗室久存名世業，野蔬時足道人飧。廿年松障懸燈影，半碣苔光點墨痕。養晦不須埋姓氏，淵明辭賦至今存。

夢到怡山

蹤跡渾如水上萍，廿年行脚尚伶俜。昨宵幻作怡山夢，敲斷木魚不肯醒。

城西一逕暮雲封，山水緣深夢亦從。爲問勞勞車馬客，幾人聞得五更鐘。

開社西湖，阻雨不果，次謝星源韻

草長平湖綠漸齊，幾回幽夢到湖西。雨聲乍歇荒人跡，屐齒無心踏燕泥。誰向尊前歌白雪，空餘柳外叫黃鸝。續遊不少驚人句，老眼還將小字題。

花朝後五日西湖社集

扁舟横野岸，烟柳向人斜。薄飲浮新漲，閒吟踏暖沙。乾坤存數子，山水護名家。讌集春過半，泥香愛落花。

底事

底事一枝筆，生涯數畝田。貧徒存白髮，老更負青天。羽檄何時歇，身名幸苟全。故鄉多偉彦，誰著祖生鞭。

暮春坐雨

梨花落盡燕泥深，消瘦都緣老病侵。百二日春多是雨，兩三竿竹漸成陰。幽禽似欲分清夢，老友時來愜素心。中夜徘徊全不寐，雞聲蹴舞起孤吟。

曹能始先生新亭招飲

别墅迎新爽，濃陰若放開。賦於金谷就，客過郢州來。雲影摇書幌，山容落酒杯。亭前猶隙地，好種幾株梅。

平山道中

旅愁鄉夢兩紛紛，半入寒溪半入雲。草色空餘千里緑，雞聲茅店幾時聞。

追輓白雲先生

按，莆田陳言也。

白雲先生時不逢，右丞，工部兩追蹤。席牀缶竈多奇士，物色毋輕賣菜傭。

陳寶鑰

字大來，一字綠厓，崇禎間晉江人。順治丙戌，唐王聿鍵開藩閩中，中式鄉榜。國朝官山東青州道。有蘽山堂、陶陶亭諸集。

柳湄詩傳：寶鑰初官陝西，終青州道。其詩議論創闢，筆致矯異。

松門坐月和黃俞邰韻 按，俞邰，虞稷字。

新月欲附松，松高出月上。展轉窺客顏，徘徊闢山障。安得與雲心，長此抱月颺。悠然萬濤來，人月兩惆悵。

初春游牛首山和黃俞邰韻

有峰齊入天，角立爲雙闕。此山主吴盟，登眺殊足樂。古寺聚峰腰，連亘如城郭。紆斜一徑通，半空現丹雘。跼蹐世上觀，至此心目廓。古苔閉深洞，幽嵐入高閣。佛心慧入雲，梵語自天落。在家已如僧，捨身何足愕。此身如可捨，何畏鬼蛇攫。登峰一嘯號，視下皆毫末。不知天地寬，但覺滄桑白。乃知生死大，自是富貴薄。牛首雖宜春，春蚤遊不錯。當此春冬際，日月照虛壑。風景倏萬變，但恨筋力弱。遊興如禪心，何必太黏著。

垂影塔

古塔掛峰腰，聳出峰頭上。隨樹入幽房，塔垂樹則仰。此理究不明，終古費人想。天地如箕盤，日月如運掌。物齊則觀同，橫斜兩不爽。譬彼印閒文，字轉而成象。譬彼鏡中窩，窩心必懸顙。兩曜作是觀，返照則迴朗。室虛白常明，閉目能肸蠁。掛角於壁中，形落在深泱。此理自然昭，古人徒影響。蒼按，福州南營廖氏祠後高樓，日午、月中，門扉間有塔影，故呼塔影樓。後易新扉，影亦隨滅。按老學庵筆記：「酉陽雜俎言『揚州東市塔影忽倒』。老人言，海影翻則如此。沈存中以爲大抵塔有影必倒。予在福州見萬歲塔，成都見正法塔，蜀州見天目塔，皆有影，亦皆倒也。然塔之高如是，而影只二三尺，纖悉皆具。或自天牕中下，或在廊廡間，亦未易以理推也。」

妾薄命

妾心一何苦，妾曾適楚不相取。愛妾憐妾才，有才亦藝近於賈。愛妾憐妾顏，古來顏色盡塵土。不知歸來學心空，卻將妾心對佛譜。佛言有婿如阿難，汝但摩登作咒語。不然且伴老香山，兜率天中作天姥。此語未許俗人知，說與松聲鳥語當簫鼓。詩持云：似嘲似謔，無限愛憐。想得出，說不出，妙妙。

智如蟻

莊生云：「羊肉不慕蟻，蟻自慕羊肉。」愚矣哉。然熙熙攘攘，俱爲利往，况蟻乎？且取有禮，積不私，進知時，退遠害，亦智矣哉，故曰智如蟻。

風占時，雨占利。朝逐羶，暮逐膩。塞則藏，蟄則至。爾爲蟲，何其智。世間趨避無爾靈，聚族實繁衆所忌。主人有肉是羊腥，群驅群逐不厭咡。敏者一戀負如飛，鈍者數嚼未得離。須臾主人覓羊肉，未烹羊肉先烹蟻。嗤爾靈蟲何不智，人家肉林皆香餌。汩没之人反爲痴，須知能取須能棄。不然恐爲肉食累。君不聞蟄江有蟻宫。一粒十日積，一蟲十日蹤。戴米如山辛且苦，適適此身以腸窮。不如歸伏窟穴下，撮土爲糧死亦雄。

智如蟬

蟬有五德：曰文、曰清、曰廉、曰儉、曰信，而智不聞焉。然淡以自足，清畏人知，德可表名，變可悟主，至靈至虛之物也。故曰智如蟬。

蟬聲瘦，何以瘦。趨燥避濕故無垢。蟬聲潔，何以潔。好隱而默有不屑。飧風無厭燥，飲露莫厭傲。只此枯槁心，腴則失其操。誰能如蟬清，清如伯夷也。近名誰能如蟬廉，廉如仲子亦近纖。誰能如蟬儉，儉如公孫以所諂。公孫矯飾非人情，辭富就貧節亦險。豪富卜式薄桑宏，卿相言貧無乃歉。無乃歉，不如蟬。處無巢居食無黍，涼骨肯使世人憐。

智腹目

越絕書云：「海鏡蟹爲腹，水母蝦爲目。」二語曲盡愚態。夫惟物無私緒，方可寄心腹，託耳目。稍具肝腸，便有利害生其中矣。哀哉，二物之爲智也。故曰智腹目。

海爲鏡，蟹爲腹。水爲母，蝦爲目。智哉腹，爾飢爾渴不用畜。載君食遍四海肉。智哉目，東南美市君盡逐。附而得食兩受福。勿謂蟹無腸，胸有甲胄口雌黃，處人心腹慮極長。勿謂蝦無心，衣冠鬚眉物所欽。寧以耳目共浮沉。鏡何癡，母何鄙。託體於人不足恃。鏡苦不信蟹情，鮓苦不知蝦指。兩兩各疑心，謂其有私旨。以彼和且耑，猶然有異視。致有老漁人，鷸蚌收其美。乃知相依難，慎毋結唇齒。君不見蛩蛩與巨虛，有行必偕往。爲漁攫得片肉盡分甘。道是耳目所共見，故無彼此爲人讒。

智神龍

有蟲之智，莫如神龍。而世亦有擾龍者，實貪於龍也。管子有言：「天用莫如龍。」貪天之用，奪神之智，以求所欲。豈不爲龍悲夫。故曰智神龍。

勸君勿豢龍，世無董公龍難豢，鬷川之長真爲幻。勸君勿屠龍，世無支離龍誰屠，汗漫之技亦糊塗。我生不見龍有無，況見老龍頷下珠。果謂龍有珠，有珠之智龍亦徒。果謂龍無珠，無珠而化智方殊。世人盡説龍有寶，龍而恃寶不壽耇。有珠有寶是龍災，無珠無寶見龍才。那得俱名之國八餅金，贖回龍子在江潯。此金用盡更能生，以此世人盡貪龍。學豢則拙，學屠則窮。究竟神龍寶是空。

昭君村

朱顏如可恃，妾以朱顏累。丹青如可鄙，妾以丹青美。丹青能美亦能醜，勿謂朱顏偏受垢。妾父不識生女悲，猶道妾顏是門楣。妾顏必須黄金薦，不用黄金枉畫眉。若無塞上漢家甥，妾面終身不自明。從來不鬱則不伸，妾在漢宮竟美人。竟美人，胡笳數拍爲誰陳。何如烏孫寵耑宮，當年枉殺兩畫工。

送魏惟度同吴星若西湖結夏步于皇韻按，杜濬字于皇。

送客難爲客，輕風一擔裝。湖光雖欲艷，眼界正宜涼。橋月留人照，夏峰從古蒼。雙攜遊屐勝，塗抹總成章。

交　河

日當南至水西流，曲靖由來屬蓋州。勾漏近通山下影，崑崙猶接海邊秋。小雞大藥年年市，白鬓烏獞處處郵。惟有容關羌笛暮，春風秋雨戍人愁。

陶慈湖懷古

元臣失計釀多憂，賴有同心挽逆流。握手乘帆馳歷口，捧書灑淚下揚州。若無毛寶存公義，翻愧虞潭得女流。雖説論功推第一，其如湖水若含羞。

陳克遇

字孔亨，崇禎末閩縣人。順治丙戌，唐王聿鍵開藩閩中，中式鄉榜。

洪江曉發

榜歌催客興，一棹水雲間。錯落臨流樹，依稀不斷山。輕鷗浮渚靜，遠艇受風閒。無盡清晨景，銜杯醉解顔。

醉宿黄品人村齋

薄暮垂鞭滑馬蹄，書聲遥聽出雲梯。黄花初放疎籬左，白雁斜飛淺水西。醉去忽驚霜夢短，醒來猶惜月痕低。推牕曉起頻搔首，林外雙雙野鳥啼。

劉堯章

字陶九，崇禎末仙遊人。順治丙戌，唐王聿鍵開藩閩中，中式鄉榜。

蘭陔詩話：陶九精易理，隱居百原山中。會山寇欲屠兩砦，挺身往諭之，衆賴以全，爭歸田爲謝。堅拒不受。鄭成功聞其名，修書幣請見，力却之，人比諸陳聘君云。

寄無可方先生

已矣復奚道，滔滔不可還。乾坤存一老，瓢笠寄千山。易向艱危悟，詩同冰雪看。不知巖際月，照破幾蒲團。

戴貞會

字叔中，崇禎末莆田人。順治丙戌，唐王聿鍵開藩閩中，中式鄉榜。

蘭陔詩話：叔中鼎革後隱居深山，著有山居内外篇七函，彙輯明季高士傳、甲申殉難諸臣傳，藏於家。

懷林能任

雉壇名宿孰堪倫，幕府於今仰上賓。王粲登樓皆賦手，杜陵有詠半懷人。當年意氣深杯夜，此際流離獨客身。想得良辰官閣裏，可能憶舊一傷神。

戴揚烈

字應承，一字鷹公，崇禎末莆田人。順治丙戌，唐王聿鍵開藩閩中，中式鄉榜。有嘯碧樓集。

蘭陔詩話：應承鼎革後自稱無功子，築一小樓，顔曰遯山，坐卧其中，十餘年不下，親串罕見其面。詩多鬱轖侘傺之音。

遠别離

遠别離，乃在蜀山之頂，瀟湘之湄。湘水茫茫流不遠，蜀山杳杳啼子規。我登蒼梧望蛾眉，黑霧濛濛道限之。恍忽招魂心怛悲，心怛悲兮魂難期。哀帝子兮不我知，斑斑竹淚滅何時。

飲　酒

大禹惡旨酒，勤勞拾寸陰。孔聖憂時人，入寢不安衾。而我胡爲者，以醉空古今。崑崙莫如高，大海莫如深。所願聞見泯，狂歌樂我心。鳳凰啄琅玕，凡草不入咽。蚯蚓飲黄泉，盲然土中啜。西山真餓夫，萬古吞霜雪。我持一杯酒，淚灑中腸熱。寒雨夜何如，孤燈耿不滅。

和陳臥子秋暮雜感

萬里霜天畫角哀，孤蟾對客共徘徊。清磧響落關山外，孤雁聲從邊塞來。白日空沉魯仲海，秋風恨上李陵臺。夜深更取離騷讀，一吸長鯨酒百杯。

林丙春

字叔峴，一字省庵，元霖子，崇禎末莆田人。順治丙戌，唐王聿鍵開藩閩中，中式鄉榜。有欠山詩草。

蘭陔詩話：省庵工書法。鼎革後閉户著書，與劉百原、黄應陶、戴鷹公、陳嘿齋、鄒竹邛、黄遇潭、柯恥園結遺老社，互相唱酬。多行國無聊之語，可比月泉吟社。

秋日遊蓮山訪非權西堂

秋聲摇小艇，足力杖枯籐。松徑雲中寺，蓮山月下僧。鳥銜供客果，蟲響看經燈。信宿寒牕静，翛然萬慮澄。

湄島呈性空上人

魯門鐘鼓駭鶢鶋，放翮天遊霄漢如。晉國九人惟重耳，秦庭七日孰申胥。縱觀時事升沉日，静識天心消息初。去望祖陵休灑淚，青青北固未全墟。

圖書在版編目（CIP）數據

全閩明詩傳 /（清）郭柏蒼，（清）楊浚纂；陳叔侗點校. -- 福州：福建人民出版社，2023.12
（八閩文庫 . 要籍選刊）
ISBN 978-7-211-09054-9

Ⅰ. ①全… Ⅱ. ①郭… ②楊… ③陳… Ⅲ. ①古典詩歌—詩集—中國 Ⅳ. ① I222

中國國家版本館 CIP 數據核字（2023）第 217976 號

全閩明詩傳

作　　者：［清］郭柏蒼　［清］楊浚　纂
　　　　　陳叔侗　點校
責任編輯：張輝蘭　連天雄　趙遠方　劉挺立
責任校對：李雪瑩　陳　璟
美術編輯：陳培亮
出版發行：福建人民出版社
電　　話：0591-87533169（發行部）
網　　址：http://www.fjpph.com
電子郵箱：fjpph7221@126.com
地　　址：福建省福州市東水路 76 號
經　　銷：福建新華發行（集團）有限責任公司
印刷裝訂：雅昌文化（集團）有限公司
地　　址：深圳市南山區深雲路 19 號
電　　話：0755-86083235
開　　本：890 毫米 ×1240 毫米　1/32
印　　張：65.5
字　　數：1186 千字
版　　次：2023 年 12 月第 1 版第 1 次印刷
書　　號：ISBN 978-7-211-09054-9
定　　價：290.00 元（全 4 册）